이웃집 방문
프로젝트

동네 사람에게 건넨
수제 케이크 200개의 기적

이웃집 방문 프로젝트

슈테파니 크비터러 지음 · 김해생 옮김

문학동네

일러두기
• 주석은 모두 옮긴이주다.

내 커피 친구 마리,

톰,

부모님,

집안으로 들어가도록 허락해준 모든 분과

내게 문을 열어준 모든 분께 이 책을 바칩니다.

역자 서문 ...08

프로젝트 계획 ...12
팔미에 **첫 방문** ...30
가정식 치즈케이크 **벽 너머의 이웃** ...53
딸기 롤케이크 **고급 재건축 아파트** ...63
파운드케이크 **누구나 두려움을 느낀다** ...76
마블케이크 **왜 당당하게 말하지 못할까?** ...91
베를린 파운드케이크 **시간 여행** ...97
레드커런트케이크 **선입견** ...109

빌베리 슈크림케이크 **세상을 향해 열린 문** ...120
스페인 바닐라케이크 **극진한 대접** ...126
빨간모자 케이크 **같은 고향 사람** ...133
비넨슈티히케이크 **있는 그대로의 모습** ...138
체리파이 **함께 흘리는 눈물** ...147
블랙베리파이 **누구나 가입할 수 있는 공동체** ...158
사커케이크 **쾅 닫힌 문** ...162

헤이즐넛 아몬드 꽈배기 슬럼프 ...169

씨앗 초코케이크 생각지 못한 순간 ...175

캐러멜 컵케이크 반가운 초대 ...180

스위트 슈네발 사람을 관찰하는 능력 ...183

레몬타르트 함께 웃는 사람들 ...192

연어파이 거리의 아이들 ...199

애플파이 가깝고도 먼 그대 ...205

또 애플파이 용기가 필요한 일 ...214

한번 더 애플파이 흠잡을 데 없는 케이크 ...220

불리츠쿠헨 프로젝트 중간보고 ...224

견과케이크 엄마가 된다는 것 ...229

초코빵 자신감 ...238

엘리스 초코케이크 적대감 ...247

래뤄켄케이크 전국 이웃집 방문의 날 ...256

슈톨렌 가슴속에서 터지는 폭죽 ...266

맺음말 ...278

저자 슈테파니 크비터러는 독일 남부 에겐펠덴 출신으로, 출산 직전 베를린의 구동독 지역으로 이주한다. 이곳에서 저자는 다양한 집단을 향한 혐오감을 경험하는데, 인구가 2만 명도 안 되는 소도시 출신에게 이 같은 반사회적·반인륜적 현상은 일종의 문화 충격이었다. 더욱이 출산 직후에는 아기 엄마에 대한 혐오, 즉 자신이 혐오 대상이 되는 일까지 경험한다. 이 일을 계기로 저자는 자신이 사는 동네에 난무하는 온갖 혐오와 편견의 실상을 확인하기로 결심하고 이웃집 방문 프로젝트를 시작한다. 목표는 200일 동안 케이크 200개를 구워 들고 200가정을 찾아가 집주인과 담소를 나누는 일인데, 집주인은 물론 생판 모르는 남이다. 도대체 베를린이라는 도시는 어떤 곳이기에 저자가 이토록 무모해 보이는 프로젝트를 단행하게 되었을까?

바이마르공화국의 수도였던 베를린은 제2차세계대전 이후 동서로 분단되었으나 1990년 독일이 통일되자 이듬해에 다시 수도로 확정되었다. 베를린은 19세기에 유럽의 문화, 산업 및 학문의 중심지로 성장했다. 현재는 정치, 문화, 미디어, 학문의 세계적인 중심지이자 유럽의 교통 요지이며, 다양한 축제가 개최되는 유명 관광지다. 인구는 약 370만 명으로 독일 도시 중 최다 인구수를 기록하며, 인구의 15퍼센트가 외국에서 온 이민자다. 베를린으로 인구가 유입되는 현상은 17세기부터 관찰되어 1945년이 지나 본격화되는데 통일 후에는 인구 교체라는 새로운 국면을 맞이한다. 구동베를린 지역에서는 재개발·재건축 붐으로 집값과 임대료가 상승하자, 원주민이 다른 지역으로 내몰리고 부유한 사람들이 그 자리를 차지한다. 여기서 부유한 사람들이란 대부분 서독에서 이주해온 사람들이며 그 가운데 상당 부분은 이른바 여피족yuppies, young urban professionals이라고 하는 젊은 전문직 종사자다.

베를린 원주민 사회에서 표출되는 다른 집단에 대한 혐오감은 역사적인 뿌리가 깊다. 통일 후에는 계층 갈등, 서독 출신과 동독 출신 간 갈등이 팽배해지며, 이러한 현상은 구동독 지역에서 두드러지게 나타난다. 그중에서도 아기 엄마, 즉 어린 자녀를 양육하는 여성에 대한 혐오는 베를린뿐 아니라 1970년대 이후 독일의 대도시 곳곳에서 관찰되는 사회현상이다. 독일에서는 인구 감소를 방지하고자 다양한 출산 장려 정책을 시행하고 있다. 기본적으로 아이를 출산한 여성 또는 그 배우자는 최대 3년까지 육아휴직을 신청할 수 있고, 이 기간에 출산 전 수입의 65~100퍼센트에 달하는 육아 지원금을 받으며, 그 외에도 추가 지원금을 비롯한 다양한 복지 정책의 혜택을 누릴 수 있다. 아기 엄마에 대한 혐오감의 원인에 대해 분명하게 알려진 바 없으나, 이러한 복지 정책의 수혜 대상이 아닌 사람들이 느끼는 상대적 박탈감 때문이 아닐까 짐작해본다.

이 같은 베를린의 사회적 분위기는 타지 출신으로 어린 딸을 양육해야 하는 저자에게 두려움으로 다가온다. 이웃집 방문 프로젝트는 이러한 두려움을 극복하기 위한 시도이고, '적'들로 둘러싸인 저자가 '자기편'을 찾아가는 여정이다. 저자는 처음 초인종을 누를 때의 불안감, 이웃집을 찾아간 용건을 입 밖에 낼 때의 당혹감, 자신이 갖고 있던 선입견, 집주인의 이야기를 들으며 느끼는 여러 감정을 솔직하게 드러내며 집주인의 반응, 외양, 집안 인테리어 등을 생생하게 묘사한다. 저자가 만난 이웃들은 원주민, 이주민, 외국인, 청소년, 노인, 부부, 독신 등 다양하며, 그들이 들려주는 이야기도 다채롭다. 때때로 이웃집 방문 외의 에피소드도 나온다. 육아를 둘러싸고 남편과 겪는 갈등, 이웃집 방문으로 알게 된 이웃을 거리에서 만난 이야기, 저자가 운영하는 블로그에서 이웃집 방문 이야기를 읽고 응원의 댓글을 올리는 사람, 저자에게 선물을 보내주는 사람, 저자처럼 이웃집 방문을 시작하는 사람 등에 관한 이야기가 교차한다. 이 책의 내용은 제목만 봐도 대략 짐작할 수 있다.

그러나 작가는 자신이 경험하는 상황에서 일어나는 순간순간의 심리와 사고의 변화를 대단히 섬세하게 묘사함으로써, 뻔하다고 느낄 수 있는 이야기를 매우 참신하게 이어간다. 알던 노래라고 생각했는데 새로운 발견을 선사하는 익숙한 노래의 리메이크라고나 할까. 과연 슈테파니는 베를린에서 자기편을 찾을 수 있었을까?

2023년 봄
김해생

프로젝트
계획

깡마른 사내가 놀란 눈을 뜨기까지는 1초도 걸리지 않았다. 그 눈으로 내가 서 있는 음침한 복도를 살피고 건물 계단을 위아래로 훑었다. 혹시 몰래카메라가 설치되어 있을지도 모른다는 눈치였다. 그런 다음 다시 나를 쳐다보며 물었다. "진심이세요?" 눈빛으로는 '내가 잘못 들었겠지'라고 말하는 듯했다.

나는 보란듯이 나를 돌아보았다. 아기 포대기를 앞으로 멘 채 한 손에는 바구니를, 다른 손에는 케이크 접시를 들고 서 있다. 접시에는 직접 만든 스노우볼 쿠키가 담겨 있고, 바구니에는 커피, 코코아, 차, 맥아 커피, 우유, 설탕이 든 유리병이 잔뜩 들어 있다.

물론 진심이다. 방금 이 집 초인종을 눌러 깡마른 사내를 불러내 지금 당장 사내 집에서 티타임을 가지자고 제안했다. 비록 우리가 이전에 한 번도 만난 적은 없지만, 한 번도 만난 적이 없으니까!

"이런 일은 처음이라……" 깡마른 사내가 우물거렸다. 몸에 딱 붙는 검정 가죽 바지 차림에 손가락에는 보석 박힌 금반지를 끼고 있다. 우물거리는 본새로 보아 사내는 이런 일은 난생처음 겪은 게 분명했다.

"그렇겠죠. 여든일곱번째예요. 이런 일 처음인 분." 나는 대범하게 말했다.

"여든일곱번째요? 그럼 아직…… 113명이 더 필요하네요." 사내는 담담하게 결론을 내렸다. 이미 사내에게 내가 진행하고 있는 프로젝트에 대해 이야기한 터였다. 200일 동안 200가정 방문하기. 모르는 사람을 만나러 집으로 찾아가는 일이 프로젝트의 목적이다. 미리 알리지 않은 채 즉흥적으로. 사내는 내가 만든 스노우볼 쿠키를 곁눈질했다.

"들어오세요. 저는 마티아스라고 합니다." 사내는 이렇게 말하며 문을 열어주었다.

안으로 들어가보니 핑크색, 연두색, 노란색으로 빛나는 벽에 팝아트 작품이 가득했다. 하우스 바를 따라 모피를 깐 걸상이 놓여 있고, 주방으로 통하는 창구 위로 줄무늬 스타킹에 하이힐을 신은 마네킹 다리가 쭉 뻗어 있다. 하이힐만 300켤레라고 나중에 마티아스가 말해줬다. 가구, 재떨이, 유리잔, 전화기 등 소소한 물건 하나하나부터 집 전체에 이르기까지 1960년대 감성을 아낌없이 자랑하고 있었다.

"이 집이 제일 독특한 집일 거예요." 나는 뭘 좀 안다는 듯이 말했다. "아, 물론 디르크네 집도…… 디르크 아세요?"

디르크는 자기 집을 온통 흑백으로 꾸몄다. 책꽂이에도 책등이 흑백인 책만 꽂혀 있었고, 심지어 구급상자에 든 밴드도 흑백이었다. 그리고 디르크네 집 바닥에는 디자인 의자 놓는 자리가 표시되어 있었다.

"디르크요? 어느 디르크?" 마티아스가 물었다.

"댁의 이웃이요. 윗집에 사는."

마티아스는 "아는 이웃 없어요"라고 우물거리며 스노우볼 쿠키를 뒤집개로 떠서 내게 건넸다.

"노련하시네요." 내가 말했다.

"뭘요. 저는 케이크 마니아가 아니에요." 마티아스가 말했다.

나도 케이크 마니아가 아니다. 그 반대다. 베이킹에는 소질이 없는 편이다. 어쩌다 한 번씩 만들어보기는 하지만, 그건 내가 뜨개질을 못하기 때문이다. 성취감을 느끼기에는 케이크 굽기가 뜨개질보다 쉽고 빠르다. 나는 직접 구운 케이크를 보며 일상의 작은 변화를 확인한다. 형태가 있으니 더욱 분명하게 확인할 수 있다. 머지않아 사라질 형태일지언정. 그래도 평생에 케이크 200개를 연달아 굽는 날이 오리라고는 꿈에도 생각지 못했다.

사연은 이러했다. 출산 후 육아휴직 덕분에 주 60시간에 이르던 극장 근무가 갑자기 0시간으로 줄어들자, 몇 날 며칠 거리에서 시간을 보냈다. 머릿수건을 쓰고 유아차를 밀면서, 생명의 위협을 느끼면서. 얼마 전까지만 해도 극장에 몸과 마음을 바쳐야 했지만 이제 내 몸과 마음은 아기 몫이 되었다. 언제쯤이면 일과 육아를 병행할 수 있을까? 이 두 가지가 서로 으르렁거리며 달려드는 일 없이.

거리를 돌아다니며 외로움을 느꼈다. 친정은 자동차로 이동하면 여덟 시간 걸리는 곳에 있었고, 베를린에서 알게 된 친구 가운데 아기가 있는 사람은 아무도 없었다. 이 사실만으로도 적지 않은 감정의 기복을 겪었다. 더구나 출산을 눈앞에 둔 시기에 이곳으로 왔다. 톰이 사는 곳으로. 하지만 이 동네는 도무지 나와 맞지 않았다. 톰에게 다른 곳으로 이사를 가자고 졸라보았지만 아무런 소득이 없었다. 음악가인 톰은 집을 여러 차례 옮긴 끝에 몇 년 전에야 집을 구했다. 이 동네에서는 하루종일 음악소리가 울려도 항의하는 이웃이 없었다. 더구나 이 집은 아직 재건축이 안 된 아파트였으므로 톰 같은 재즈 음악가의 형편에도 부담되지 않았다. 사랑으로 못 할 일이 무엇이랴? 늘 잠복하고 있는 돈 걱정이 문제라면 문제였지. 이 같은 기특한 마음으로 나는 몇 년 전에 대단히 세심하게 고른 동네를 떠나 이곳으로 왔다. 아이 엄마들을 페스트나 콜레라처럼 여기는 곳으로! 대중매체 덕분에 이 동네는 독일 재개발 중심지로 떠올랐다. 과연 이 동네가 얻은 인기에 거품은 없을까? 슈바벤 사람,◆ 여피족, 서독 출신, 동독 출신, 관광객, 그리고 근처 카페에라도 가서 앉아 잠시 여유를 즐기는 일이 유일한 소원처럼 보이는 아기 엄마들에게 혐오감을 공공연히 드러내는 동네 아닌가!

사람은 혐오 대상에 속하지 않는 한 혐오에 관대할 수 있다. 이사 온 지 두 달 만에 나는 아기 엄마가 되었고, 곧바로 혐오감으로

◆　슈바벤은 독일 남서부 지방으로, 이곳 사람들은 특이한 방언을 사용하며 투철한 절약정신 때문에 구두쇠라는 악평을 듣기도 한다.

번득이는 시선의 표적이 되었다. 유아차를 두 군데나 수선할 일이 생기리라고는 생각지도 못했다. 이 동네에서는 유아차를 밀고 다닌다는 사실만으로 범죄의 표적이 되기에 충분했다.

그랬다. 나는 혐오 대상이 되었다. 어쩌면 임신으로 너무 예민해졌는지도 모르겠다. 그 '범죄 현장'에, 내가 즐겨 찾던 장소에 더는 안심하고 가까이 갈 수 없었다. 길을 갈 때면 나를 향한 혐오감이 뼛속까지 파고들었다. 심지어 일종의 감정적 경련을 겪기까지 했다. 어느 날 톰과 나는 단골 인도 식당의 야외 자리에 앉아 있었다. 한 커플이 다가와 잠시 상의하더니 우리 테이블 옆에 자리를 잡았다. 뜻밖에 커플 중 여자가 톰을 알아보았고, 톰은 마리안네를 알아보았다. 두 사람은 반갑게 인사했고, 서로에게 아직 예전에 살던 그 아파트에, 재건축 안 된 낡은 아파트에 사냐고 물었다. ("응.") 마리안네는 동네가 너무 많이 변했다면서 동네를 떠나고 싶다고 말했다. 우글거리는 여피족 때문에 베를린의 옛 정취가 다 사라져버렸다고 했다. 그러나 반경 600킬로미터 내에서는 월세가 적당한 집을 구할 수 없으니 재건축 안 된 싸구려 아파트에서 계속 사는 수밖에 없고, 이에 어쩔 수 없이 자본주의에 반대하는 깃발을 높이 쳐들게 된다고도.

마리안네의 이야기는 특별한 이야기가 아니었다. 지난주까지만 하더라도 톰의 동네 지인 다섯 명이 그 구역의 변화에 대해 불만을 토로했다. 모두 비슷비슷한 이야기였다. 우리도 다른 구역 아파트를 보러 갔는데, 사람이 100명이나 몰려들었다. 아파트값이 어마어마하게 뛰었고, 우리는 충격을 받고 마음을 고쳐먹은 후 집으로 돌아올 수밖에 없었다. 마리안네 일행과 우리는 치킨코르마◆를 먹으며 활발히 대화를 이어갔다. 자리에서 일어날 시간이 되었다. 마리가 유아차에서 잠들었기에 나는 유아차를 조용한 구석에 세워두었는데, 내가 유아차를 끌고 오자 마리안네 입에서 혐오성 발언이 거침없이 튀어나왔다. "어머! 애엄마였어?"

더이상 참을 수가 없었다. 더는 끊임없이 '혐오 대상'에 둘러싸인 채 나 자신도 혐오 대상이 되어 살아가고 싶지 않았다. 물론 여태 살던 대로 살 수도 있다. 길을 걸으면서도 언짢은 기분에 휩싸이고, 여러 사람에게서 공격성을 확인하고, 원하지 않는 장소에 와 있다는 사실에 나 자신에게 화를 내면서. 나를 싫어하는 사람들과 내가 싫어하는 몇몇 사람에게 둘러싸여 자아가 파괴되는 그런 동네에서.

이 사람들은 왜 인사는 하지 않고 멀뚱멀뚱 쳐다만 볼까? 저쪽에 앉아 있는 저 녀석처럼. 그는 매일 아침 이 망할 카페 앞에 쪼그리고 앉아 햇볕을 쬔다. 내가 지나가는 모습을 봤을 테니 이제 내가 누군지 알 만도 하지 않은가? 버르장머리 없는 놈!

길에서 이웃을 만나면 몇 명이나 알아볼 수 있을지 한번 헤아려보았다. 아파트 안마당에서 사람을 마주쳐도, 쓰레기통에서 회수용 빈병을 주워 가려고 온 사람이 아니라는 사실을 확인하고서

◆ 닭고기에 견과류, 요구르트 또는 크림을 넣고 뭉근하게 끓인 인도 카레.

18

야 그가 이웃임을 알 수 있었다.

"이상한 거 없어?" 나는 인도 식당에서 만난 사람들과 헤어지고 길을 걸으며 톰에게 물었다.

"없는데, 왜?" 톰이 말했다.

"만나는 사람마다 여기가 나쁘다는 말만 하잖아. 너무 많이 변했다느니, 여기서 더는 편히 살 수 없다느니."

"맞잖아. 그게 뭐가 이상해." 톰은 20년 넘게 이 거리에서 살았으니 동네 사정을 모를 리 없었다.

"그럴지도 모르지. 다만 다른 사람들은 어디 사는지 궁금할 따름이야. 모두 착한 사람이면 나쁜 사람은 어디 있지?"

"무슨 소리야?"

"무슨 소리냐 하면, 집집마다 찾아가서 실제로 어떤 사람이 어떻게 사는지 내 두 눈으로 봐야겠다는 말이야. 이 동네의 집이란 집은 모두 들어가보는 거야. 어때?"

"좋지." 톰은 내 말을 진지하게 듣지 않았다. "그런데 어떻게 들어가? 딩동딩동. 너무 궁금해서 그러는데 좀 들어가봐도 될까요? 하하! 다른 사람도 아닌 당신이?"

나도 안다. 나는 연극 일을 하지만 그럼에도 유난히 수줍음이 많다. 가능하면 사람들을 피한다. 장보기도 아침 일찍 해치운다. 마트에 사람이 없어 내게 말을 거는 사람도 없을 때. 공공장소, 보행자 전용 구역, 쇼핑센터는 기피하는 장소다. 낯선 사람과 말을 섞는 일은 생각만 해도 끔찍하다. 그런 내가 생판 모르는 사람을 만나러 무작정 집으로 찾아가겠다고? 사람들에게 다가가겠다고? 나 스스로?

톰이 나 대신 이마를 탁 쳤다. 그러고는 "차라리 극장 일에 집중해. 뭐라도 연출 좀 해봐"라고 말했다.

"나는 극장에 가려는 게 아니야, 톰. 모르는 사람 집에 가려는 거야. 와인 오프너 사건도 있었겠다, 꼭 하고야 말 거야!"

몇 년 전 아직 베를린대학에 다니고 있을 때였다. 어느 날 저녁 친구들과 함께 내 집 부엌 식탁에 둘러앉았다. 우리는 와인을 코코뱅*에도 붓고 우리들 목구멍에도 들이부을 생각이었다. 그런데 부엌 서랍 안이 하도 어질러져 있어 와인 오프너를 찾을 수가 없었다. 하는 수 없이 와인 오프너를 빌리러 이웃집으로 향했다. 처음으로 모르는 사람 집 초인종을 눌렀다. 그때까지도 이웃에 누가 사는지 전혀 몰랐다. 나는 이웃을 찾아가 새로 이사온 사람이라고 인사하는 절차를 생략했다. 나 같은 촌닭에게 대도시의 익명성은 신성불가침의 영역이었다. 문이 열리자 나는 낯선 세계를 향해 몸을 기울였다. 떡갈나무 무늬목을 댄 수공품들 사이에 멋쟁이 남자가 서 있었다. 사슴뿔이 잔뜩 걸려 있는 복도 벽과, 담배 냄새가 진하게 밴 바닥과 천장이 눈앞에서 아른거렸다. 남자는 다리를 떡벌리고 선 채 놀란 눈으로 멍하니 바라보았다. 빵빵하게 부푼 배 위로 비단결이 반짝이는 새빨간 트렁크스가 보였다. 나는 남자의

❖   와인을 넣어 만든 닭고기 스튜.

경계심 없는 얼굴을 뚫어져라 쳐다보았다. 얼굴에 난 붉은 반점, 포마드를 발라 뒤로 빗어 넘긴 머리. 그 순간 나는 연출에 성공한 장면을 본 듯이 속으로 기뻐했다. 의상 디자인, 완벽한 무대장치, 섬세하면서도 아이러니한 분장, 무엇보다도 캐스팅! 나같이 연극 일을 하는 사람에게 이런 멋쟁이는 작은 공연의 한 부분과도 같았다. 배우 같은 남자는 뜻밖에 내가 좋아하는 베를린 방언으로 대답했고, 우리는 함께 웃었다. 그는 와인 오프너를 찾으러 부엌으로 사라졌다. 모르는 사람을 만나 서로 아는 사이가 되는 데 필요한 시간은 잠깐이면 충분했다. 옆집 멋쟁이는 몇 마디 말로 나를 이웃사촌으로 만들었다.

그후 이 멋쟁이 아저씨는 와인 오프너와 함께 내 기억 속에 생생히 살아 있다. 사실 그 만남에서 무엇이 그토록 인상 깊었는지는 잘 모르겠다. 니더바이에른현 출신인 나는 떡갈나무로 집안을 도배한 사람도, 맥주 배가 나온 사람도 이미 여러 명 봤다. 그러니 그 때문은 아니다. 그것은 평행 세계와 연관이 있을 것이다. 내 집과 똑같은 구조, 내 집 문과 똑같이 생긴 문, 그 뒤로 펼쳐진 번쩍이는 세상! 아직 밟아본 적도 없고 지도에도 나오지 않는, 상서로운 기운으로 가득한 땅! 위로 아래로 옆으로 얼마나 큰 미지의 세계가 펼쳐져 있을까? 그 세계를 가로막고 있는 건 오로지 얇고 작은 벽뿐 아닌가! 벽 너머를 볼 수만 있다면! 벽 너머의 삶을 들여다볼 수 있다면, 그 순간 온갖 호기심을 충족하는 축제가 펼쳐지지 않을까?

어릴 때 왕진 가는 아버지를 자주 따라다녔다. 환상적인 거실 모습에 경탄하며 꼼짝 않고 선 채 사람들의 몸짓과 목소리와 낯선 냄새를 하나도 빠짐없이 빨아들이던 기억이 난다. 그러나 나는 왕진 의사가 될 수 없었다. 나는 갈라진 손톱만 봐도 뒤로 넘어간다. 저녁이면 거리를 산책하며 불 켜진 창을 바라보는 일로 만족해야 했다. 불 켜진 창은 내게 미지의 삶을 한 조각 잘라 보이며 수수께끼를 내곤 했다. 커튼 한 조각, 전등갓의 뾰족한 꼭지, 그 뒤로 보이는 벽지 한 줄. 여기 누가 살게? 어떻게 살게? 어떤 사연이 있게? 와인 오프너 사건 이후 창문들이 다시 나를 부르는 것만 같았다. "이봐! 여기 열 수 있어. 의사가 아니어도 상관없어. 어드벤트 캘린더*의 문을 열고 그 안에 뭐가 있는지 한번 봐봐!" 미지의 삶은 손을 뻗으면 닿는 곳에 있었다. 딩동. 문이 열린다. 와, 깜짝 선물 보따리다! 세상에, 별별 것이 다 들어 있네!

"톰, 나 정말로 이웃집 방문 할 거야. 마침내 그럴 시간이 생겼어. 하루종일 하는 일이라고는 산책하고 애 기저귀 갈고 젖먹이는 일뿐이야. 이웃집 몇 군데는 가볼 수 있잖아?" 나는 말이 빨라졌다. "통계를 내볼 거야. 집에 들어오라는 사람이 몇 명인지, 그냥 쫓아내는 사람이 몇 명인지. 한 200가정은 방문할 수 있겠지!"

톰이 다급하게 말했다. "이 동네에서? 한번 둘러봐. 당신을 집으

◆　12월 1일부터 24일까지 매일 하나씩 열 수 있는 문 24개가 달린 달력. 보통 초콜릿이나 크리스마스트리 장식이 들어 있다.

로 들일 사람이 한 사람이라도 있을까?"

"내가 케이크랑 커피 다 갖고 가면, 집에 들어오라 하지 않을까?" 내 똥배를 가볍게 집으며 말을 이었다. "케이크 싫어하는 사람 없으니까."

"미안하지만 너무 어처구니없다. 지금까지 당신이 낸 아이디어 중에 이게 제일 황당해."

톰이 이렇게 말했다. 언제나 매사에 나를 믿어준 톰이 내 아이디어를 황당하게 여긴다면, 이는 좋은 징조가 아니다. 나는 부끄러워하며 그 아이디어를, 황당한 생각 넣어두는 머릿속 궤짝에 쑤셔넣었다. 그러나 그 생각을 떨칠 수 없었다. '황당 궤짝' 주변을 맴돌고 또 맴돌았다. 언젠가 꼭 한번 해보고 싶었던 일이 궤짝 안에 들어 있다. 몰래 궤짝 뚜껑을 열고 아이디어를 꺼내 높이 들어올렸다. 아침햇살에 아이디어가 환하게 빛났다. 그래, 어쩌면 내가 낸 아이디어 중에 가장 황당할지도 모르지.

7월이다. 5개월 된 딸 마리는 방에서 낮잠을 자고 있다. 다른 방에서는 음악가인 남편 톰이 헤드폰을 낀 채 믹싱보드 앞에 앉아 일을 하고 있다. 나는 부엌에 앉아 대기하고 있다. 무엇을 하려고 대기하는지도 모른 채. 누군가 나를 찾으면 달려가려고 그러겠지.

어느 순간 자리에서 일어나 나도 모르게 냉장고로 다가간다. 어떤 의도가 있었을지 모르지만 적어도 그 순간에는 의식하지 못했다. 홀린 듯 냉동실 문을 열었다. 냉동실은 보통 비어 있는데, 오늘은 시트 반죽이 들어 있다. 냉동 반죽이다. 아마 몇 주 전부터 거기 있었을 것이고, 어쩌다 장바구니에 흘러들어왔을 것이다. 냉동 반죽은 내가 흔히 쓰는 재료가 아니다. 적어도 식용으로는 사용할 일이 없다. 그럼에도 한 손으로 그 재료를 꺼내고 다른 손으로 냉동실 문을 닫는다. 이게 무슨 징조인지 알겠다. 다시 한번 시도해야 한다. 다시 한번 도전해야 한다. 흠, 여태 냉동 반죽을 써본 적이 없다. 어떻게 하지? 일단 포장부터 뜯어야겠지.

복도에서 삐걱거리는 소리가 벌써부터 들린다. 톰이 귀신같이 알고 믹싱보드 앞에서 일어나 이쪽으로 오고 있다. 나는 고개를 들어 톰을 보면서도 냉동 반죽과 하던 씨름을 멈추지 않는다.

"또 케이크 구우려고?" 톰이 비스듬히 부엌문에 기대며 느릿느릿 말했다.

톰의 말을 무시한 채 거칠게 반죽을 이겼다. 시트 반죽은 아직 해동되지 않은 상태였기에, 그런 내 행동이 이상하게 보였을지도 모르겠다. 꽁꽁 언 반죽과 씨름하는 모습은 사나워 보였겠지.

"누가 와?" 톰이 짐짓 모른 체하며 다시 물었다.

나는 대답 대신 밀대를 잡고, 녹을 생각도 하지 않는 시트 반죽을 있는 힘껏 밀었다.

"아니군." 톰이 형사 콜롬보처럼 단정적인 어조로 말했다. "그럼 하나만 더 물을게. 혹시 또 영양 보충하려는 거야?" 이번에는 살짝 나온 자기 배를 흡족한 듯 두드리며 멋대로 착각한다. 내가 요즘 케이크를 좀 많이 먹었기로서니! 그때 톰이 내 배에 눈길을 주지 않았다면 그 말이 그다지 거슬리지도 않았을 것이다. 배 나온 거 나도 안다. 하지만 출산 전 몸매를 되찾으려 노력할 생각은 없다.

나는 굳은 표정으로 이마 앞으로 흘러내린 앞머리를 불어 넘겼다. "때가 됐어."

"무슨 때?" 톰이 아무것도 모른다는 듯이 물었다.

"오늘부터 시작할 거야."

"후유……" 톰이 말을 멈췄다. 매우 긴 침묵이 이어졌다. 손톱이나 들여다보고 있겠지. "지난주에도 그렇게 말하지 않았던가? 지지난주에도 그랬고? 아니지, 지지지난주에도 그랬지!" 톰이 못 말린다는 듯이 덧붙였다. "연습이나 해야겠다." 그러나 톰은 가다 말고 돌아서서 검지를 세워 보이며 경고했다. "설마 이번에도 혼자 다 먹는 건 아니겠지?"

나는 의기소침해졌다. 톰은 생판 모르는 남의 집에서 무슨 일을 당할 줄 아냐고 몇 주 전부터 요란하게 떠들더니, 이제 내 말을 완전히 무시하는 단계로 넘어갔다. 그도 그럴 것이, 내가 생각해도 조금은 황당한 아이디어가 실은 최상의 아이디어였다는 사실을 깨닫고도 벌써 두 달이라는 시간이 지나갔다. 그동안 케이크 20개를 구웠다. 30개였나? 아무튼 그때마다 계획을 실행하지 못할 핑계를 찾았다. 구운 케이크 중에 단 한 개도 남의 집으로 가져가지 않았다. 나 혼자 다 먹었다. 마음먹은 일을 실행하기에는 여전히 용기가 아주 많이 모자랐다. 자괴감이 골수에 사무쳤다.

무턱대고 남의 집에 찾아가 초인종을 누르기에는 부모님이 나를 너무 조신하게 키우셨다. "그러면 못 쓴다!" 사람들이 나를 비웃고, 손가락을 돌리며 미쳤다는 제스처를 해 보일 것이다. 나는 이 절망적인 상황을 타개할 아무런 방도도 찾지 못한 채 하릴없이 부엌에 앉아 있다. 그마저도 내 부엌이 아니다. 톰의 부엌이다. '편의상' 그리고 '경제적인 이유로' 톰이 사는 집으로 들어왔다. 그런데 지금 이 순간 삶을 어떻게 이끌어가야 할지 도무지 답을 찾을 수 없다.

대학을 중퇴하고 운좋게 A극장에 정규직으로 취업했다. 극장장은 매우 좋은 사람이었다. 조감독이 성장하도록 이끄는 데 진심인 사람이었고, 실제로 내게도 작품을 맡길 사람이었다. 그런 상황에서도 엄마가 되는 일보다 더 멋진 생각은 떠오르지 않았다. 아기 엄마라는 이유만으로 죄책감을 느껴야 하는 동네에서. 정신 차려! 아이가 생기는 일이 보통 일이야? 분홍빛 솜사탕 위에서 파도타기를 즐기며 행복하고 안정된 생활을 누리면 좋잖아! 그 당시 머릿속은 나 자신과의 싸움으로 조용할 날이 없었다.

절친한 친구가 나이트클럽에서 연주를 마치고 나면 나는 어린이 놀이터 근처 카페에서 모닝커피 한잔하고 가자고 제안했다. "너 정말 쿨하다!" 친구는 이렇게 말하며, 임신과 출산으로 달라질 내 미래를 암시하곤 했다. 하지만 잘못된 건 바로잡을 수 있어. 모든 일은 자기 하기 나름이잖아. 아이가 생겨도 나는 변하지 않을 거야. 변하지 않아. 변, 하, 지, 않는다고!

마침 마리가 잠에서 깨어 우는 소리가 들렸다. 배고파 우는 소리였다. "우리 아기 깼어?" 나는 곧바로 울음소리가 나는 쪽을 향해 외친다. "우리 아기 어디 있나?" 나는 변했다. 지금 나는 24시간 영업하는 편의점과도 같다.

톰이 아기를 안고 부엌으로 왔다. "까꿍! 누구지? 엄마네!" 톰이 노래하듯 말했다. "엄마가 또 베이킹을…… 엄마가 베이킹을 하려나보네."

톰이 그르렁거리는 목소리로 말하자, 나는 으르렁거린다.

"차 한 잔 타줄까?" 톰이 물었다. "페넬-아니스 차 어때?"

모유가 잘 나오도록 돕는다는 그 차. 나는 한숨을 쉬었다. 단기 전망은 이러하다. 아이 젖먹이기, 기저귀 갈기, 햇볕 쬐러 나가기. 족히 반년은 더 딸랑이만 흔들며 놀 예정. 인풋 제로, 아웃풋 제로. "아이, 잘됐다. 그럼 이제 차분히 『잃어버린 시간을 찾아서』를 읽을 수 있겠네!"라고 아이 없는 친구들이 말했다. 허 참!

한편 마리는 너무도 사랑스럽다. 어떻게 이토록 사랑스러울 수 있을까? 마리에게서는 따뜻한 경단 냄새 같은 향기가 난다. 품에 안겨 옹알이할 때면 나는 그만 늘임표가 표시된 음표가 되어버린다. 엄마로서 너무도 행복하다. 하지만 슈테파니로서는 어딘가 구멍난 느낌이다. 깊이를 알 수 없는 크고 어두운 구멍. 건너편 펜트하우스에 사는 여자가 또 담배를 피우러 발코니로 나왔다. 핑크색 옷을 차려입었네. 머저리 같은 년이!

조만간 무슨 일이든 하지 않으면 머지않아 창가에서 시간을 다 보내게 될 것이다. 창문턱에 쿠션을 놓고 그 위에 팔꿈치를 댄 채,

창밖 너머로 사람이 지나갈 때마다 욕을 하겠지. 나이 먹고 턱에 사마귀가 주렁주렁 달릴 때까지. 아이들은 내 모습을 보며 놀려댈 것이고, 개중에 용감한 녀석들은 달밤에 우리집 우편함에 개똥을 잔뜩 넣어둘 것이다. 그렇게 살아야 할까?

아니. 아니라고? 정말 아니야? 그렇다면 당장 시작해! 자기 연민에 빠져 있을 시간이 없어. 자, 안전지대에서 그만 나와! 브라질에 갔을 때 어느 선교사가 이런 조언을 해준 적이 있다. "문화 충격을 느끼게 되면 이불 속으로 기어들려고만 할 거야. 그럴 때는 밖으로 나가 사람들과 어울리면서 그들을 똑바로 쳐다봐."

그 조언은 도움이 되었다. 이곳에서 느끼는 감정 역시 문화 충격이 아니고 무엇이겠는가? 전혀 다른 차원이기는 하나, 문화 충격이 틀림없다. 육아휴직 기간은 애벌레가 허물을 벗고 나비가 되어 날아갈 시간이다. 언제 이런 기회가 다시 오겠는가? 머릿속 궤짝을 버려야 해! 동경하는 와인 오프너 사건을 재현해야 해! 하지만 아무도 시키지 않는 담력 시험을 어떻게 시작한단 말인가?

"당신이랑 내기 할게." 나는 톰을 향해 외쳤다. 톰은 자신이 좋아하는 바흐 곡에 심취해 있다. "200일 동안 200가정을 찾아가서 티타임을 가질 거야!"

"당신이랑 내기 안 해." 톰이 서곡 연주를 멈추지도 않은 채 유쾌하게 대꾸했다. "더구나 그런 내기는 절대 안 해."

"알겠어." 나는 벌써 이겼다는 듯이 말했다. 나 자신하고 하면 되지! 해낼 거다. 200일에 200가정. 매일 한 집씩 방문하기. 마음

약해지지 않도록 블로그도 할 거다. 블로그를 어떻게 하는지는 모르지만, 다른 사람들도 하니까 어렵지 않을 것이다. 만전을 기하고자 얼른 볼펜과 메모지를 찾아 육아휴직 기간이 얼마나 남았는지 계산해보았다. 오늘까지 포함해 정확히 200일. 하루가 남지도 모자라지도 않는다. 이건 우연일 수가 없다!

팔미에

첫 방문

말도 안 돼! 몇 주에 걸쳐 도움닫기로 정말 맛있는 케이크를 그토록 많이 만들고는 점프에서 실수를 하다니. 냉동 시트 반죽에 설탕 넣고…… 그런데 아직도 설탕이 많이 남았다. 그렇게 만든 팔미에가 제대로 실패했다. 냉동 반죽을 너무 얇게 편 것이 패인일까. 베이킹 책과 나 사이에 오해가 있었던 모양이다. 마리를 안은 채 베이킹 트레이를 오븐에 넣고는 곧바로 그 사실을 잊어버렸다. 그러지만 않았어도 이렇게까지 엉망이 되지는 않았을 텐데. 톰은 갑자기 부산을 떠는 나의 모습을 보고 불안해지자 이런저런 핑계를 대며 부엌에서 어슬렁거린다. "당신 거기서 뭐해?" 톰이 물었다. 나는 세심하게 고른 큼직한 요구르트병 여덟 개에 커피, 코코아, 차, 설탕 등을 담고 있었다.

"티타임에 필요한 건 다 갖고 가려고."

"그런데 왜 요구르트병에 담아? 포장된 채로 가져가면 되잖아."

"물건 팔러 온 사람인 줄 알면 어떡해?"

"그렇다고 우유까지?"

"톰, 나는 아직 촌티를 못 벗었어. 그런데 지금 유기농 우유, 유기농 코코아, 유기농 커피라고 쓴 물건을 보란듯이 들고 가면 여기서 오래 산 사람들이 어떻게 생각하겠어? 시골 아줌마가 갑자기 졸부가 되어 대도시로 이사왔다고 생각지 않겠어? 그러면 계획은 모두 흐지부지돼버려. 알겠어?"

"그렇게까지 생각할 필요가 있을까?"

있고말고! 나는 톰의 못마땅한 시선을 느끼며, 화급하게 오븐에서 마지막 트레이를 꺼냈다. 실려 나온 쿠키는 쪼그라든 게딱지 같았다.

톰이 눈썹을 치켜올렸다. "이게 뭐야?"

"이게 뭐냐면…… 당신 팔미에 몰라?"

톰의 눈썹은 내려올 생각이 없다. "팔미에? 얇은 반죽으로 만든 거? 디스코카이저에서 아몬드크루아상 옆에 진열해놓고 파는 거 말이야?"

"맞아, 팔미에."

"그런데 왜 이래? 디스코카이저에서 본 거랑 다르잖아! 이렇게 납작하지 않았는데."

"디스코카이저, 디스코카이저!" 우리는 길모퉁이에 있는 슈퍼마켓을 디스코카이저라고 불렀다. 가게 전체를 리모델링하면서, 팝 음악에 맞춰 신나게 돌아가는 분홍색, 녹색, 보라색 미러볼로 채소 과일 진열대를 장식했기 때문이다. "디스코카이저에서 파는 건 밀대로 오른쪽으로 50번, 왼쪽으로 50번 밀지 않은 반죽으로 만들었을 테니까." 나는 디스코카이저 팔미에는 왜 그런 반죽으로 만들지 않는지 짐작이 갔는데도 이렇게 대답했다. 냉동 반죽은 그렇게 하면 잘 부풀지 않는 모양이다.

톰이 게딱지 같은 팔미에를 들고 검사하듯 불빛에 비춰 보았다.

"먹어봤어?"

이때 방심하면 안 되지!

"먹어봐도 돼?"

"물론이지. 그거 말고 처음에 구운 걸로 먹어. 그게 더 맛있을 거야. 저기 세탁기 위에 올려놨어. 그건 이렇게 완전히 까맣게 타지는 않았거든. 나 이거 처음 만들어본 거잖아."

톰이 주저 없이 팔미에를 들어 맛본다. "와우!"

"어때?" 나는 잔뜩 기대하며 물었다.

"잘라 구웠으면 더 빨리 됐을 텐데."

알겠다. 모양도 하드보드 같고, 맛도 하드보드를 씹는 맛 같다는 말이지? 설탕 양을 10분의 1로 줄이지 말아야 했나보다. 얼마 되지도 않는 반죽에 설탕 100그램은 너무 과하다 싶었다. 상관없어. 오늘은 어떤 핑계도 통하지 않아! 오늘은 모세의 기적이 일어나는 날이다. 오늘 실행하지 않으면 영원히 계획만 할 뿐 끝끝내 아무것도 하지 못할 것이다. 설탕도 가져가니까 필요하면 뿌려 먹으면 된다. 자, 이제 요구르트병과 하드보드 조각 같은 팔미에를 바구니에 담아야지. 빨간모자 소녀가 들었음직한 예쁜 바구니에다. 이제 집에 들어오라고 말해주기를 바라는 일만 남았다. 팔미에가 먹고 싶으면 나보고 들어오라 하겠지.

톰도 오늘은 여느 때와 다르다는 사실을 깨닫고 막간을 이용해 마리와 산책을 하겠다고 먼저 말했다. 그리고 굳이 나를 바래다주겠단다. "거봐, 내가 이미 말했잖아!"라고 할 수 있는 현장에 가 있으려는 속셈이겠지.

문밖으로 나서려 할 때 톰이 나를 붙잡더니 장미꽃 다발 내밀
듯 등뒤에 감춘 커피 크림을 수줍게 내밀었다. 이 정도면 커피 스
무 잔에는 충분히 탈 수 있는 양이다. "나이든 사람들은 이걸 더
좋아해. 오늘 같은 날이 올 때를 대비해 마련했어. 서랍에 넣어둔
지 좀 됐는데, 이거 오래 둬도 되는 거지?"

나는 무척 감동받았다.

어느 순간 실제로 거리에 나와 있었다. 믿을 수가 없었고, 어디
로 가야 할지, 무엇을 해야 할지 몰랐다. 연방통계청 발표에 따르
면 이 거리에 5500명이 넘는 사람이 살고 있다. 200미터 될까 말
까 하는 허름한 거리에 5500명이 있다니! "슈테파니! 슈테파니이
이!" 톰이 급브레이크 밟듯 외쳤다.

"어, 왜?" 나는 조바심이 났다.

"내 팔을 그렇게 움켜쥐면 손톱이 살을 찌르잖아! 아파."

"아! 미안. 이 거리에 집이 이렇게 많은 줄은……" 어느 집부터
시작하나? 나는 우두커니 서 있었다. 그때 톰이 팔꿈치로 내 옆구
리를 찌르며 역적모의라도 하는 듯이 말했다. "저기 저 여자 집으
로 가! 두시 반 방향!" 톰은 맞은편 거리에서 기타 케이스를 등에
메고 가는 여자를 턱으로 가리켰다. "저 여자 꽤 여러 번 봤어." 톰
이 낮게 중얼거렸다. "뭐하는 사람인지 궁금해." 오호, 당신도 관심
있구나! 이 동네에 어떤 사람들이 어떻게 사는지. 그러면서 여태

아닌 척한 거야? "저 여자 뒤따라가! 어서!"

여자 뒤를 따라가라니! 내가 여자들 꽁무니만 쫓아다니는 바람 둥이 남자야? 톰은 탐정놀이를 하는 듯이 말했지만, 이 일은 대단히 진지한 일이다. 그 순간 갑자기 머릿속에 한 집이 떠올랐다.

"발코니!"

100개가 넘는 발코니 가운데 어느 발코니를 말하는지 톰도 곧바로 알아차렸다. 멋진 발코니. 그곳은 사실 그저 그런 발코니가 있는 곳이 아니라 반핵 단체의 장기 농성 캠프였다. "원자력발전소 반대!"라고 쓰인 크고 작은 깃발과 바람개비가 무성한 숲을 이루었고, 그것으로는 모자른 듯 난간을 가로질러 특대형 사이즈 현수막도 걸어놓았다. 이 동네 발코니는 극소수를 제외하고는 대부분 밋밋하고 황량한 모습을 연출하고 있어서, '반핵 발코니'의 효과는 극대화되었다.

"저 사람들은 캠프 생활이 지겨울지도 몰라." 나는 전략적으로 생각하며 중얼거렸다. 톰이 걱정스러운 얼굴로 나를 바라본다.

나는 거의 도취되어 외쳤다. "그래, 하루종일 보온병에 든 커피밖에 더 마시겠어? 낯선 사람들이랑 천막 농성 앞에서."

"농성 천막 앞이겠지."

그거나 저거나! 아무튼 5분 후에는 깃발이 우거진 숲에서 찻잔을 앞에 두고 앉아 있을 것이다. 그것만은 분명하다. 그러나 그 발코니가 있는 아파트의 인터폰 앞에 서자 다시 마음이 약해졌다. 더구나 마리와 산책하러 가겠다던 톰은 눈치껏 자리를 비켜줄 생각은 않고 예상한 파국을 기다리며 내 옆에 바짝 붙어 서 있다.

"당신은 이제 가도 돼." 나는 최대한 무심한 듯 대범하게 말하려 했으나, 바싹 마른 목구멍에서 나온 소리는 조금도 그럴듯하게 들리지 않았다.

톰은 '아무 일도 없을 거야'라고 말하는 듯한 눈빛으로 나를 살폈다. "누가 나올 때까지 기다리는 편이 좋겠어. '안녕하세요? 지금 이런저런 프로젝트를 하는 중인데요' 하면, 누가 문을 열어주겠어?"

톰의 말은 일리가 있다. 더구나 '프로젝트'는 작년에 언워드*로 선정된 말 아닌가. 바로 그 순간 아파트 유리 출입문 너머에서 안마당으로 통하는 문이 열리더니, 어떤 사람이 자전거를 밀며 우리를 향해 오고 있었다. 이건 무슨 징조일까? 톰도 입을 다물지 못했다. 자전거를 미는 사람은 지금 이 순간 본인이 동참하게 된 역사적 사건의 의미를 털끝만큼도 짐작하지 못한 채 아파트 출입문을 열었다. "들어가실 거예요?" 그는 자신이 미는 자전거를 가로막고 서 있는 나에게 의례적인 질문을 하고는 내가 들어가기 편하도록 문을 붙잡아주었다. 나는 기어들어가는 목소리로 그에게 "고맙습니다"라고 말하고, 톰을 향해 "이따 봐!"라고 말했다. 그리고 이웃집 방문의 첫번째 집이 있는 건물 안으로 미끄러지듯 들어갔다.

성공! 등뒤로 출입문이 딸깍 잠기는 소리가 들렸다. 우와, 숨막

◆   아름답지 않거나 바람직하지 않다고 간주되는 단어.

히는 정적! 조금 전까지도 가슴속에서 〈빗 잇Beat It〉을 불러대던 카나리아 새들이 단숨에 잠잠해졌다. 가슴 졸이며 카펫 깔린 웅장한 건물 계단을 올라갔다. 한 계단씩 밟을 때마다 야자 섬유로 짠 카펫은 항의를 하듯 빠지직 소리를 냈다. 건물 계단을 의인화한다면, 이 계단은 보수적이고 엄격한 여학생 기숙사의 50년차 사감 선생일 것이다. 아무도 없는 이 건물 계단에서 반듯하게 서지 않으면 사감 선생에게 무릎을 구부리고 절을 하는 꼴이 된다. 나는 조심스럽게 반핵 발코니가 있을 법한 집을 향해 살금살금 걸어가 마침내 낙원으로 향하는 문 앞에 섰다. 칠이 벗겨진 부분을 페인트 제거제로 깨끗이 지운 후 돋을새김으로 공들여 장식한 현관문이 나를 반기는 듯했다. 번쩍이는 황금빛 초인종 단추만이 냉담한 기운을 뿜어내고 있었다. '안녕하세요? 제가 이런저런 프로젝트를 하는데요.' 내 머릿속 골방에서 톰이 이죽거린다. 그러고는 무겁게 머리를 가로저으며, 금방이라도 울음을 터뜨릴 것 같은 목소리로 말을 잇는다. "여보, 돌아가! 지금이라도 늦지 않았어." 톰은 내가 해보지도 않고 그만두기를 바랄 것이다. 내가 이대로 돌아가면, 톰은 틀림없이 좋아할 것이다. 어림없는 소리! 등산화를 신고 나갔는데 갑자기 눈앞에 산이 나타났다는 이유로 소리지르며 달아날 수는 없지! 머릿속 골방에서 맴도는 생각을 외면했다. 턱을 들고 어깨를 편 채 팔을 앞으로 내밀고 손가락을 뻗었다. 드디어 초인종을 눌렀다!

무슨 벨소리가 이렇게 크담? 건물에 침입자가 나타났다는 사실을 여기 사는 사람들이 이제 다 알았을 것이다. 흠, 아무도 안 나오네. 나는 집집마다 초인종을 세 번까지 누르기로 마음먹었다. 벨을 두번째 누를 때는 어떻게든 소리가 좀 조용히 울리도록 눌러보았다. 눈치 없는 초인종은 이번에도 천둥소리를 냈다. 급하게 초인종을 손가락으로 막고는 이마를 문에 댔다. 문이 열렸다. 나는 반가운 마음에 잽싸게 머리를 문에서 뗐다. 젊은 여자가 나왔다. 내가 손가락으로 초인종을 막고 있는 모습을 보자, 여자의 얼굴에 잠시 유쾌한 미소가 스쳤다. 여자 너머로 긴 복도가 뻗어 있고, 어린 사내아이가 나무로 만든 빨간색 세발자전거에 앉아 있다.

"아빠 아니야." 여자가 몸을 돌려 아이에게 말했다. 말 안 하면 모를까봐? 아이도 나를 보고 아빠가 아니라는 사실을 알았을 테고, 두 눈에 그렇다고 분명히 쓰여 있었다. 여자는 어리둥절한 얼굴로 나를 쳐다보았다. "무슨 일이세요?"

그 자리에 주저앉고 싶었다. 내 계획은 이제 시작인데! 그다음 일은 모두 지금 내가 어떻게 하느냐에 달렸다. 간결하고도 상세하게, 살갑게 굴면서도 예의를 지키며, 전문가이자 이웃 사람답게 나 자신을 소개해야 한다. 문제없어!

"아, 저는…… 안녕하세요?" 나는 손을 흔들었다. "아가도 안녕?" 이번에는 사내아이에게 손을 흔들며 머리를 안으로 쑥 들이밀었다. 애들이라면 사족을 못 쓰는 사람처럼. "저도 여기 살아요. 아, 이 아파트는 아니고요. 이웃에 산 지는 얼마 안 됐어요. 아니, 꽤 됐어요. 반년은 됐으니까요. 톰 때문에요. 그전에는 크로이츠베르크에서 살았어요. 지금은 애엄마예요. 하하! 댁도 그러네요." 맙소사, 지금 뭐라는 거야? 관심을 다른 데 돌리도록 얼른 팔미에를 보여줘야겠다. 이런 젠장! 요구르트병만 잔뜩 보이네. 정신없이 바구니 속을 뒤졌다. 이놈의 요구르트병! 여자는 내가 무기를 찾는다고 생각하는지 방어 자세를 취했다. 슈테파니, 제발 정신 차려! "아무튼 저는 댁이랑 어, 아기랑도, 그러니까…… 원자력발전소 반대해요!"

이상하게도 여자는 아직 문을 닫지 않았다. 오히려 나를 보고 환하게 웃으며 큰 소리로 말했다. "그거 정말 멋진 생각이네요!" 횡설수설에서 어떻게 핵심을 골라냈는지 모르겠지만, 아무튼 그녀는 정말로 반가워했다.

"그런데 죄송해서 어쩌죠?" 아, 여기서 막히는구나! "지금은 시간이 없어요. 아이 아빠 마중나가려던 참이었거든요." 그녀는 증거라도 보여주듯 세발자전거에 앉은 아이를 가리켰다. 아이는 금방이라도 출발할 기세다. "우리는 아빠가 온 줄 알았어요."

그녀의 친절한 태도에 나는 어찌할 바 모른 채 쭈뼛거리고 서 있었다. 무슨 말이든 해야 한다는 사실을 머리로는 알고 있었다. 순서로만 따져도 내가 말할 차례였다. 무슨 말을 하지? 혹시 다른 날 다시 와도 되냐고 물어볼까? 다시 한번 시도해도 되겠느냐고?

여자는 여전히 밝게 웃고 있었다. 머릿속으로는 어쩌면 다음과 같은 주의 사항을 메모하고 있었을지도 모른다. 다음부터 함부로 문을 열어주지 말 것! 관계자끼리 아는 노크 신호를 만들 것! 여자는 설사 그랬다 하더라도 그런 티를 내지는 않았다. 오히려 감격한 듯 즐거운 어조로 말하며 고개를 끄덕였다. "그럼요! 주말 빼고요. 오늘처럼 주말에는 좀 곤란해요. 하지만 주중에는 언제든 환영이에요."

"아, 네. 좋아요. 그럼 전 이만. 안녕히 계세요. 어…… 그러면 다음 주에 올게요!"

나는 다시 야자 섬유로 짠 카펫을 밟고 서 있었다. 아무도 보는 사람이 없는 그곳에서 뒤늦게 식은땀이 등을 타고 흘렀다. 닫힌 문 너머로 사내아이의 목소리가 들렸다. "엄마, 아까 그 아줌마 누구야?" 아이 엄마가 대답하는 소리도 들렸다. "몰라. 그냥 우리와 같이 커피랑 쿠키 먹으러 온 아줌마야. 좋은 아줌마지?"

해냈다! 내가 초인종을 눌렀다! 그런데도 아직 살아 있다!

흠, 금세 실망감이 들었다. 집주인 여자의 태도가 너무도 친절한 나머지 아쉬움이 더 컸다. 그녀의 친절은 웃으면서 사람을 꼼짝 못하게 만드는, 그래서 사람 미치게 만드는 그런 친절이 아니었다. 나는 분명 미치지 않았다. 조금 전까지만 해도 머릿속 골방에서 이죽거리던 톰이 지금은 놀라 입을 다물지 못한 채 서 있다. 하하, 정의의 칼을 높이 들어라! 집안으로 전진!

그러나 다음 집에서는 아무도 문을 열어주지 않았다. 그다음 집에서도. 점점 초인종을 누르기가 힘들어졌다. 조금 전까지 끓어오르던 열정이 조용히 사그라드는 찰나에 문 뒤에서 소리가 들렸다. 이 방에서 저 방으로 움직이는 소리였다. 그러나 문은 열리지 않왔다. '분명 사람이 있어!' 집요하게 다시 한번 벨을 눌렀다. 그리고 또 한번. 초인종 공격 다섯 번에 항복한 듯, 문 바로 뒤에서 여자 목소리가 들려왔다. "누구세요?"

문에 대고 '열려라, 참깨!' 주문을 외치듯 내 이름을 말했다. 그러나 이 주문은 통하지 않았다. 안에서는 퉁명스러운 "그런데요?" 만 흘러나올 뿐이었다. 입안이 바짝 말랐다. 그럼에도 앞을 가로막고 있는 장벽과도 같은 문에 대고 최대한 경쾌하게, 그러면서도 조심스럽게 물었다. "혹시 팔미에 좀 드시겠어요?"

"네에?" 장벽 너머의 목소리가 높아졌다.

"팔미에 좀 드시라고요." 나는 안심해도 된다는 듯이 속삭였다. "맛있어요!" 아, 솔직히 좀…… 그래, 항상 정직이 최선이지. "좀 타긴 했지만, 그래도 먹을 만해요."

장벽이 부르르 떨었다. "미쳤어요? 가세요! 안 가면 경찰을 부르겠어요!"

헉! 나는 놀라 계단 위로 달아났다. 무릎이 아프고 숨이 찼다. 계단 난간을 붙잡고 상체를 숙였다. 뭐였지? 건물 계단을 살폈다. 무서운 개가 쫓아오지도 않았고, 쇠스랑을 든 농민군이 몰려오지도 않았다. 그러니까 다음 집에 가서 벨을 눌러도 되지 않을까. 이 아파트에 있는 집은 모두 가볼 거다! 무슨 일이 일어나든 상관없어. 포기할 때 하더라도 여기서 모든 집 초인종을 눌러보고 나서 할 거야. 혹시 알아? 여기 사는 사람 중에 팔미에를 먹어보지 못한 사람이 있을지. 자, 가자! 어쩌면 팔미에를 잘 아는 사람들은 모두 외출중인지도 모른다. 마침내 어떤 집에서 문을 열어줄 때까지 나는 쓸데없이 몇 번이나 죽을 각오를 했다. 문을 열어준 사람은 스무 살 안팎의 청년이었고, 대뜸 "엄마 안 계세요"라고 대단히 거만하게 말했다.

일단 성공! 집안 어디선가 텔레비전 소리가 났다. 해낼 수 있다. 거만한 태도로 나를 가로막고 선 이 녀석은 내 적수가 못 된다. 아직도 엄마 집에 얹혀사는 버르장머리없는 풋내기일 뿐이다.

"안녕! 엄마 안 계셔도 되는 일이에요." 나는 대담하게 말했다. 물론 사태를 유리하게 이끌 미소도 잊지 않았다. "이 동네에서 프로젝트를 하는 중이에요. 이웃집을 방문해서 티타임을 가지는 프로젝트인데, 200가정이 목표예요." 잘했어! 이 친구 내 강의에 푹 빠졌는지도 몰라.

청년이 눈을 동그랗게 뜨고 물었다. "대학교에서 하는 과제예요?" 이크, 오류가 발생했네.

"아니요. 대학교 과제가 아니고, 자발적으로 하는 거예요. 지금 육아휴직중이거든요." 나는 놀랍도록 차근차근 설명했다.

"아, 네에." 청년은 나를 머리부터 발끝까지 훑었다. "그런데 아기는 어디 있어요?"

평소 같으면 이런 시건방진 녀석한테 네 알 바 아니라 하고, 가서 엄마젖이나 더 먹으라고 쏘아붙였을 것이다. 하지만 나는 요즘 온화한 성격으로 바뀌었다. 그래서 톰과 마리가 산책을 나갔다는 이야기를 했고, 산책은 그리 오래 걸리지 않을 거라는 설명도 덧붙였다. 마리는 금방 배가 고파질 것이고, 나는 아직 수유중이라고. 녀석은 그 말이 사실인지 확인하듯 내 가슴을 쳐다보고는 어깨를 으쓱해 보이며 말했다. "말씀드렸듯이 엄마가 집에 안 계세요."

나는 얼굴을 붉혔다. "괜찮아요. 청년하고 대화하면 되죠." 운에 맡기는 심정으로 말했다.

이 녀석에게는 나의 방문이 운에 맡길 문제가 아니었던 모양이다. "아니요, 됐어요. 들어오지 마세요." 녀석은 히죽거리며 길게 자란 금발을 좌우로 흔들었다.

이렇게 참패하다니! 들어가지 못하고 쫓겨났다는 사실보다 어린 녀석에게 그토록 정중하게 대하고도 쫓겨났다는 사실 때문에 더 분했다. 문이 닫히기 전 그 녀석의 인상착의를 확인하고서, 경고등이 번쩍이는 머릿속 게시판에 해골 표시와 함께 다음과 같은 문구를 써붙였다. 20대 초반 남. 드라이어로 모양낸 헤어스타일. 시건방진 태도를 보이고, 상류층 특유의 우월감에 젖음. 이자는 부대의 사기를 저해할 위험이 있으므로 보는 즉시 신고할 것. 그집 문에 '개 조심!'이 아니라 '악당 조심!'이라고 써붙여야 함. 나는 실제로 '악당'이라고 쓰려다가 참았다. 그 녀석이 아직 텔레비전을 보러 가지 않고 문에 붙어 있었기 때문이다. 그놈은 현관문 문구멍에 바짝 붙어 있다. 바닥에 깐 널빤지가 삐걱거리는 소리로 알 수 있었다. 어쩌면 그 녀석은 내 경주의 다음 구간을 첫 줄에서 직관할지도 모르겠다. 그거 재미있겠는데? 이렇게 생각하며 다음 집으로 향했다. 제발 친절한 사람이 문을 열어주기를. 아니, 제발 누구라도 문이나 열어주기를 간절히 바라며 야무지게 벨을 눌렀다. 발소리가 들렸다.

문이 한 뼘 정도만 열렸다. 나는 얌전히 기다렸다. 하지만 문틈으로 아무도 보이지 않았다. 문을 열어준 사람은 어디론가 사라지고 없었다. 나는 어쩔 줄 몰라 문틈을 두드렸다. 안에서 누군가 대답하듯 음악소리를 줄였다. 나는 그제야 소심하게 "안녕하세요?" 했다. 그러고는 직접 문틈을 더 벌렸다. 인기 형사물에서 본 살인 사건 현장이 떠올랐다. 사건 발생 전이었는지 후였는지는 기억이 나지 않는다. 시야에 긴 복도가 들어왔다. 무릎 높이까지 뽁뽁이를 두른 벽도 보였다. 뭔지 몰라도 나름 이유가 있겠지.

"안녕하세요?" 나는 한번 더 벨을 누르는 수밖에 별도리가 없었다. 몸에 문신을 새긴 여자가 모퉁이를 돌아 나타났다. 팬티 바람에 머리칼이 젖어 있다. 나를 보고 놀라는 모습은 만화의 한 장면으로도 손색이 없었다. 물론 나도 놀랐다. 거듭 머리를 조아리고 확실하게 뒷걸음질치면서 사과와 해명의 몸짓을 해 보였다. 내가 만약 새였다면, 이 몸짓은 조류학자에게 대단히 흥미로운 장면으로 보였을 것이다. 어느 순간, 문신을 새긴 여인은 내 말이 겨우 들릴 만한 곳으로 달아났다. "죄송해요. 나 아직 독일어 잘 못해. 당신 답답해요. 이 집 들어올 거예요?"

나는 즉각 유럽 공통 제스처 모드로 전환하고 열심히 고개를 끄덕였다. "대단해요! 나 머리에 생각 음…… 뭐더라? 실천하는 사람 항상 좋아요!" 문신을 한 여인이 외쳤다. 이건 아까 그 시건방진 풋내기가 평생 머리에 새겨야 할 말 아닌가! "들어와요, 들어와! 들어와서 코피 마셔요. 부엌에서 마셔요. 잠시만. 나 옷 입어요."

드디어 생판 모르는 남의 집에 입성했다! 나는 탐욕스럽게 주위를 둘러보았다. 흠, 무엇을 기대했는지 모르지만, 이곳은 부엌이다. 아늑하다기보다 실용적이라고 하는 편이 더 정확하다. 어쨌든 부엌이다. 바닥과 벽에 사람 키 높이까지 흰 프리즈가 둘러 있고, 한쪽 끝에 그릇도 몇 개 없는 수수한 목제 찬장이 있다. 반대쪽 끝에는 흰색 접이식탁과, 가벼워 보이는 접이의자 두 개가 놓여 있다. 접이의자도 흰색이다. 창가 선반에서는 축 처진 산세비에리아 화분이 비상계단을 향해 다 죽어가는 자기 존재를 알리고 있다.

'이거 꿈 아니지? 꿈 아니지? 아니지?' 엄연한 현실이건만 이렇게 되물었다. 내가 이 집 부엌에 와 있다니 진짜 흥분된다! 뒷마당을 유심히 바라보았다. 내 평생 뒷마당은 처음 본다는 듯이. 쓰레기통. 자전거 거치대. 모든 게 신기해 보였다.

"안녕하세요. 모니카예요." 옷을 입은 그녀는 드라이어로 머리를 말린 모습이었다. 속눈썹에 마스카라도 칠했다. "우리 뭐해요? 설문지 있어요? 나 뭐해야 돼요?"

내가 초인종을 누른 일이 모니카에게는 예기치 못한 선물이라는 사실을 어렴풋이 깨달았다. 모니카는 지금 가슴 터질 것 같은 기대감으로 내 앞에 서 있다. 그 순간 내 잠재의식 세계의 터줏대

감인 '준비 미흡' 트라우마가 의식 세계로 튀어나왔다. 나는 배우가 갑자기 출연을 할 수 없는 상황에서 사극 의상을 입은 채 등 떠밀려 무대로 나갈 것이다. 이글거리는 조명이 나를 비추는 순간 대사는 물론, 지금 무슨 작품에 출연중인지조차 생각나지 않을 것이다. 모니카에게 뭐라고 해야 하나? 사실은 나도 잘 모르겠다고? 정말로 남의 집에 발을 들여놓게 되리라고는 나 자신도 기대하지 않았다고? 구체적인 생각은 하지 않았다. 나는 요구르트병을 꺼내며 설문지는 없다고 말했다. 지금 인터뷰를 하려는 게 아니라 티타임을 가지려는 거라고. 일단 커피부터 한잔할까요?

단출한 부엌살림을 보니 커피 주전자를 챙겨와도 나쁘지 않았겠다. 다행히 모니카가 수북이 쌓인 설거지거리 밑에서 쪼끄마한 에스프레소 주전자 두 개를 끄집어냈다. "나 티타임 많이 좋아해요. 독일 풍습! 죄송해요. 나 대접할 거 없어요."

"제가 팔미에 좀 가져왔어요."

우리는 독일과 이탈리아의 케이크와 쿠키 이야기를 했다. 이야기는 유럽 음식 문화로 건너간 다음 중국 남부 지방의 새콤달콤한 닭발 요리로 넘어갔다. 모니카는 중국 출신인 친구와 함께 살고 있었다. 내가 벨을 눌렀을 때 모니카는 그 친구가 온 줄 알았다고 했다. 우리의 대화는 중국에서 이주자 문제로 옮겨갔고, 이주자 문제에서 이국에 대한 동경으로, 이국에 대한 동경에서 고국에 대한 향수로 넘어갔으며, 마침내 타향살이를 통해 고향 사랑이 더 깊어진다는 이야기에 이르렀다. 이런 이야기를 하는 건 조금도 힘들지 않다. 나지막한 동산을 정복하는 수준이다. 나는 너무 열중한 나머지 웃다가 식탁에 이마를 찧는 일이 없도록 커피잔을 두 손으로 꽉 붙잡아야 했다. 그 정도로 즐거웠다.

톰이 내가 무사한지 확인하고자 전화를 했을 때 나는 긴장이 풀린 나머지 울음이 터질 것만 같았다. 간단히 대답하고 전화를 끊은 후 모니카에게는 아기가 엄마를 찾으며 울고 있어서 이만 가봐야겠다고 했다. 나는 고맙다는 말을 하고 또 했다. 그런데 나가려고 문 앞에 서자 왠지 이상하다는 생각이 들었고, 프로젝트 차원에서 어떻게 작별인사를 해야 좋을지 몰라 머뭇거렸다. '안녕! 이제 다시는 볼 일이 없을 거예요'라고 말하나?

"나 들어갔어! 들어갔어! 들어갔다고!" 멀리서 톰이 보이자마자 요란하게 외쳤다. "우리 뭐 좀 먹으러 가자!" 지독한 긴장감에서 해방되니 갑자기 식욕이 밀려왔다. 우리는 초여름 저녁 햇살 아래 단골 인도 식당에 자리를 잡고 앉았다. 이 동네에는 인도 식당이 두 군데 있는데, 사람들은 한 군데만 단골로 삼고 이용했다. 이런 관행은 다른 지역 사람들이 자신이 속한 지역 축구 클럽만 응원하는 일만큼이나 중요했다. "끝내줬어! 바로 또다른 집에도 가볼 거야." 나는 속사포 쏘듯 말을 쏟아냈다.

"그거 재미있겠군." 톰이 시큰둥하게 대답했다.

나는 톰의 반응을 무시하고, 아파트 건물 계단의 무거운 정적을 묘사하려고 애썼다. 톰은 차에 꿀을 넣고서 젓고 젓고 또 저었다.

톰은 젓기를 멈추지 않았다.

"내가 이웃집 방문에 성공해서 화났어?"

"화 안 났어." 톰은 말은 이렇게 하면서도 작심한 듯 숟가락을 내려놓았다. "정말로 성공할 거라고는 생각지 못했어. 다음에는 어떤 집에 들어가면 전화부터 해. 밖에서 걱정하는 사람 생각도 해야지!"

"남의 집에 들어가자마자 핸드폰부터 꺼낼 수는 없어. 공범한테 어느 창문으로 잠입하는 게 제일 쉬운지 알려주는 것 같잖아."

톰은 입을 다문 채 씩씩거렸다.

"어땠는지 궁금하지도 않아?"

"당신이 이미 말했잖아. 끝내줬다고." 톰은 도통 알아들을 수 없게 구시렁거렸다.

"도대체 뭐가 문제야?"

"말했잖아!" 톰이 기다렸다는 듯이 쏘아붙였다. "나는 당신이 뭔가 제대로 된 일을 하길 바라. 그런데 지금 당신은 그런 일에는 조금도 관심이 없네!"

나는 눈썹을 치켜올렸다.

"내 말은…… 솔직히 내가 항상 마리를 돌볼 수는 없잖아. 나도 일해야 해."

나는 숨을 깊이 들이쉬었다. "첫째……"

어이가 없다. 지금 내 앞에 놓인 치킨코르마도 알아들을 수 있을 만큼 일목요연하게 반론할 수 있다. 톰은 나의 명료한 첫째-둘째-셋째 논법에 지고 말 것이다. 벌써부터 말을 타고 중앙아시아 초원으로 내뺄 준비를 하는 꼴이라니. 나도 가만히 있을 수만은 없지! 고삐 풀린 몽고말을 잡아타고 초원을 가로지르며 톰의 뒤를 쫓는다. "첫째, 내 정신이 돌아버리기를 원치 않는다면 당신도 가끔은 마리를 돌봐야 해. 둘째, 내가 마리를 데리고 다닐 수도 있지만 당신이 그러는 건 위험하다고 싫어하잖아. 셋째, 당신은 음악가로, 플라멩코 기타 연주자야. 그런데 스페인 기획사는 파산했고, 투어는 취소되었어. 당신은 콘트라베이스 연습 좀 하다 피아노 좀 치고 그 사이사이 유튜브에서 글렌 굴드 연주를 들으면서 의기소침해지는 게 다야. 그런데도 하루에 두 시간 자기 딸 돌보는 게 어려워? 더구나 애가 자고 있을 때?"

"나도 내 딸 돌보는 거 가지고 뭐라 하는 거 아니야!" 톰이 이렇게 주장했다. "당신이 이웃집 방문 하는 거. 더구나 이 동네에서. 이건 완전히 미친 짓이야!"

나는 어깨를 으쓱했다. "지금 작품을 연출할 마음이 없어. 이 동네 사람들을 알고 싶고, 지금 그 일을 하는 중이야. 끝!"

"당신을 집안으로 들일 사람이 또 있을 때 할 수 있는 얘기지. 오늘은 순전히 운이 좋았어." 톰은 아주 열심히 치킨코르마를 쑤석거렸다. 치킨에 가르마라도 탈 기세다. 그리고 한숨을 내뱉고서 물었다. "모니카와는 무슨 얘기 했어?"

흠, 아무래도 톰은 이웃집 방문 보고를 들을 적임자가 아니다. 계속 톰에게 보고했다가는 기강이 해이해질지도 모른다. 블로그를 해야겠다. 당장.

드디어 알아냈다! 헤드라인에 올릴 사진 크기 조정하는 법. 아이에게 젖 먹이느라 간간이 중단했을 때 빼고 네 시간에 걸친 시행착오 끝에 이룬 쾌거였다. 워낙 실패를 많이 해서 어떻게 하다 알게 되었는지는 모르겠다. 고급 기능도 멋지게 소화해, 이미 프로그래밍 되어 있는 거지만 "어서 오세요!"를 원하는 위치에 표시하는 데도 성공했다. 어찌나 제멋대로 아무데서나 나타나던지! 반드시 '저장' 아이콘을 눌러야 되는 모양이다. 새벽 세시에 홈페이지는 완성되었다. 얼른 첫번째 이웃집 방문을 주제로 격정적인 글만 쓰면 된다. 그런데 그 일이 만만치 않아 보인다. 모니카네 집에서 '이거 꿈 아니지?'라는 생각에만 너무 몰두하느라 모니카가 하는 말을 한 문장이라도 정확히 새기려는 노력을 하지 않았다. 기억나는 거라고는 모니카가 짤랑거리는 팔찌를 찬 채 매우 크게 여러 번 웃었다는 사실뿐이다. 그걸 갖고 어떻게든 써봐야지 뭐. 아, 뽁뽁이도 있었지! '블로그 운영에 유용한 팁 열 가지' 중 아홉번째 팁에는 맛보기로 최소한 글 세 편을 발표하고서 친구 신청을 수락하라고 나와 있다. 내가 쓴 글을 단번에 세 편으로 나누었다. 와, 글이 올라갔다! 또 뭔가를 해냈다! 드디어 '게시' 아이콘을 클릭할 때는 기분이 묘했다.

결과는 허탈했다. 부엌으로 군악대가 행진해 오지도 않았고, 종이꽃이 흩날리지도 않았다. 리본 커팅식도 없었고, 감격스러운 축하 연설을 하는 사람도 없었다. 최근에 익숙해진 워드프레스*만이 "안녕하세요!" 하고는 첫번째 글 게시를 요란하게 축하해주었다. 하지만 워드프레스 스스로 뽐냈듯이, 오늘 하루에만 이미 글 수십만 편이 게시되었다. 내 블로그 게시물을 누가 읽기나 할까? 톰에게 문자메시지로 블로그 주소를 보냈다. 침대에 누운 채 바로 링크를 클릭하리라 예상하면서, 앞으로는 좀 협조적인 태도를 보여주기 바라면서. 즉각 문자 알람이 왔다. "제발 좀 불 끄고 자라!" 이제는 톰이 아무리 붙잡아도 내가 탄 기차를 멈출 수 없다.

다음날 아침 다섯시 반부터 휘파람을 불며 베이킹을 준비했다. 원래 나는 아홉시 이전에 일어나는 일이 불가능한 사람이다. 극장에서 일하게 된 이유 가운데 이 같은 생리적 특징도 분명 한몫을 차지했다. 나는 자정을 넘겨가며 밤늦도록 일해도 별문제 없다. 나와 달리 아침 여덟시면 말쑥하게 단장한 모습으로 데스크에 앉아, 상냥한 미소로 고객을 응대하는 사람을 볼 때마다 영원히 풀리지 않는 수수께끼를 만난 느낌이다. 그런데 오늘은 아침형 인간이 되는 일이 조금도 힘들지 않다. 이제 더는 운명을 한탄하고만 있지 않을 것이다. 더구나 블로그도 만들었다. 블로그 주소를 알려줘야지. 톰한테는 이미 보냈는데, 그이는 관심도 없고…… 내 블로그에 관심을 가져줄 사람이 누가 있을까?

아무한테나 블로그 주소를 보낼 일은 아니다. 톰 외에는 이웃

◆   웹 사이트 또는 블로그 제작을 지원하는 소프트웨어.

집 방문 프로젝트를 아는 사람이 아무도 없다. 친구 중에 누가 선뜻 자기 일처럼 좋아하며 응원해줄까? 에스터! 에스터는 남의 일에 간섭하기도 싫어하고, 자기 일에도 간섭받기 싫어하는 친구다. 내가 아는 사람 중에 에스터만큼 그런 성격이 강한 사람은 없다. 나중에 새벽에 온 문자 때문에 잠 설쳤다고 불평하지 않을 유일한 친구다. 에스터에게 아무 말 없이 블로그 주소만 보냈다. 그래야 경우에 따라 실수로 보낸 척할 수 있으니까.

에스터한테서 곧바로 전화가 왔다. "너 뭐하는 거니? 이해가 안 간다. 이건 정말…… 그런데 왜 200가정이나 방문해? 너무 많지 않아? 20가정만 해도 충분할 텐데!"

나는 20명보다는 200명 앞에서 더 용기가 난다고 대답했다. 설명하기가 쉽지 않았다.

가정식 치즈케이크

벽 너머의
이웃

우리 아파트는 얼마 전에 외벽을 새로 칠한 덕에 겉모습만 매우 고급스러워 보인다. 외벽 도장 공사에 돈을 다 써버렸기에 내부에는 손을 댈 수 없었다. 번드르르한 외관과 달리 이 아파트에서는 여전히 석탄 난로를 사용하고, 화장실도 층마다 공동으로 사용한다. 설마 그럴 리가 있냐고? 진짜다. 석탄 난로에 공용 화장실. 그래서 외부 사람 눈에는 이 아파트에 사는 사람들이 현대식 고급 아파트에 사는 사람보다 만만해 보이는 모양이다. 지난주에 극장에서 어떤 사람을 소개받았다. 베를린은 처음이라는데, 그럼에도 나한테 베를린 어느 동네에 사냐고 마치 학문적 목적의 조사라도 하는 사람처럼 물었다. 순간 불쾌감에 얼굴이 화끈 달아올랐지만 그럼에도 대답을 해주었다. 아, 왜 나만 항상 정중해야 하는 거야? 그러자 이 사람은 "아, 전통적인 생활 방식을 고수하시는군요"라고 말했다. 전통적인 생활 방식으로 살아본 적도 없을 텐데.

생판 알지도 못하는 사람에게서 "전통적인 생활 방식" 운운하는 말을 듣기 거북해서 하는 소리가 아니다. 이 동네로 이사온 후로 이런 식의 공격이 두렵기만 하다. 은근하고 간교하지만 판에 박힌 공격. 공격의 근거가 되는 이런저런 선입견을 사람들은 굳건히도 지키고 키운다. 어쩌면 이 간교한 인간에게 동네 구경을 시켜줘야 했는지도 모른다. "슈바벤 출신 아웃!" "슈바벤이 싫어요!" "여피족 타도!"를 선전하는 온갖 그라피티 벽화를 보여주고 나서 출입문에 "노 두유·노 디카페인·노 아기 엄마 완전 보장"이라고 유머러스하게 팻말을 써붙인 카페에 데려갈 걸 그랬나보다. 그랬으면 카페에 앉아 이 도시의 분위기와 역사적 배경에 대해 함께 이야기했을 텐데. 아 참, 그렇지! 나는 카페에 못 들어가고 그 사람만 들어가겠지. 나는 개처럼 밖에서 기다리며 그 사람이 커피 마시는 모습을 유리창을 통해 멀뚱히 쳐다보고 있겠지. 아무튼 그랬더라면 우리는 각자 잠시 생각해볼 여유를 가졌을지도 모른다. 그 사람은 인종차별을 상류사회 규범처럼 여기는 동네에 걸맞은 팻말이 카페에 걸려 있다고 생각했을 테고, 나 역시 너무도 쉽게 선입견에 젖던 일을 반성했을 것이다. 펜트하우스에 사는 여자가 핑크색 옷차림으로 발코니에서 담배 피우는 모습을 보고 뭐라 생각했던가!

크고 작은 적개심이 이토록 본연의 임무를 다할 때 우리의 자화상은 더욱 뚜렷해진다. 나는 원래 사려 깊은 사람이 아니다. 오히려 그 반대다. 카페에서 일할 때 디카페인 음료를 찾는 아기 엄마들을 욕했다. 그리 오래전 일도 아니다. 따뜻한 디카페인 두유 라떼를 완성하려면 일반 음료를 제조할 때보다 여섯 단계를 더 거쳐야 한다. 그러니 어찌 욕이 안 나오겠는가? 차라리 물이나 한잔 달라고 하지! 지금 내가 커피 한 잔을 마시면 아기 수면 시간이 여섯 시간 줄어든다. 그럼에도 익숙한 커피맛을 포기할 수 없어 디카페인 커피를 주문할 때는 과거의 근시안적 사고를 속죄하

는 의미에서 따로 팁을 준다. 사람들이 무심코 하는 행동 가운데
는 시간이 한참 흐른 뒤에야 비로소 그 의미를 깨닫게 되는 것이
있다. 고급 아파트도 자세히 들여다보면 축축한 곰팡이 소굴이라
는 사실이 드러난다. 모든 고급 아파트가 곰팡이 소굴이라는 말이
아니라, 앞으로는 좀더 자세히 살펴보겠다는 말이다. 사람을 평가
하고 재단하기 전에 먼저 그 사람과 알고 지내는 법을 연습할 것
이다. 언젠가, 내가 '인간도'에서 검은띠를 따는 먼 훗날에는 어쩌
면 사람을 재단하는 행위를 그만두리라.

오늘은 벨을 누르자마자 갱스터 래퍼를 완벽하게 연출한 청년
이 문을 열어주었다. 모양낸 구레나룻에, 헐렁한 긴 셔츠 위로 굵
은 황금 체인을 두른 모습이다. 흡사 길거리에서 마주치면 총구를
겨눌 것도 같은 모습이었지만, 젊은 래퍼는 부드러운 목소리로 공
손하게 말했다. "오늘 엄마 생신이에요. 곧 돌아오실 텐데, 집에 들
어오시라 해도 되는지 모르겠어요." 나는 청년이 귀엽다고 생각하
며 계단으로 위층에 올라갔다. 앞치마를 두른, 볼 빨간 여인이 문
을 열어주었다. 이 사람은 우리집 거실 벽 반대편에 사는 사람인
데, 이제야 처음 보게 되었다.

"안녕하세요! 저는 이 동네에서 프로젝트를 하고 있어요. 200일
동안 200가정을 찾아가 티타임을 가지는 프로젝트예요. 제가 직
접 구운 케이크를 먹고 커피를 마시며, 어떻게 지내는지 이야기를
나누는 거죠. 이 동네 이야기며, 여기가 얼마나 변했는지 같은 이

야기를요. 저와 함께 치즈케이크 한 조각 드시겠어요?" 시건방진 젊은 녀석을 만나 자존심이 상한 덕에 이제 대화를 시작하는 말만큼은 술술 나왔다.

"나쁠 거 없죠!" 여인이 반겼다.

부엌에서 더운 공기가 밀려왔다. 천장에 서린 김이 아주 천천히 위쪽 창을 통해 밖으로 방울져 떨어졌다. 건초와 캐모마일 냄새가 은은하게 풍겼고, 화덕에 놓인 커다란 냄비에서 갈색 액체가 부글부글 끓고 있었다. 궤 모양 벤치에는 코바늘로 뜬 알록달록한 쿠션이 여러 개 놓여 있다. 내가 제대로 앉기도 전에 카타리나는 냄비들 사이에 주전자를 쑤셔넣으며, 자기 인생에서 가장 중요한 순간에 대해 이야기하기 시작했다. 간간이 굉장히 긴 주걱을 냄비에 넣고 매우 흡족해하며 끓어오르는 액체를 젓곤 했다. "요즘 식물성 염료를 실험하고 있어요. 어제는 캐모마일 뜯으러 하루종일 돌아다녔죠. 손에 못이 다 박였어요. 보세요!"

나는 그녀의 손바닥에 못이 심하게 박인 모습에 크게 놀란다.

"저는 조기 퇴직했어요. 시간이 많죠. 그래서 매일 목표 한 가지를 정해요. 지금은 약초 공부를 하는 중이에요. 사프란에서는 풍부한 노란색 염료가 나와요. 아주 멋진 색이에요. 밖에서 파는 옷에는 대부분 독이 있어요. 정말이에요. 검정 옷은 입지 마세요. 검은색 염료가 독성이 제일 강해요. 유기농 목면도 마찬가지예요. 목화 농장에서 일하는 사람들이 살충제를 흡입할 일은 없겠지만, 그래도 검은색 목면 옷을 입으면 염료에서 나오는 독성 물질이 피부에 닿겠죠?"

나는 위아래로 온통 검은 옷을 입고 있었지만 긴장을 풀었다. 지금은 뭘 보여줄 수도 없고, 카타리나가 달려 내려간 울퉁불퉁한 대화의 비탈길에서 뒤따라 달려가며 이것저것 물어볼 수도 없다. 찻물이 끓는 동안 나는 앉은 채 다리를 뻗어 반대편 의자에 올려놓고(!), 카타리나가 직접 만든 라일락 시럽을 홀짝거렸다. 짙푸른 색 벽에 표현주의 색채의 모래언덕 그림이 걸려 있고, 그 옆에는 손으로 빚은 도자기 찻잔들이 불룩한 배를 자랑하고 있다.

카타리나는 나를 어떻게 선뜻 부엌으로 들일 수 있었을까? 나라면 절대 낯선 사람을 집안으로 들이지 않을 것이다. 나는 택배 기사가 와도 문을 열어주지 않는다. 택배 기사가 무서워서 그러는 게 아니다. 며칠 전에 본 형사물에서는 택배 기사가 사이코패스 범죄자였지만, 우리 구역 담당 기사가 사이코패스일 가능성은 무척 낮다. 게다가 잘생겼다. 우리 동네 여자 가운데 절반은 오로지 그 남자 때문에 온라인 쇼핑을 할지도 모른다.

직업상 어쩔 수 없는 경우가 아니면 사람들과 즉흥적으로 말을 섞어야 하는 순간이 너무도 괴롭다. 언제나 "예" 또는 "아니요"라 해야 하고, 무작정 "누구세요?" "무슨 일로 오셨어요?"라고 물어야 하며, 대화를 어디서 끝내야 할지 알고 있어야 한다. 비슷하게나마 나와 같은 고충을 겪는 사람은 보지 못했다. 부엌에서 병아리색 고양이 두 마리가 터벅터벅 걸어왔다. 내 눈에는 이놈들도 나처럼 대인기피증이 있는 것 같아 보였다. 한 마리는 빈 사료 그릇 앞에 얌전히 앉았고, 다른 한 마리는 용기를 내어 내게 다가왔다. 도망갈 자세를 취한 채 먼저 바구니에 코를 대고 냄새를 맡더니 발톱으로 바구니를 가만히 할퀸다. 바구니 안에 깐 보자기가 살짝 들렸다.

"어, 방해가 되면 내쫓으세요."

"아니에요." 나는 손을 내저었다. "갑자기 낯선 사람이 부엌에 들어와 앉아 있으면 저라도 그랬을 거예요." 이 말에 용기를 얻었는지 고양이가 바구니 위로 기어오르기 시작했다. 바구니 가장자리까지 마지막 10센티미터를 남기고 떨어질 뻔했으나 곧바로 바구니 가장자리에 올라서서 요구르트병을 이리저리 찔렀다. 고양이는 노획물이 대단히 불만스러운 듯했다.

"너무 귀여워!" 카타리나가 웃었다. "이 녀석들을 보고 있으면 시간 가는 줄 몰라요. 막시는 과거의 나를 보는 것 같아요. 한시도 가만히 안 있죠. 그리고 미니는……" 카타리나는 여전히 사료 그릇 앞에 긴장한 채 앉아 있는 고양이를 가리켰다. "지금의 나를 보는 것 같고. 좀 무기력한 편이에요."

"무슨 일이 있었나요?"

"암에 걸렸어요. 2년 전에. 대단히 어려운 수술이었죠. 보세요, 수술 자국." 카타리나는 입고 있는 셔츠를 끌어올렸다. 검붉은 상처가 배를 가로지르고 있었다. "이런 거 본 적 없죠?"

하마터면 처음 본 여인의 배에 손가락을 대고 상처를 따라 쓸어내릴 뻔했다. 카타리나가 셔츠를 내렸다. "그후로 저는 많이 변했어요. 새벽 세시까지 탱고를 추는 일은 꿈도 못 꿨죠. 조금이라도 아프면 '아, 이제 재발하는구나!' 생각했어요."

갑자기 바구니가 쓰러졌다. 요구르트병이 와르르 쏟아져 떼구루루 굴렀다. 막시는 화가 단단히 난 듯 "야옹!" 하고 울부짖으며 부엌에서 황급히 사라졌다. 카타리나가 웃었다. 바구니 속 내용물을 보고는 더 크게 웃었다. "이거 말고 쐐기풀차 어때요? 직접 딴 건데."

"한번 맛보고 싶네요." 내가 쐐기풀차를 맛본다고?

나중에 카타리나는 집 구경을 시켜주었다. 거실, 좁다란 침실, 피아노, 해먹. 탱고 의상과 직접 뜬 스웨터도 보여주었다. 스웨터는 예술작품이었다. 꽈배기 무늬를 넣은 정도가 아니라, 뜨개실로 그린 작품이었다. 사바나에서 코끼리와 함께 이동하는 기린도 그렸고, 아카시아나무 가지에 앉아 쉬고 있는 치타도 그렸다. "뭐든 직접 만드는 걸 좋아해요. 아기 엄마도 젊을 때 뭐든 해봐요. 그러면 적어도 내가 뭘 잘 못하는지 알 수 있어요. 잠깐만…… 이거!" 카타리나는 책 한 권을 내 손에 쥐여주었다.

"주부가 알아야 할 실용적인 보관 방법?"

"거기 아기 엄마가 알아둬야 할 게 다 있어요. 병조림 하는 법, 잼 만드는 법, 감자 제대로 보관하는 법. 한번 읽어봐요."

"아, 네. 고맙습니다." 나는 감자를 별로 좋아하지 않는다. 감자 사둔 게 생각나서 꺼낼 때마다 잔뜩 올라온 싹을 칼로 파내기 바쁘다. 병조림이라는 말에서도 아기 엄마가 반드시 해봐야 할 일보다는 주로 병조림만 사 먹는 게으른 총각들의 습관이 연상된다. 잼도 그렇다. 들은 바로는 잼을 제대로 만들려면 세심한 주의와 인내가 필요하다는데, 아직 이 두 가지 덕목과 친해질 기회가 없었다. 불현듯 옛날 생각이 났다. 할머니와, 우리집 앞에 있던 딸기밭이 눈앞에 어른거렸다. 나는 김 서린 부엌에서 할머니가 작은 접시에 딸기잼을 담아 어린 나에게 주시던 기억을 더듬었다. 매우 오래전 일이다. 지금이 내가 잼을 만들어볼 때일까? 어쩌면 이 프로젝트는 황당 궤짝의 종말이자 많은 일의 시작을 의미하는지도 모른다.

"가져요." 카타리나가 말했다. 나는 답례로 3분의 1 정도 남은 치즈케이크를 두고 가겠다고 말했다. 카타리나는 사차원 세계로 빠져들듯이 치즈케이크를 응시하더니 커피 찌꺼기에서 점괘를 보는 듯한 목소리로 중얼거렸다. "신기하네. 아기 엄마를 보니 갑자기 옛날에 티타임을 가지던 기억이 나네요. 티타임을 정말 자주 가졌어요. 까맣게 잊고 있었는데…… 케이크를 굽고, 저기 뒷방에 긴 탁자를 놓았어요. 테이블보도 깔고 촛대도 놓고. 별별 사람을 다 초대했어요. 아파트 주민, 길에서 마주친 낯선 사람, 친구, 아무나 다. 그런데 지금은 이렇게 은둔생활을 하고 있네요. 다시 티타임을 가져야 할까봐요."

밖으로 나오자 이슬비가 내리고 있었다. 비를 맞으면서도 기쁘고 흡족했다. 이웃집 방문이 벽을 뚫고 처들어가야 할 만큼 힘든 일은 아니라는 생각에 마음이 놓였다. 내가 이토록 기분좋은 이유는 카타리나의 친절한 대접 때문일까? 아니면 다른 사람의 모습에서 내 삶의 모습을 발견했는데 그 모습이 그럭저럭 봐줄 만했기 때문일까? 아무튼 이제는 무엇이든 시작해볼 의욕이 생겼다. 따듯한 수프를 먹고 뱃속이 든든해졌을 때처럼. 나는 마리를 유아차에 태우고 아는 동요는 다 부르며 여기저기 산책을 했다. 그리고 돌아오는 길에 딸기 3킬로그램을 샀다. 1킬로그램은 내일 만들 케이크에 쓸 거고, 2킬로그램으로는 잼을 만들 생각이다. 그래, 할 수 있는 건 무엇이든 다 해보자! 잼이라 해도 단순한 잼이 아니라, 뜻밖에 열린 가능성을 의미하는 잼이다.

우리 단지에 있는 아파트 동 수: 38개

재건축한 것처럼 보이는 아파트 동 수: 37개

아직도 층별 공용 화장실을 사용하는 아파트 동 수: 4개

아직도 석탄 난로를 사용하는 아파트 동 수: 10개

고급
재건축 아파트

"당신 이제 정말로 매일 케이크 굽는 거야?" 톰이 발을 질질 끌며 부엌으로 왔다. 거실 바닥에서 삐걱거리는 소리가 났다. 음악가의 귀에 믹서 돌아가는 소리는 헤드폰을 끼고 있어도 거슬리는 모양이다. 이른 아침 시간에는 더 참기 힘들겠지. 나는 아랑곳하지 않고 계속 믹서를 돌린다.

"당신 그러다 완전 돼지 되겠어!"

하! 웬 몸매 걱정? 하지만 나는 임신중일 때부터 몸매 변화에 완전히 적응했다. 처음에는 왜가리, 그다음에는 하마. 그런데 내 티셔츠에 뭐가 묻은 거지? 아, 마리가 아침 먹고 토한 흔적이구나.

"그놈의 프로젝트! 끝나면 속이 다 후련하겠다." 톰이 포기하고 돌아서며 중얼거렸다.

안됐네. 200일 중에 오늘이 겨우 3일째인데. 그렇더라도 프로젝트라는 말을 또 그렇게 비꼬는 투로 말하지는 말았어야지. 좀더 감동적으로 말할 수도 있잖아! 그나저나 비스킷 반죽 하는 게 이렇게 쉬운 줄 누가 알았겠어?

엄마한테서 전화가 왔다. 엄마는 거의 매일 전화를 하신다. 먼저 아기의 안부를 묻고서 지나가는 말로 "너는 잘 지내? 일은 어떻게 하기로 했어?"라고 물으신다. 매번.

일과 전혀 무관한 프로젝트를 하고 있는 사람에게는 결코 유쾌한 질문이 아니다. 보통은 안심시키는 말로 적당히 대답을 하지만, 통화를 마치고 나면 이내 우울해져 방구석을 멍하니 바라보거나, 고난에 맞서 싸우기로 결심이라도 한 양 힘주어 유리창을 박박 닦는다. 하지만 오늘은 그러지 않았다. "엄마, 극장 일은 나도 몰라요. 지금 나한테 극장은 뒷전이야. 요즘 이 동네에서 이웃집 방문 프로젝트를 하고 있거든요. 남의 집에 찾아가서 티타임을 가지는 거예요."

"뭘 한다고?"

"티타임요. 블로그도 하고 있어요."

엄마는 아마도 두 손을 머리 뒤로 돌려 깍지를 낀 채 한참 동안 할말을 찾지 못하실 거다.

"그래? 당장 읽어봐야겠다. 블로그 주소 불러. 받아쓰게."

엄마는 진심이었다. 엄마는 무슨 일이든 무턱대고 좋다고 말하는 분이 아니다. 오히려 그 반대다. 그렇다면 나는 "황당한 아이디어"라는 톰의 말만 믿고 몇 달 동안이나 잘못 생각하고 있었다는 말인가? 처음부터 엄마한테 물어봤더라면 엄마가 나를 격려해주셨을까? 가장 단호히 반대할 사람이라고 생각했던 사람이?

나는 망설였다. 블로그 주소를 알려드릴까? 그러면 세 시간도 안 되어 친척 모두가 나를 비웃을 텐데? 그럴 위험을 감수하고 구독자를 한 사람이라도 더 확보하는 편이 나을까?

엄마는 온갖 감언이설로 나를 재촉했다.

"좋아요. 하지만 아무한테도 말하면 안 돼요!" 다른 가족들은 내가 알아서 할 테니까.

30분도 지나지 않아 핸드폰이 울렸다. 언니가 보낸 문자였다. "엄마가 어쩌고저쩌고하면서 이상한 링크를 보냈어. 이거 수상한 거 아냐?"

내 이럴 줄 알았다니까!

"그 수상한 링크, 내 블로그 주소야." 나는 한참을 망설인 후에야 답장을 보냈다. 어차피 알게 될 일이니. 그럼에도 손에 땀을 쥐었다. 언니와 나는 3년 전부터 서로 연락을 하지 않고 지낸다. 거기에는 그럴 만한 이유가 있다. 나는 핸드폰 바탕화면에서 다시 문자 아이콘을 눌렀다. 한참 설명을 하고 있는데, 357글자를 초과하면 요금이 부과된다는 메시지가 떴다. 젠장! 이미 엎질러진 물이니, 언니한테 전화하자!

언니는 바로 전화를 받았다. "지금 읽고 있어. 너무 재미있다! 어떻게 그런 생각을 다 했니? 너 정말 대단하다!"

내가 뭘 들은 거지? 내가 언니한테 대단하다고 말한 적이 있었나? 기억이 나지 않는다. 했더라도 최소 13년 전이었을 것이다. 우리 둘이 마지막으로 함께 불평을 늘어놓았을 때가 대략 그즈음이었으니까. 그때 우리는 엄마의 신성한 음식 보관창고에서 1킬로그램들이 코코넛초콜릿 상자를 슬쩍하고 발코니로 가서 앉았다. 우리는 코코넛초콜릿을 먹으며, 우리한테 관심 없는 남자애들 때문에 함께 불평을 해댔다. 아니면 부모님이 새벽 네시까지 클럽에서 놀도록 허락해주지 않았기 때문이거나. 그후로 차츰 불평하는 일이 사라졌다. 적어도 함께 불평하는 일은 없었다. 나는 학생회장이 되었는데, 언니는 시험을 보는 족족 떨어져서였을 것이다. 아니면, 언니 말에 의하면 엄마가 집안일을 시키려 할 때마다 내가 도망쳤기 때문인지도 모른다. 그것도 아니면 단지 코코넛초콜릿 만드는 회사가 망해서 더는 코코넛초콜릿이 시중에 나오지 않았기 때문이거나.

우리가 다시 함께 불평을 쏟아낸 사건은 그후 상당히 오랜 시간이 지나서야 일어났다. '함께'했다고 말해도 되려나. 가족 모임을 할 때였는데, 대화중 실업자 문제가 나왔다. 언니는 그 당시 사회정신의학센터에서 근무했는데, 언니가 보기에 실업자는 만날 소파에 누워 빈둥거리며 언니가 내는 세금이나 축내는 사회 기생충일 뿐이었다. 하지만 내가 보기에 실업자는 주로 나와 같은 대학생이거나 예술가 친구들이었으며, 소파 살 돈도 없는 사람들이었다. 그러니까 나 자신도 실업자였다. 나는 인신공격을 받았다고 느껴 감정적으로 대화에 끼어들었다. 언니의 이야기를 처음부터 들었더라면 언니가 왜 그렇게 흥분했는지 이해했을 텐데. 언니가 야간근무를 할 때 에이즈에 감염된 어느 실업자가 언니를 깨물었다. 다행히 언니한테 에이즈가 옮지는 않았다. 나는 그 이야기를 듣지 못했다. 결국 모든 것이 내가 생각하는 언니의 모습에 정확히 들어맞았고, 언니가 생각하는 내 모습과도 완벽하게 맞아떨어졌다. 옥신각신 끝에 나는 언니한테 건방진 반사회적 태도에 욕지기가 난다고 악을 쓰며 말했고, 언니는 나한테 어차피 평생 제대로 된 직업도 구하지 못할 테니 무료 급식소에 가서 봉사활동이나 하라고 소리질렀다. 우리는 각자 가방을 집어들었다. 어머니와 아버지가 우리를 각자 한 명씩 붙잡고서 제발 케이크를 자를 때까지만이라도 함께 있으라고 애걸하지 않았다면, 우리 자매는 그 길로 자리를 떴을 것이다. 우리는 이를 갈며 감정을 억눌렀지만, 그후로 한마디도 섞지 않았다.

그로부터 얼마 지나지 않아 나는 대학을 중퇴했다. 평생 제대로 된 직업을 구하지 못하리라는 언니의 예언이 적중할까봐 너무도 괴로웠고, 그때부터는 창피해서 크리스마스 때도 가족 모임에 가지 않았다. 사실상 언더그라운드에서 쥐꼬리만한 돈을 벌고자 이 나라 극장을 전전하며 조감독 아르바이트를 했다. 언니의 셋째 아이가 세례를 받는 날, 나는 세례식에 가지 않았다. 배우인 친구 두 명이 자신들이 하는 행위 예술에 무보수로 출연해달라는 부탁을 했는데, 하필 날짜가 세례식 날과 겹쳤다. 보통 그런 공연에는 아무도 오지 않았고, 그때는 여름휴가 기간이라 도시 전체가 텅 빈 것 같은 때였다. 아무튼 내가 해온 일 가운데 제대로 된 일은 없었다. "케이크 구워, 얼른. 글 계속 읽고 싶다." 언니는 이렇게 말하고 전화를 끊었다. 프로젝트야, 네가 나한테서 원하는 게 뭐니? 내 좌표를 새로 정해야 하니?

언니와 통화를 마치고 증명이라도 해 보일 기세로 홀린 듯 '요새' 앞에 섰다. 요새란 고급스럽게 재건축한 아파트를 말한다. 출입문은 방탄유리나 티타늄으로 되어 있고, 코너마다 'CCTV 작동중'이라고 쓰인 스티커가 붙어 있다. 크롬 도금을 한 인터폰 장치가 커다랗고 시커먼 개구리눈 모양으로 번득였다. 이 아파트에 들어오라는 사람이 있으면 내 손에 장을 지진다!

내 뒤로 지프 한 대가 길가에 주차를 했다. 이름만 들어도 VIP가 연상되는, 번쩍이는 대형 SUV 차량이었다. 거리에 이 차종이 늘어나면서 은근히 골칫거리가 된 지도 벌써 꽤 오래되었다. 차에 탄 사람들이 나를 살폈고, 나도 출입문 유리에 비친 그들의 모습을 살폈다.

그때 인터폰에서 지지직 소리가 났다. 나는 얼른 개구리눈을 보며 미소를 지었다. 그러나 개구리눈에 비친 얼굴에서 콧구멍만 커졌을 뿐이다. 최대한 멋지게 보이려고 발뒤꿈치까지 든 채 커다란 호를 그리며 개구리눈 앞에 케이크와 커피를 번갈아 들어 보였다. 그럼에도 들리는 소리라고는 "누구세요? 누구세요? 안 들리는데요!"뿐이었다.

이 팬터마임 쇼를 처음부터 다시 하라고? 돌겠네! "안녕하세요. 저는……" 지지직거리는 목소리가 내 말을 끊었다. "일단 올라오세요!" 삐 소리와 함께 문이 열렸다. 나는 대리석 현관 안으로 들어섰다.

안마당으로 통하는 또다른 방탄유리문 너머로 깔끔하고 아담한 분수대가 여러 개 보였다. 어쩌면 초콜릿 퐁뒤가 샘솟는 분수대인지도 몰라! 이 아파트에 사는 사람들은 저녁이면 하프 소리를 들으면서 한가로이 안마당을 거닐다가 긴 꼬치에 딸기와 씨 없는 포도를 꽂아 초콜릿 샘물에 담글 거야. 나는 세번째 방탄유리문과 맞닥뜨렸다. 건물 계단으로 통하는 문이었는데 잠겨 있었다.

인터폰 속 목소리의 주인공이 두번째 버튼 누르는 일을 잊은 모양이다. 혹시 일부러 안 눌렀을까? 금방이라도 발밑의 대리석 타일이 갈라지면서, 내가 그 아래로 미끄러져 곧바로 조커의 실험실에 도착할 것만 같았다. 거기서 웃음 가스*를 맡고 죽는 건가? 하지만 홍채 인식 검사도 통과하고 여기까지 왔는데 그냥 돌아갈 수는 없지! 그때 마침 한 여인이 계단을 내려왔다. 여인은 건성으로 인사했고, 나도 인사를 하며 최대한 품위 있게 그녀 옆을 지나 계단을 올랐다.

맨 위층까지 계단을 오르느라 숨이 찼고 체력도 바닥났다. 이렇게 숨을 헐떡이면서 어떻게 설명을 하지? 다행히도 그럴 필요

◆ 영화 <조커>에 나오는 살인 가스. 맡으면 웃다가 죽는다.

는 없었다. 문은 열려 있었고, 안에서 외치는 소리가 들렸다. "들어오세요. 벌써 에스프레소 머신도 작동시켜놨어요." 거실에는 생선 뼈무늬가 있는 떡갈나무 바닥재가 깔려 있었다. 조심하는 뜻에서 나는 먼지투성이 슬리퍼를 벗었다. 집주인 남자가 다가와 악수를 청했다. 기분이 좋아 보였다. "책을 쓰신다고요?" 집주인이 말했다.

"책이요?" 나는 사레들릴 뻔했다. "그냥 블로그예요."

"블로그가 책이 될 수도 있죠. 자신감을 가지세요. 그런데 엘리베이터 안 타셨어요? 아, 신발 신으세요. 어서요. 가져오신 커피 대신 카푸치노나 마키아토 어때요?"

남자의 활기찬 모습이 마음에 들었다. 그는 나를 개방형 부엌으로 안내했다. 충분한 조명 장치가 환하게 빛나는, 매우 넉넉하고 소박하면서도 우아한 공간이었다. 한가운데 놓인 튼튼한 목재 식탁은 원탁의 기사가 모두 앉아도 될 만큼 컸다. 맞은편 빌트인 싱크대는 흰색과 시멘트색으로 맞춤 제작된 것이었다. 긴 복도 끝에 열린 문 뒤로 알록달록한 아이들 방이 보였다. 나는 집주인 남자에게 맥아 커피가 든 요구르트병을 건넸다. 남자는 의심스러운 눈빛으로 병에 든 커피를 살폈다. "이것도 프로젝트에 포함된 건가요? 아니면 저희 집에 있는 그레인 커피도 괜찮을지……"

"아, 아무거나 상관없어요. 카페인만 없으면……" 디카페인 음료를 주문하는 날이 올 줄이야! "이렇게 빨리 문을 열어주셔서 고마워요. 인터폰 카메라에 대고 말하려니 답답하더군요."

"인터폰 카메라요? 아, 그거 고장난 지 한참 됐어요. 제대로 작동한 적이나 있는지 모르겠네요. 앉으세요. 우리 둘 다 시간이 많지는 않으니까. 저는 내일 할 강연을 준비해야 돼요." 그는 발코니를 가리켰다. 책상 위에 놓인 다년생 화초 사이로 노트북이 켜진 채 주인을 기다리고 있었다. "아내는 애 둘 데리고 발트해로 놀러 갔어요. 제 일 방해하지 않으려고요. 마침 잠깐 쉬려던 참이었는데, 때맞춰 오셨네요. 우유 거품에 설탕 뿌릴까요? 맥아 커피에 코코아는 안 어울리더군요."

나는 좋다 하고, 어떤 강연을 준비하느냐고 물었다. 그가 읊은 쉰 단어쯤 되는 강연명은 곧바로 내 머릿속 휴지통으로 직행했다. 그래도 강연명에서 이 사람이 외과의사라는 사실은 알아냈다. 양말도 신지 않고 면도도 하지 않은 채 물방울무늬 셔츠를 입은 외과의사. 웃을 때 얼굴 가득 잡히는 주름이 보기 좋았다.

집주인은 밀크커피를 담은 커다란 잔을 내 앞에 정중하게 놓고, 자신은 코코아가루를 뿌린 카푸치노를 들고 와 맞은편에 앉았다. 편하고 즐거워 보였다. "여기 산 지 15년 됐어요." 그는 내가 묻기도 전에 말했다. "저희가 처음 이 아파트로 이사왔을 당시에는 관광객들이 이곳 사진을 찍어댔어요. 사진 찍을 만했죠." 그가 말한 이곳은 '악어 등짝'이라고 불렸다. 악어 등짝은 아직 재건축되지 않은 아파트를 가리키는 말이다. 이 단지에는 제2차세계대전 당시 총탄에 맞아 외벽에 구멍난 아파트가 남아 있다. 골다공증에 걸린 듯 외벽에서 돌이 떨어져나와 행인이 다치는 일을 막으려 지지대를 설치해두었다. 그렇다. 이 거리는 외벽 시공 기술 면에서 연구

할 만한 완벽한 대상이다. 200미터밖에 되지 않는 벽면에서 150년
에 걸친 건축 역사를 훑을 수 있다. 그뿐만 아니라 미래의 건축물
이 될 '사우나-엘리베이터-남향 테라스'도 짓고 있다. 사우나-엘리
베이터-남향 테라스는 지금 짓고 있는 새 아파트를 톰과 내가 일
컫는 말이다. 그 아파트는 분명 요새를 능가할 것이다. 방 세 개짜
리 아파트에 대한 소비자 선호도 조사 결과가 정확하다면, 새해에
50만 명은 그 아파트에 입주하고 싶어할 것이다. 빨리 완공되면
그 아파트에서도 이웃집 방문을 할 수 있을 텐데.

"저희 아파트는 이 단지에서 끝에서 두번째로 재건축한 아파트
예요. 재건축을 하긴 했지만 아직도 곰팡이가 있어요."

곰팡이가 이 요새에 있다고?

"습기를 아주 잘 막아놨죠. 보세요! 여기 바닥재 갈라진 거."

나는 그 자리를 확인했다.

"그나마 저희는 가격 협상을 잘했어요. 솔직히 새로 지은 외벽
을 봤을 때 재입주하고 싶은 마음이 전혀 안 들더군요. 물론 여기
서 이렇게 사는 것도 나쁘지 않다고 생각해요. 사실 저는 동독 출
신이고, 아내는 서독 출신이에요. 집에 대한 소비 성향이 서로 다
를 수밖에 없죠." 집주인은 어쩌겠냐는 듯 어깨를 으쓱해 보였다.
부부 사이에 의견 충돌이 있을 때 누구의 뜻이 관철되는지는 안
봐도 뻔했다.

집주인은 화초가 무성한 책상을 바라보며 한숨을 쉬었다. "사실
이번 주말에는 퓨전*에나 가야 하는데……"

"네에?"

"왜요? 농담 같아요? 이 집으로 이사왔을 때 저희 부부는 아직 대학생이었어요. 우리 애들은, 우리 세대가 흔히 쓰는 말로 하면, '프로젝트'가 아니었어요. 그런데 의도치 않게 베이비붐에 동참하게 되었죠. 우리는 평범한 가족이에요. 아내와 저 둘 다 일하고, 애는 둘이에요. 행복해도 언제나 정신이 없어요. 이제 애들도 커가니 저도 커리어를 쌓아야죠."

말의 요지는 커리어였다. 우리는 케이크를 먹었다. 나는 나중에 드시라고 케이크를 조금 남겨두고 자리에서 일어섰다. 집주인은 나를 문밖까지 배웅하고서 다시 한번 다정하게 악수를 청하며 인사했다. "책 나오면 연락 주세요. 꼭이요!" 그는 내게 눈을 찡긋해 보였다. "엘리베이터는 모퉁이 돌면 있어요."

"고맙습니다. 그런데 저는 엘리베이터 잘 안 타요." 폐소공포증 때문만은 아니다. 이왕 요새에 들어온 김에, 아직 시간도 충분하니까 다른 집 초인종도 눌러볼 생각이었다. 요란하게 발소리를 내며 계단을 내려가다, 위에서 문 닫는 소리가 들리자 살금살금 다시 위로 올라갔다. 손에 장을 지질 바에야 이왕이면 여러 집에 들어가보고 나서 지지지 뭐.

한 집에서 문이 열렸고, 유쾌해 보이는 여인이 환한 표정으로

◆　퓨전 축제. 매년 여름 독일 레르츠에서 나흘간 열리는 아방가르드 음악 축제.

나를 맞이했다.

"어머, 그거 정말 재미있겠네요! 그런데 저는 이 집에 온 손님이에요. 이곳은 제 친구 집인데, 친구가 지금 통화중이에요. 잠깐 기다리세요. 물어보고 올게요." 여인은 안으로 사라지더니 큰 소리로 말했다. "놀라지 마! 지금 문밖에 빨간모자가 와 있어!"

하하! 3분 후? 5분 후? 아니면 20분 후였나? 아무튼 그녀는 다시 나타나 내 손에 명함을 쥐여주었다. "지금은 곤란하대요. 이메일로 연락해서 약속을 잡는 편이 좋겠어요. 안녕히 가세요!"

명함에 쓰인 이름과 직함을 보니 이 집 방문은 할 수 없겠다는 생각이 들었다. 이 같은 공인이 빨간모자에게 개인적인 이야기를 털어놓을 리 없으니까. 그럼에도 착실히 이메일을 보냈고, 예상대로 일은 성사되지 않았다.

맞은편 집 앞에서는 명함 없이도 상황이 어떻게 돌아갈지 짐작이 갔다. 초인종 아래에 쓰인 이름을 보건대, 이 집에서는 나를, 사인을 받아내려고 묘안을 짜낸 '사생팬'으로 여길 것이다. 그럼에도 초인종을 눌렀다. 세 번. 아무도 문을 열어주지 않았다.

몇 층 아래 집에서 남자가 문을 열어주었다. "커피 마시며 이 동네 이야기 나눌래요?" 남자는 고개를 돌려 코맹맹이 소리로 아내에게 물었다. 아내는 식탁에 앉아 신문의 문예란을 보고 있었다. 식탁 앞 벽에 그림 포스터가 걸려 있다. 여자도 내가 하는 이야기를 다 들었을 것이다. 문틈으로 보니, 여자가 놀란 눈으로 쳐다보고 있다. "뭐래? 됐어요!" 그녀는 남편을 바라보며 화난 목소리로 대답하며 나를 쳐다보지도 않았다. 고개를 2센티미터만 돌리면 내가 정면으로 보일 텐데도. "됐어요!" 남편이 나를 보며 갑자기 화난 목소리로 말을 전했다. 그러고는 두말없이 문을 닫았다.

진공청소기 외판원이 된 기분이었다. 그 순간 거품을 걷어낸 선입견이 요새에서 벌어진 상황에 대한 증거를 탐욕스럽게 그러모으기 시작했다. 봤지? 봤지? 여기 사는 사람들은 저래. 한 사람 때문에 손에 장 지질 뻔했잖아!

상황을 선입견에 따라 이런 식으로 평가했지만 당연히 나 자신이 못마땅해 뱃속도 편치 않았다. "공정해야지!" 이 당당한 말을 기어들어가는 목소리로 내뱉었다. '어쨌든 이웃집 방문을 허락해준 사람이 있긴 있었잖아. 규칙대로 하루에 한 집 방문했으면 됐지. 갑자기 왜 다른 아파트에서는 기대하지 않던 걸 이 요새에서 기대해?' 그러나 선입견은 물러서지 않았다. '요새가 그렇지 뭐!' 어디 197일이 지난 뒤에 선입견과 요새의 전투에서 누가 이기는지 한번 보자. 심판은 내가 볼 테니까.

외과의사 집에 갔던 이야기를 블로그에 올리고 3분도 지나지 않아 언니가 문자를 보냈다. "이 글 마음에 든다." 언니는 내 블로그를 구독했을 뿐 아니라 새 글이 올라올 때마다 후기를 써서 문자로 보냈다. 글이 올라가고 3분도 지나지 않아서. 이 프로젝트로 무엇을 얻든, 언니와 다시 연락을 한다는 사실만으로 충분히 만족한다.

누구나
두려움을 느낀다

초인종 누르기도 일은 일인가? 오늘따라 온몸이 쑤시고 땅겨 난리도 아니다. 지금까지 초인종을 누른 날 중에 오늘 제일 많이 눌렀다.

도로 왼쪽 편에 사는 사람은 아무도 없는 것 같다. 여기가 베를린에서 인구가 가장 많은 거리라 하지 않았나? 아파트 네 동에 붙은 인터폰 벨 232개를 다 눌러본 뒤에야 삐 소리와 함께 문이 열렸다. 그러나 정작 그 집은 수리중이었고, 그곳에는 하루종일 울려대는 초인종소리에 짜증이 난 일꾼들만 있었다. 인터폰 패널에서 그 집에 해당하는 초인종 옆에는 이름표가 붙어 있지 않았다. 그 집에 아무도 안 산다는 얘기인데, 그럼에도 누가 문을 열어주는지 알아보고 싶은 사람이 많았나보다. 아무튼 아파트 건물 안으로 들어오는 데는 성공했다. 다만 건물 전체를 통틀어 문을 열어준 사람은 아기 엄마 한 사람뿐이었다. 아기 엄마는 지금은 시간이 안 된다고 말했다. 방금 아기를 데리고 나가려던 참이었단다. "아기에게 햇볕 좀 쐬게 해주려고요. 아시죠?" 그래도 티타임은 정말 좋은 생각이라며, 다음주에 다시 오겠느냐고 묻고는 "어차피 저도 딱히 할일이 없어요"라고 덧붙였다. 나는 그 말에 토를 달고 싶었지만 그럼에도 다음주에 다시 이곳을 찾아오기로 아기 엄마와 약속했다. 날짜와 시간도 정했다. 이건 원칙에 어긋나는 일이다. 의도

한 대로 이웃집에 불쑥 찾아가도 집안으로 들어갈 수 있어야 한다. 한 시간이나 이 집 저 집 초인종을 누르고도 아무런 성과를 거두지 못한 탓에 기운이 빠졌다. 그래서 이번만은 예외를 인정하기로 했다.

다음주 수요일에는 최소 한 건의 이웃집 방문 성공이 예정되어 있다. 하지만 오늘은 아직 성과가 없다. 그러니 얼른 다른 아파트로 가서 시도를 하는 수밖에! 곧 마리가 낮잠에서 깨어 배고파 울 것이다. 헤드폰을 끼고 있는 톰이 그 소리를 듣기나 할지. 서둘러야 한다! 그 순간 한 노인이 발을 질질 끌며 내 곁을 스쳐지나갔다. 태어날 때부터 이 동네에서 살았다는 노인이다. 그렇다면 대략 제국시대*에 태어났다는 얘긴데? 그는 언제나 혼자 뭐라고 중얼거렸다. 마치 왼쪽 눈 밑에 난 사마귀와 대화하는 것 같았다. 그런데 지금은 중얼거리지 않는다. 그는 옆 아파트 출입문 앞에 선 채 바지 주머니에서 어렵사리 열쇠 꾸러미를 꺼냈다. 나는 행운의 여신이 보내는 신호라고 생각하며 얼른 달려가 대담하게 말을 걸었다. 요 며칠 전부터 그랬듯이. "이 동네에 대해 잘 아시죠? 댁에서 저랑 같이 커피 마시며 얘기 좀 해주시겠어요?"

"아니요. 괜찮아요." 노인은 당황해서 우물거렸다. "할 얘기야 많지만 커피는 됐어요."

"케이크도 있어요. 이건 이 동네에 관한 프로젝트의 일환이에

◆   나치가 권력을 장악한 제3제국 시대.

요." 나는 아기가 곧 깰 때가 되었다는 말로 노인을 설득했다. 갑자기 노인의 눈이 반짝였다. "다른 날 하면 안 되겠소? 오늘은 곤란해요. 너무 많이 돌아다녀 피곤하기도 하고. 다음 일요일은 어때요?"

"일요일이요? 좋아요. 그렇게 해요!" 나는 신이 나서 대답했다. 제국시대 산증인과의 만남! 흥미진진한 이야기가 얼마나 많을까?

"늘 여자가 있었으면 했어요." 노인이 목소리를 낮추고 은밀하게 말했다. 눈 밑의 사마귀가 떨렸다.

나는 얼굴이 빨개졌다. "아니, 저…… 오해하시면 안 돼요. 그런 뜻이 아니에요!"

노인은 백네 살쯤 되었는데 몸집이 작고 힘도 없었다. 도대체 무슨 생각을 하는 건지 황당하기 짝이 없었다. 노인은 한숨을 쉬며 어깨를 축 늘어뜨렸다. "그래요. 여자를 얻기는 쉽지 않지. 다들 짝이 있어."

"맞아요!" 나는 매우 다행스럽게 생각하며 열심히 고개를 끄덕였다. 그리고 자신 있게 손가락에 낀 결혼반지를 내보였다. 오랜만에 끼고 나왔는데 이렇게 요긴하게 쓰일 줄이야! "네, 저도요! 저도요!"

"나도 알아요." 그는 내 말을 인정하며 조곤조곤 말했다. "아기 엄마를 이미 몇 번 봤어요. 항상 남편과 함께 있더군!"

헉! 나를 관찰하고 있었어? 나 말고 다른 사람도 관찰자가 될 수 있다는 사실은 꿈에도 생각지 못했다. 경우에 따라 쌍방 관찰도 가능하다는 말이 아닌가! 서부영화의 한 장면에서처럼 나는 두 손 들고 방어 자세를 취한 채 몇 걸음 뒤로 물러나야 할 것 같았다. 그 순간 시대의 증인이 어렵사리 문을 열었다. 나는 그를 따라 안으로 들어갈 생각이었다. 인터폰에 대고 프로젝트를 설명하는 창피스러운 수고를 생략하고 싶었다. "그럼 일요일에 봬요." 나는 최대한 사무적으로 말했다. "그런데 어디를 눌러야 되나요?"

노인은 자기 집 초인종은 고장나서 집안에서는 초인종소리가 들리지 않는다고 느릿느릿 설명했다. "그럼 제가 집 앞에 가서 문을 두드릴게요." 나는 그의 말을 곧이곧대로 이해하고 이렇게 제안했다. "아니요!" 그가 깜짝 놀라며 대답했다. 그러고는 숨을 헐떡거렸다. "아니요! 집으로 들어오는 건 안 돼요! 집으로 들어오는 건 안 돼! 내가 내려오겠소. 여기 아파트 출입문 앞에서 세시쯤 보면 어때요?"

어쩌면 내가 이 노인한테서 느끼는 두려움보다 노인이 내게서 느끼는 두려움이 더 클 수도 있겠다는 생각이 들었다. 그런데 이웃집에 찾아가지 않은 경우도 이웃집 방문으로 칠 수 있나? 모르겠다. 노인의 집에 들어갈 생각을 접기로 했다. 그러지 않으면 고성이 오가는 싸움이 벌어질 것 같았다. 그의 목에 선 핏대를 보니 충분히 그러고도 남아 보였다. 마침내 이곳을 떠나려고 돌아섰다. 이제 노인은 사마귀에 경보를 해제하고 그 대단한 집으로 들어가도 된다. "좋아요. 일요일에 여기 아파트 앞에서 봬요. 저는 그만 가볼게요. 안녕히 계세요!" 나는 문워크moon walk를 하듯 뒷걸음질

치며 말했다.

"좋아요. 일요일 세시!" 노인이 말했다. 멀리서 보기에도 한결 마음이 놓인 모습이었다. 심지어 손까지 흔들어 보였다. 그러고는 흡족한 모습으로 천천히 아파트 출입문 안으로 사라졌다. 나는 얼른 달려가 문이 잠기기 전에 붙잡았다. 문턱에 한 발을 걸친 채, 건물 계단에서 노인의 발소리가 사라지기를 기다렸다가 살금살금 안으로 들어갔다. 노련한 비밀 요원이 된 기분이었다.

안에서 거둔 실적은 미미했다. 문을 열어준 사람이라고는 젊은 청년과 불도그 같은 인상의 남자뿐이었다. 젊은 청년은 지금 졸업 논문을 준비하느라 정신없어서 졸업논문과 상관없는 사람은 아무도 들일 수 없다고 말했다. 불도그를 닮은 남자는 땀에 젖어 있었다. 그의 눈빛을 보는 순간 무대공포증 비슷한 두려움을 느꼈다. 그는 나를 집안으로 들일 법도 했지만 그러지 않았다.

시간은 경고등처럼 나를 압박했고, 나는 낙심하여 어찌할 바를 모른 채 다시 아파트 복도에 섰다. 그 순간 안마당에서 폐지를 버리고 있는 여인의 모습이 눈에 들어왔다. 됐어! 집 앞은 아니지만, 뭐 어때?

"무슨 일이에요?" 목소리가 날카로웠다. "커피랑 케이크요?" 여인이 키들거렸다. "저는 케이크 안 먹어요."

"그럼 커피만이라도 드세요."

그녀가 이번에는 더 오래 키들거렸다. "커피도 안 마셔요."

오늘 왜 이러지? "그럼 차는 어때요? 차도 여러 종류 있어요."

그녀는 거대한 몸을 흔들며 키들거리다가 갑자기 멈추고는 "그럼 따라오세요"라고 했다. 나는 불안한 마음으로 여인을 따라갔다. 여인은 계단을 오르는 내내 혼자 키들거렸다. 가는 동안 걸음을 멈추고 두 손으로 난간을 붙잡고는 머리를 뒤로 젖히고 큰 소리로 웃으며 이러기를 반복했다. 나는 모골이 송연했다. 이 여자 집에 들어가면 안 되겠지? 미쳤는지도 몰라. 나는 헨젤도 없는 그레텔이 되는 건가?

집 앞에서 그녀는 내게 먼저 들어가기를 권했다. 천만에, 단 한 순간도 등을 보여서는 안 되지! "제가 댁의 집 구조를 잘 몰라서요." 나는 말을 더듬었다.

그녀는 또 키들거렸다. "저희 집에서 길이라도 잃을까봐요?" 그녀는 더는 권하지 않고 먼저 들어갔다. 집은 매우 작았다. 성냥갑 안에 든 비누 미니어처 같았다. 그녀는 곧바로 '좋은 구석'으로 안내했다. 그녀는 조그마한 방을 그렇게 불렀다. 좋은 구석은 공간 활용이 대단히 합리적이고 놀라우리만치 정돈이 잘되어 있다. 한쪽 벽은 소나무숲과도 같은 녹색의 무거운 벨벳으로 완전히 덮여 있다. 그 벽을 보자 나는 정말로 그레텔이 되는 상상에 쓸데없이 오래 빠져들었다. 방은 어두침침하기까지 했다. 이렇게 해가 좋은 날에 불투명한 커튼이 창을 가리고 있었다. 사슴도 있었다. 길이가 족히 1미터는 되는, 털이 북슬북슬한 사슴 인형이었다. 최소 여섯 마리는 되었다. 한 마리는 피아노 위에 누워 있었고, 두 개의 책꽂이 위에 각각 한 마리가 서로 마주보고 서 있었으며, 2층 침대 위 칸에서도 두 마리가 호기심에 찬 눈빛으로 내려다보고 있었다. 소파에도 한 마리 있었다. 등을 바닥에 대고 누운 채 얌전히 담요를 덮고 있었는데, 지금 막 낮잠을 자려고 누운 것 같았다. 이 모든 광경 위로 거대한 주철 샹들리에가 천장에 달려 있다.

"와, 샹들리에 엄청 크네요!" 나는 샹들리에를 가리켰다. 그럴 필요도 없었는데.

"그거 다는 데 30유로나 들었어요! 30분밖에 안 걸렸는데. 그래도 하길 잘했어요. 합선이 되기 전에…… 앉으세요." 그녀는 피아노 의자를 당겨 앉고는 기대에 찬 눈빛으로 나를 바라봤다.

나는 등을 꼿꼿이 세우고 앉았다. 등뒤의 '소나무숲'에서 뭐가 튀어나올지 알게 뭐야? 그러고는 우물쭈물 바구니에서 케이크를 꺼냈다. 케이크는 좀 드시려는지? 요구르트병도 꺼내 보였다. 그녀가 키들거렸다. 그녀는 정말로 케이크를 먹지 않았다. 커피도 마시지 않았다. 디카페인 커피도. 그녀는 예의상 어떤 차가 있냐고 물었다. 어쩌면 내가 안돼 보여서 그렇게 물었는지도 모르겠다. 나는 번개같이 여러 가지 티백이 든 요구르트병을 방바닥에 늘어놓았다. '피로야, 가라' 차, '상쾌한 하루' 차, '평온한 마음' 차 등등. 마침내 이름이 평범한 차를 꺼내자 그녀가 비로소 반응을 보였다. "그럼 캐모마일차로 하죠." 하필 캐모마일차는 티백이 마구 찌부러져 있었다.

그녀는 나를 부엌으로 데려갔다. 부엌에 들어서는 순간 왠지 으스스한 기분이 들었다. 어쩌면 이케아 나무 선반에 놓인, 깔끔하게 정돈된 서류철 때문이었는지도 모르겠다. 서류철이 100묶음은 되어 보였다. 아니면 재봉틀 때문이었거나. 재봉틀은 벽에 밀착한 탁자 위에 비닐봉지를 씌운 채 놓여 있었고, 재봉틀 앞에 의자는 없었다. 비닐봉지를 씌운 재봉틀이 이상한 건 아니다. 그럼에도 형사물에서 범인이 살인을 저지르기 전 흰색 타일에 피가 튀는 일을 방지하고자 비닐 랩을 펼치는 장면이 떠올랐다. 태연한 척 예의를 차린 말을 나불거리기까지 했으나 속으로는 까마득히 높은 곳에서 번지점프를 하는 기분이었다. 다행히도 집주인은 그런 내 상태를 눈치채지 못했다. 그녀는 빌트인 싱크대 아래 칸에 깊숙이 상체를 넣은 채 "여기 있었는데?"라고 우물거리더니 마침내 주전자를 끄집어냈다. "죄송해요. 자주 쓰는 물건이 아니라서……" 그녀가 민망해하며 말했다.

그제야 내가 이 부엌에서 왜 그토록 마음이 불안한지 알 것 같았다. 부엌은 사용한 흔적이 거의 없어 멸균 상태나 마찬가지였다. 키들거리는 웃음과 비닐봉지 때문에 이미 긴장할 대로 긴장한 나머지 히스테리 발작을 일으킬 것만 같았다. 그러나 도망치고 싶은 모든 욕구를 무시했다. 내가 이곳에 와 있는 이유는 사람들에게 다가가기 위해서가 아닌가! 그 순간 내가 실제로 얼마나 사람을 두려워하는지 분명히 알 수 있었다. 하지만 그 두려움이 언제 존재를 드러내는지는 도무지 예측할 수 없었다. 적어도 연극 일을 할 때는 대부분의 사람이 엇비슷한 리듬으로 움직이므로, 나도 다른 사람을 이해하거나 관대하게 대하는 데 아무런 문제가 없다.

그러나 극장을 벗어난 곳에서는 키들거림, 날짜별로 정리한 납세 증명서, 비닐 랩 같은 것과 마주치자마자 맥박이 급격히 빨라졌다. 누군가 내게 조련사 재킷을 입혀 호랑이 우리로 밀어넣기라도 한 듯이. 그런 경우에는 침착성과 인내심을 잃지만 않는다면, 그 자리를 벗어나고 싶게 만드는 상대방의 행동을 조금은 이해할 수 있다. 그러나 도무지 정체를 알 수 없고 공통점이라고는 하나도 찾아볼 수 없는 사람과 마주했을 때도 그럴 수 있을까? 함께 따뜻한 차 한잔 마시는 동안에?

일단 이 여자의 말부터 들어보자. 다행히도 그녀는 물주전자를 불에 올리며 유쾌하게 재건축 이야기를 했다. 그러면서 매우 많이 키들거렸다. 우리는 차를 충분히 우려내고서 다시 좋은 구석으로 돌아갔다. 그녀의 말투가 갑자기 매우 고급스러워졌다. 배운 사람답게, 바로 책으로 묶어 내도 괜찮아 보이는 문장으로 그녀는 두 시간 동안 쉬지 않고 말했다. 그러면서 조금도 키들거리지 않았다. 그녀는 고대부터 오늘날에 이르는 유토피아에 대해 강의했다. 지속 가능성, 순환 개념 그리고 다양한 사회제도의 효과에 대해 설명했다. 나는 놀라 고개를 끄덕이고 또 끄덕였다. 그 순간 그녀가 계약서를 내밀고 서명을 하라고 요청했다면, 나는 단 1초도 망설이지 않고 홀린 듯 서명했을 것이다. 키들거리다 말고 어떻게 이렇게 자연스럽게 정치철학 이야기로 넘어갈 수 있지? 내 머리로는 도저히 이해할 수 없었다. '두려움을 극복한 걸까?' 나 자신에게 물었다. '어떻게?'

'키들거리는 건 분명 이 여자의 두려움 극복 전략일 거야. 그녀도 나만큼이나 겁이 많은 거지. 이 여자는 케이크를 굽는 대신 키들거리는 거고.'

아유, 이놈의 뒷북! 대화를 나누던 중 나는 그녀가 야간에 대규모 제빵 공장에서 일한다는 사실을 알게 되었다. 커튼이 쳐져 있던 이유도 그 때문이었다. 내가 안마당에서 여자를 봤을 때 그녀는 방금 일어난 상태였다. 그녀는 프레첼* 만드는 기계 앞에서 일한다고 말했다. 프레첼 기계 앞에서 무슨 일을 하냐고 묻는 말에 그녀가 놀란다.

"거기 서서 기계가 돌아가는지 살피죠." 그녀에게는 나도 분명 딴 세상 사람이리라. "기계에 뭐가 낄 때가 있어요. 저는 항상 '열쇠나 돈 떨어뜨리지 않도록 주의해요!'라고 소리치죠. 기계에 뭔가 떨어지면 순식간에 빨려들어가버려요. 나중에 못 찾죠. 그 많은 프레첼 중 어디에 꽂혔는지 어떻게 알겠어요?"

"사슴이 많네요." 내가 말할 차례가 되었을 때 이렇게 말했다.

그녀가 활짝 웃었다. "사슴은 신비스럽지 않나요? 정말 매력적이에요. 신의 전령사죠! 너무도 부드럽고 평온하고 착해요. 얘는 좀 아파요." 그녀가 자리에서 일어나 소파에 누운 사슴의 이불을 매만졌다. 사슴은 목에 체크무늬 스카프를 두르고 있었다. "특별할인 행사 때 나왔더군요. 안 살 수 없었어요!" 그녀는 당황한 듯

◆   매듭 모양으로 만든 독일 식빵.

찻잔을 들었다. 그토록 오래 말을 하고도 그녀는 찻잔에 손을 거의 대지 않았다. 그러다 뭔가 생각났다는 듯, 차를 마시지도 않은 채 찻잔을 내려놓았다.

나는 그녀가 찻잔에 입도 대지 않았다는 사실을 꼬집었다.

"저는 벽곡을 체험한 적이 있어요." 그녀가 미소를 띠며 말했다.

"뭘 체험했다고요?"

그녀는 7일 동안 먹지도 마시지도 않고 오로지 햇빛에서만 영양분을 섭취한 적이 있다고 부드러운 어조로 설명했다. "그때부터 사실상 아무것도 안 먹어요. 물도 거의 안 마시고요."

아, 그래서 부엌이 그렇게 삭막하구나!

"있잖아요." 그녀가 말했다. "우리에게는 잠재된 힘이 있어요. 잠재력을 발휘하면 큰일을 할 수 있죠. 좀더 나은 세상을 만들 수 있어요. 이 잠재력을 일깨워야 해요. 매일 출세할 생각만 하지 말고요. 구찌 핸드백이 꼭 필요할까요? 하나를 사면 또하나를 사고 싶어져요. 지속 가능성을 생각하며 목적의식 있는 삶을 추구해야 할까요? 아니면 끝없이 돌고 도는 소비를 추구해야 할까요? 그러다가는 우리 모두 망하고 말 거예요. 우리의 잠재력은 마비되고 말아요! 우리 모두 더 잘살 수 있어요. 공정한 세상에서 우리는 모두 행복하게 살 수 있어요!"

나는 동의하는 수밖에 없었다.

그녀는 숨을 깊이 들이쉬었다. "그런데 아무도 그걸 알려고 하지 않아요. 그래서 어떤 때는 정말이지 맥빠져요. 결국은 포기하고 그냥 내버려두죠. 다른 사람을 변화시킬 수는 없어요. 내버려 두는 수밖에 없어 힘들어요. 정말 힘들어." 그녀는 천천히 고개를 끄덕이며 덧붙였다. "저는 이걸 깨달았죠."

"어떻게요?" 내가 물었다. 마치 나도 깨닫고 싶다는 듯이. "어떻게 깨달았어요?"

처음으로, 이때 단 한 번 그녀가 침묵했다. 그녀가 내 질문을 들었는지 확신이 서지 않았다. 다시 한번 물으려 했을 때 그녀의 표정이 갑자기 매우 부드러워졌다.

"사랑에 빠진 적이 있어요." 그녀가 나직이 말했다. "무척이나 사랑했죠."

찾았다. 이 여인과 나의 공통점!

우리가 헤어질 때 그녀는 다시 키들거렸다. 내가 그녀의 집에서 나와 건물 계단으로 들어설 때 키들거리는 소리는 더욱 커졌다. 그녀는 내 뒤로 문을 닫고 이중으로 잠갔다. 닫힌 문 뒤에서 크게 웃는 소리가 들려왔다. 그 웃음의 의미는 '일주일에 서른여덟 시간 반 일하는 보통 사람들에게는 일어날 수 없는 일이야!'인 것 같았다.

가슴이 새가슴처럼 뛰었다. 모르는 사람 집에 들어가 앉아 있는 일이 이렇게 당황스러운 일일 줄이야! 다행히 이번에도 무사히 끝났다. 하지만 앞으로 무슨 일을 겪을지 어떻게 알겠는가? 우리는 대도시에 살고 있다. 별별 사람이 다 있는데, 그중에 연쇄살인범을 만나지 말라는 법이 있는가? 처음으로 톰의 생각을 이해했다.

"당신 어떻게 된 거 아냐?" 나중에 톰이 놀라며 말했다.

어떻게 되긴! 죽지 않고 살아 돌아와 정말 다행이지. 하지만 그런 내색을 하지 않았다. 그저 프로젝트 장소를 다른 동네로 옮겨야겠다고만 말했다.

톰이 곧바로 의심스럽다는 투로 물었다. "왜? 뭐 때문에?"

"글쎄." 나는 상체를 숙였다. "모든 이웃에게 나를 알리고 싶으니까. 이를테면 내가 어디 사는지."

"당신이 어디 사는지를 왜 알려야 해? 당신 설마 그 미친 여자한테 어디 사는지 말한 건 아니겠지?"

"그 여자 미치지 않았어." 나는 여자가 키득거린 이야기를 괜히 했다고 곧바로 후회했다. "그 여자는 사슴이야."

"나도 여기 살아. 이 집 문밖에는 미친 사람이 없다면 사슴도 없어. 알겠어?"

"남의 집 소파에 앉아 두 시간 동안이나 이야기를 들으면서 어떻게 질문만 하고 내 얘기는 안 해? 전화번호를 물으면 알려주는 수밖에 없어."

"그 여자한테 전화번호도 알려줬어?"

톰이 한숨을 쉬었다. "그럼 그렇지. 당신은 도대체 싫다는 소리를 할 줄 몰라. 어떻게 물어보는 것마다 가르쳐줘? 사람이 정도껏 해야지!"

나는 불안해졌다. 이웃집 방문 프로젝트 때문이 아니라고 할 수는 없다. 집구석에만 틀어박혀 있고 싶지는 않다. 하지만 그곳을 벗어나려는 시도가 곧 다른 사람에게 내 안전지대를 침입할 빌미를 주는 일이라면? 지금 하는 일이 정말로 내가 하고 싶어하는 일일까? 도대체 지금 무슨 일을 하고 있는 걸까? 모르는 사람을 몇 명 만나보고 온다. 그 사람들은 여전히 모르는 사람일 뿐이다. 안 그런가? 나는 혹시라도 사슴 여인이 전화를 할까봐 핸드폰을 껐다.

이웃집 방문 후 나한테 전화한 사람 49명. 딸린 자식 빼고 계산하면 재회 비율 30퍼센트! 무섭도록 높은 비율이다. 통계 결과는 언제나 조사가 끝난 다음에야 나온다. 미리 알 수 없어서 다행이다.

마블케이크

왜 당당하게
말하지 못할까?

"당신이 만든 케이크가 어떤지 내가 잘 알지!" 톰이 부엌으로 들어오며 말했다. "케이크가 아니라 벽돌을 구운 줄 알았어. 항상 애만 잔뜩 쓰고 다 망치더라."

흥! 내가 맨날 케이크를 태울 줄 알고? 솔직히 마블케이크라고 만든 물건이 마조히스트 같아 보이기는 하다. 그래도 이 집 가스오븐을 사용해 마블케이크를 완성하는 데 드는 시간이, 베이킹 책에 나와 있는 90분보다 덜 든다는 사실은 알아냈다. 유독 마블케이크를 만들 때만 그랬다. 시간이 얼마나 덜 드는지는 알아내지 못했지만 대략 감은 잡힌다.

다음날에도 나는 빨간모자 바구니를 채웠다. 기분은 꽤 들떠 있었다. 톰이 그 모습을 보고 아연실색했다. "안녕하세요? 키들키들 아줌마 계세요? 이웃집 방문 그만두기로 한 거 아니었어?"

그럴 생각도 했다. 그러나 어제의 경험이 환각처럼 느껴졌다. 더는 못 참겠다는 듯, 아드레날린이 분출하기 시작했다.

"톰." 나는 논쟁에 불붙였다. "집과 극장만 왔다갔다하면서 언제 프레첼 기계나 벽곡 이야기를 들을 기회가 있었어? 나는 밖으로 나가야 해. 넓은 세상으로 나가 배워야 해!"

"뭘 배워?"

"괴테!"

톰이 눈동자를 굴리고는 그랜드피아노 쪽으로 피신했다. 하하, 세상 밖으로 나가자! 나의 거리로! 나는 의기충천했다.

젠장! 바로 옆 카페 야외 자리에 직장 동료가 앉아 있다. 동료? 글쎄, 그냥 감독이라고 해야겠지. 그는 꽤 잘나가는 감독이다. 하필 이때 마주칠 게 뭐람. "안녕하세요?" 나는 친절하다 못해 반갑게 인사하고, 아쉽지만 지금 감독님과 대화를 나눌 시간이 없다고, 대단히 중요한 약속이 있는데 지금 벌써 늦었다고 손짓 발짓을 해가며 설명했다. 그러고는 가장 가까운 소공원으로 발걸음을 재촉했다.

후! 하마터면 삼가 내 경력의 명복을 빌 뻔했다. 감독님이 양손에 물건을 잔뜩 든 나의 모습을 보고 어딜 그리 가냐고 물었다면 나는 뭐라고 대답해야 했을까? "아직 저도 몰라요"라고? 아니면 "문 열어주는 첫번째 집으로요"라고? 그랬다면 감독님은 내일 극장에서 만나는 사람에게마다 귀 가까이 입을 대고 손으로 입을 가린 채 내 이름을 속삭일 것이다. 그러고는 긴장감을 더하고자 잠시 뜸들이고서 집게손가락을 귀 위로 올려 동그라미를 그릴 것이다. 매우 안돼 보인다는 표정으로.

지금 나는 소공원에서 꼼짝 않고 서 있다. 소공원 주위에 주택은 없다. 변호사 사무소, 또다른 사무소, 피트니스센터뿐이다. 아, 대학 건물도 있다. 까맣게 잊고 있었네. 그것도 연극대학 건물이다. 연극대학 학생들이 소공원에서 플레이어 스페셜*을 피우고 있다. 렘츠마**에서 좋아하겠군! 나는 자신감이 충만할 때도 연극대학 학생들은 상대하기 힘들었다. 그들은 하나같이 자신이 제2의 클라우스 킨스키***가 되리라 믿었고, 조감독 같은 사람은 커피 심부름꾼 정도로밖에 생각지 않았다. 더구나 지금 나는 임신과 출산으로 늘어진 배를 하고 화장도 하지 않은 채 노숙자처럼 양손에 보따리를 들고 낯선 소공원에서 땀을 흘리며 멍청히 서 있다. 나는 유명하지도 않다. 이런 상태로 그런 학생들과 마주치는 일은

* John Player Special(JPS). 담배 상표.
** JPS 담배 제조 회사.
*** 독일 유명 배우.

생각만 해도 끔찍하다!

모퉁이 너머 건물 밖을 살폈다. 잘나가는 감독이 아무것도 모른 채 뜨거운 음료를 홀짝거리고 있으니 왔던 길로 되돌아갈 수도 없는 노릇이다. 왜 벌써 돌아왔는지 어떻게 설명하겠는가? "아, 그게…… 소공원을 잘못 찾았어요"라고? "그러니까 다른 데를 가야 하는데…… 어디로 가야 하는지 알게 되면…… 그때까지 이거…… 제 간식이에요"라고?

아, 나는 왜 항상 어렵게만 생각하고 괴로워할까? 왜 팔짱을 끼고 서서 당당하게 말하지 못할까? "저 왔어요! 실은 프로젝트를 하는 중이에요. 미친 짓이라고 생각하든 말든, 상관 안 해요. 제 생각대로 할 뿐, 다른 사람이 어떻게 생각하는지는 조금도 관심없어요. 그건 그렇고, 지난번 감독님 연출은 완전 엉망이었어요. 감독님은 그따위로 하고도 10만 유로를 받지만, 저는 이 프로젝트로 땡전 한푼 안 생겨요. 그렇다고 감독님 연출이 더 나아지지도, 제 처지가 더 비참해지지도 않아요"라고 왜 말을 못 할까?

모든 사람에게 잘 보이려는 성향은 심각한 문제다. 때로는 당당한 모습을 보일 줄도 알아야 한다. 일단 기다리자. 대학생들 점심시간도 언젠가는 끝날 것이다. 그때까지 마리가 잠에서 깨지 말아야 할 텐데.

물론 사무실 건물로 둘러싸인 소공원에서 마지막 순간까지 '짠!' 하고 주택이 나타나지는 않았다. 그나마 어린 킨스키들은 다시 요가 매트에 누워 얌전히 그리고 열심히 요가 연습을 하고 있다. 카페에 앉아 있던 감독도 사라지고 없다. 어딘가로 작품 연출을 지도하러 갔는지도 모르겠다.

소공원 입구에 붙어 있는 동안 시간 압박을 엄청나게 느꼈다. 곧 마리가 잠에서 깰 시간인데 오늘의 이웃집 방문은 아직 시작도 못했다. 오늘은 아파트마다 집에 아무도 없는 듯했다. 마침 마트 쇼핑백을 든 남자가 계단을 올라갔다. 나는 얼른 달려가 머뭇거리며 길을 가로막았다. 땀이 삐질삐질 흘렀다. 갑자기 남자가 수평선 너머에 있는 듯 멀게 느껴졌다. 그는 스페인 사람이었고, 내 말을 반도 못 알아들었다. 이 사람과 할까? 지금 이 사람 집에서? 나는 케이크를 들어 보이며 결혼반지도 보였다. 그러나 두 가지 다 신통한 효과는 없었다. 그늘에서도 기온이 30도인 날에 퍽퍽한 마블케이크 말고 다른 게 있으면 좋았을 텐데! 그러나 스페인 남자는 이해심이 많아 보였다. 아니면 마블케이크 걸신이거나. 아무튼 이 남자는 나를 자기 집으로 데려갔다. 설계가 잘된 복층 원룸이었다. 다른 집에서는 텔레비전이 그러하듯, 어마어마하게 큰 전기 오븐이 당당한 자태를 뽐내고 있었다. 전기 오븐 위에는 분말 형태의 근육 보충제 캔을 피라미드 모양으로 쌓아놓았다. 어쩐지 어깨가 굉장히 넓더라니. 집안에 들어와 보니 남자는 실제로 어마어마하게 커 보였다. 이 남자에게서 최대한 멀리 떨어진 곳에 자리를 잡고 대단히 정숙한 자세로 앉았다. 그는 레이스 실로 뜬 식탁보를 매우 정성스럽게 깔았다. 그때 톰한테서 전화가 왔다.

"제 남편이네요. 죄송하지만 전화 좀 받을게요."

전화기 너머로 톰의 목소리는 들리지 않았다. 마리가 울부짖는 소리만 들릴 뿐이다.

"어쩌죠? 저 지금 집에 가야겠어요." 나는 스페인 남자에게 이렇게 말하고, 대리석처럼 딱딱하게 굳은 마블케이크를 몇 조각 꺼내 놓고 서둘러 인사를 하고 나왔다.

프로젝트 목표는 하루에 한 집 방문이다. 방문한 집에서 얼마나 오래 머무는지는 상관없다!

가장 짧은 방문 시간: 12분

가장 긴 방문 시간: 180분

평균 방문 시간: 95분

집주인이 처음에 정말로 30분밖에 시간이 없다고 말한 경우의 평균 방문 시간: 150분

시간 여행

"재미있을 거 같긴 한데요. 지금은 안 돼요." 문을 열어준 여자가 속삭였다.

"30분만 있다 갈 거예요." 내가 장담했다. 일단 들어가기만 하면 30분 이상 앉아 있게 된다는 사실을 아니까.

"아니요. 정말 안 돼요. 그게……" 여자는 소리 죽여 속삭이고는 불안한 눈빛으로 집 안쪽을 흘깃 쳐다보더니 다시 건물 계단을 살핀다. 이 집에서 뭔가 비밀스러운 일이 벌어지고 있는 듯했다. 아하! 양말에 티셔츠만 입은 남자가 방에서 망을 보고 있다. '롤링 스톤스'가 새겨진 티셔츠는 빵빵하게 부푼 배를 감싸고 내려와 남자의 물건을 겨우 가리고 있었다. 아, 그래서 속삭였구나! 내가 방해를 한 거네. 이 남자는 분명 이 여자의…… 그러니까…… 손님일 것이다.

"누구세요?" 손님은 어느새 문 앞으로 나와 만화 주인공이 지을 법한 표정으로 물었다.

여자가 한숨을 쉬었다.

"누구야?" 손님은 여자에게도 묻고는 내 쪽을 향해 냄새를 맡았다. 정말이다. 남자는 닭이 머리를 움직이듯이 자기 머리를 여자 쪽에게서 내 쪽으로, 내 쪽에서 여자 쪽으로 옮기며 코를 킁킁거렸다. 나는 그 자리를 얼른 피하고 싶었다. 그러나 남자가 다시 한

번 힘주어 묻는 바람에 말없이 사라질 수는 없었다. "누구신데 그러세요?"

진퇴양난이다! 나는 어렵게 설명을 했다. 어라? 이 손님 거동 좀 보소. 내게 들어오라고 손짓하네?

여자가 손님을 향해 중얼거렸다. "그러면 자기도 30분 동안 얘기해야 돼요."

그러나 손님은 다시 한번 들어오라는 손짓을 했다. 심지어 더 힘차게. 나는 머쓱한 기분으로 집안으로 들어갔다. 어떻게 되는 거지? 스리섬threesome? 어쩌면 이 여자는 자신의 독점 파트너를 내가 공유하려 한다는 이유로 내 목을 조를지도 몰라! 남자는 내가 앞장서도록 길을 양보했다. 심지어 내가 리드하는 시나리오인가? 등에서 털이 곤두섰다. 그럼에도 나는 베를린 양식으로 꾸민 널찍한 거실로 씩씩하게 걸어들어갔다. 여자는 부엌을 향해 가다 몸을 틀었다. 이제 나 혼자 이 남자랑…… 남자는 그나마 바지를 입고 있었다. 나는 그가 눈치채지 못하게 바지를 훑어봤다. 흰색 메시 안감이 처리된, 대단히 짧은 빨간색 스포츠 바지였다.

거실 한쪽 벽을 차지한 어두운색의 붙박이장 위에 도자기가 늘어서 있고, 창에 드리운 커튼은 거실 바닥에 닿아 보들보들한 카펫 위로 살짝 도드라져 있다. 높다란 유리장 안에서는 수집한 인형들이 풍성한 치마폭과 땋은머리를 자랑하고, 구석에는 주름 잡힌 가죽으로 만든 거대한 소파 위에 쿠션들이 나란히 놓여 있다. 이거야! 이게 바로 내가 보고 싶어하던 장면이야. 프로젝트를 진행하면서 이 같은 풍경을 마주칠 때마다 가슴이 벅차오르며 풍경 속으로 빠져든다. 여기다! 나는 지금 돈 몇 푼 안 들이고 세계 여행을 하고 있다.

남자는 호기심에 찬 눈으로 나를 바라봤다. 집안의 장식품과 마찬가지로 남자도 이 동네에 산 지 오래되어 보였다. 내가 남쪽 지방 출신이라는 사실을 드러내지 않으려면 매우 조심해야만 할 것 같았다.

"케이크는 됐어요." 내가 케이크를 꺼내려 하자, 그는 이렇게 말하며 저지했다. 그러고는 손으로 입을 가린 채 의미심장한 눈빛을 보내며 덧붙였다. "커피에 탈 코냑도 있슈?"

그는 베를린 방언으로 말했다. 아, 베를린 방언은 참 듣기 좋다!

"죄송하지만 코냑은 없어요. 저도 한잔 생각이 간절하네요." 낯선 사람 집에 들어간 후 처음 몇 분이 내게는 언제나 포뮬러원 자동차 경주에서 30바퀴를 도는 일처럼 느껴진다.

남자는 누가 시키기라도 한 양 팔을 뻗어 장롱 문같이 생긴 문을 열었다. 하우스 바가 매우 멋진 모습을 드러냈다. "한잔하실라우?"

"하하, 아뇨. 고맙지만 아직 수유중이에요." 이 남자와 함께 보내는 시간은 재미있을 것이다. 거기까지는 분명했다.

그는 내게 소파에 앉으라 권하고 자신은 맞은편에 앉았다. "참말로 용감하시네요. 모르는 사람 집에 찾아가서 벨을 누르다니! 갑옷 입은 기마병처럼 가슴도 당당하시고. 검이라도 빌려드리고 싶네요."

지금 이거 성희롱인가? 나는 조심하는 뜻에서 오래 방해할 생각은 없다고 힘주어 말했다.

"내가 방금 뭐하려 했더라? 아, 빨래 널려고 했지." 남자는 이렇게 말하고는 엄지로 빨래 건조대를 가리켰다. 절반쯤 빨래가 널린 건조대가 화려한 유겐트슈틸 양식 푸른색 난로 뒤에 숨어 있었다. 손님이 여기서 팬티를 넌다고?

집주인 여자가 테이블 세트를 깔고 예쁜 커피잔을 놓았다. 나는 그 모습을 보고서야 남자가 손님이 아니라는 사실을 깨달았다. 내 앞에 앉아 있는 남자는 이 집 바깥주인이 틀림없다. 문패에 쓰여 있는 이름의 주인인 슈바르츠 씨가 맞다.

여자가 문 앞에서 잠시 속삭였다는 이유만으로 나 혼자 통속 소설을 쓰면서 그렇게 쉽게 넘겨짚다니! 상황을 멋대로 오해하고 진실을 알지 못한 채 넘어간 일이 이번뿐이었을까? 다음부터는 함부로 판단하지 말자!

"이 집은 19세기 말 창업시대◆ 때 지은 집이에요. 상류층 사람들이 살았던 집이죠." 슈바르츠 씨가 설명했다. "문손잡이를 보면 알 겁니다."

"집이 넓어서 더 상류층 집 같아 보이네요, 슈바르츠 씨."

"'씨' 자는 빼유!" 그가 버럭하며 말했다. "슈바르츠 씨라고 하면

◆　독일 경제 호황기.

마치 제 장례식에 와 있는 거 같어유. 그냥 슈바르츠라고 불러유. 집이 넓다고 속단하시면 안 됩니다. 문손잡이를 봐야 확실하게 알 수 있어요. 저거는 원래 딴 거였는데, 제가 가지고 있던 문손잡이와 같은 걸로 바꾼 겁니다. 문 위에 있는 나무 상판도 보셨어요? 그리고 저 아파트, 여기서 마주 보이는 저 아파트에는 스테인드글라스 창문도 있었어요. 통일되기 전에 그걸 우리집으로 갖고 오는 건데!"

"하루종일 저 소리예요." 슈바르츠의 아내가 티스푼을 놓으며 내게 살짝 말했다.

슈바르츠도 그 말을 들었다. "어차피 완전히 낡은 빈 아파트였잖아유." 슈바르츠가 변명했다.

그러나 부인은 이미 부엌으로 향하고 있었다.

"가져오고 싶었지만 그만뒀죠, 뭐." 슈바르츠가 이렇게 말하고는 한숨을 쉬었다. "아파트 재건축할 때 보니, 삽으로 마구 깨부수더군요. 오래된 진짜 스테인드글라스였는데! 정말 아까웠습니다." 아내가 끓인 물이 든 주전자를 들고 돌아오자, 그가 비난의 눈길로 바라보며 말했다. 아내는 기가 막힌다는 듯 눈동자를 굴릴 뿐이다.

슈바르츠는 아내가 자기 찻잔에 커피 분말을 넣고 물을 따르는 동안 짓궂은 표정으로 나를 쳐다보았다. "혹시 터키 커피 아슈?"

"그럼요! 제 남편은 터키 커피만 마셔요."

슈바르츠는 흡족해하며 고개를 끄덕였다. 이제 나는 베시wessi◆

로서 넘어야 할 첫번째 장해물은 넘은 셈이다.

"자, 그럼 이제 뭘 알고 싶으세요?"

한 가지 주제에 한정할 필요야 없지. 이 사람의 보물 상자에 어떤 보물이 들어 있는지 내가 어떻게 알겠는가. "어떤 얘기든 상관없어요."

그가 웃었다. "무슨 얘기부터 하나요?"

"옛날은 어땠는지부터 얘기해주실 수 있나요?"

"좋아요." 슈바르츠는 커피에 스푼을 넣어 한 바퀴 돌리고는 이야기를 시작했다. "옛날에 저는 클럽 건물 관리인이었어요. 출입 제한 구역에 있는 클럽이었는데, 사람들은 제가 국가 비밀경찰 요원인 줄 알더군요. 덕분에 온갖 특권은 다 누렸습니다. 저는 국가 비밀경찰이 아니었어요. 당원도 아니었는데요, 뭐. 3년이 지나서야 누가 당원 회비를 어디다 내냐고 묻더군요. 그래서 정체가 탄로났죠. 저는 세탁 공장으로 전임되었는데, 사람들은 제가 좌천되었다고 생각했어요. 모르는 소리죠! 세탁 공장은 생산에 중요한 곳입니다. 대부분의 여학생이 수업이 끝나면 그곳에서 교육을 받았어요. 공장은 어린 아가씨로 가득했죠. 좌천이라니! 거기는 지상낙원이었습니다."

"커피나 내려놓으세요!" 슈바르츠가 이야기하는 도중에 커피잔을 들자, 그의 아내가 명령하듯 말했다.

◆ 구동독 사람들이 구서독 사람 중에서도 시골 출신을 얕잡아 부르는 말.

"네, 엄마." 그는 얌전히 커피잔을 내려놓았다. "저는 베티나를 납치했어요. 놀라시는군요. 납치 맞어유! 베티나는 고향에서 어떤 사람과 결혼하기로 되어 있었는데 그 남자가 마음에 들지 않았죠. 그렇지?"

그는 아내의 허벅지에 자기 손을 올려놓았다. 베티나는 미소 지으며 커피를 저었다.

"'나도 데려가요!' 제가 베를린으로 돌아가려고 차에 짐을 싣고 있는데, 이 사람이 이렇게 말하더군요. '나도 데려가요!' 그날 우리는 어느 굴뚝 청소부 집에 숨어 밤을 보냈어요. 나쁘지 않았죠. 남녀가 나란히……" 그는 내게 검지를 세워 보이고 눈을 찡긋하며 말했다. "상상하시는 그런 거 아닙니다! 저는 건널목 앞에 차를 세우고, 돌아가고 싶으면 지금 가라고 말했어요. 하지만 베티나는 의자에 붙박은 듯이 앉아 머리만 가로젓더군요. 그랬지, 엄마?"

"커피맛이나 봐요. 충분히 진한지!"

슈바르츠가 커피를 한 모금 마시고 고개를 끄덕이자 베티나가 흡족해했다.

두 사람을 지켜보는 일도 즐거웠지만, 누군가 드라마 같은 이야기를 신이 나서 열심히 이야기하는 모습을 보는 것도 대단히 흥미로웠다. 우리의 대화는 돌고 돌아 이 동네 이야기로 돌아왔다.

"옛날에 이 동네는 지금과 딴판이었어요." 이번에는 베티나가 말했다. "작은 가게가 즐비했죠. 정육점도 많았고. 그렇죠? 소상공인이 주로 사는 아파트에는 메리야스 가게도 있었고, 지금 인도 식당 있는 데는 예전에 생선가게였어요. 커다란 수족관에서 잉어가 헤엄치고 있었죠. 크리스마스 때가 되면 사람들이 거기서 잉어를 샀어요. 수족관에서 잉어를 고르면 바로 꺼내줬죠. 그러면 잉어가 마구 펄떡거렸어요!"

"그 석탄 배달원 생각나유?" 슈바르츠가 끼어들었다. "대낮 두시 부터 황천 문 두드리던 사람?"

"무슨 말씀이죠?" 나는 서독 출신의 한계에 부딪힌 듯했다.

"인사불성으로 취했다는 말이에요. 옛날에는 사람들이 어찌나 마셔댔는지 말도 못해유!"

"맞아요." 아내가 맞장구를 쳤다. "모퉁이에 있던 술집, 지금은 없어졌는데, 거긴 언제나 사람들로 득실득실했어요. 밤에는 테이 블을 가게 밖으로 옮기고 안에서는 춤을 췄죠."

아, 어떻게 하면 이 집에서 체험한 시간 여행을 정확하게 묘사 할 수 있을까? 이들 부부는 추억에 잠긴 채 활기찬 거리의 모습을 묘사해주었다. 그때 나는 술통 운반하는 마차도 머릿속에 그릴 수 있었다. 1976년 이후로 거리에서 사라진 술통 마차를! 그 밖에도 슈바르츠는 거리의 건물들이 저마다 간직한 역사를 펼쳐 보였고, 나는 그것을 허겁지겁 빨아들였다. 톰에게서 전화가 왔다. 울부짖 는 마리의 목소리를 뚫고 톰이 간청했다. 하지만 슈바르츠는 그제 야 이야기를 본격적으로 시작할 참이었다.

"시작도 안 했는데 벌써 가시려고요? 그럼 재미없는데." 그가 말 했다.

"이분 아기 젖 먹이러 가셔야 할 거예요." 슈바르츠의 아내가 남편의 어깨를 팔로 감싸며 말했다.

그러나 슈바르츠는 나를 쉽게 놓아주려 하지 않았다. "잠깐만!" 그는 앨범을 하나 보여주었다. 신문에서 오려낸 거리 사진을 연대별로 스크랩한 앨범이었다. "이리 와유. 얼른 다른 것도 보여드릴게. 이거 아무한테나 보여주는 거 아닙니다!"

슈바르츠는 옆방 문을 열었다. 그 방은 골동품과 희귀한 물건으로 가득했다. 쇼케이스도 있고, 벽도 천으로 마감되어 있었다. 박물관 같은 모습에 나도 모르게 입이 떡 벌어졌다. 슈바르츠는 기마병이 사용하던 검을 자랑하며 얼른 보라고 말했다. 조잡한 모조품이 아니었다. 19세기에 제작된 진품이었다.

"어때유? 이거 진짜로 빌려드릴까?"

나는 예의상 그 물건을 손으로 잡았다. "호신용으로는 좀 불편하네요. 그렇죠?"

슈바르츠는 또 얼른 보여줄 게 있다며, 나를 데리고 장모 카펫이 깔린 침실을 지나 발코니로 갔다. 빽빽하게 들어선 화초들이 햇빛을 받아 반짝였다. 슈바르츠는 그곳에서 밖을 바라보며 어느 창, 어느 발코니 너머에 누가 사는지 알려주었다. 모두 오래전부터 그곳에 살고 있는 동독 주민이었다. 슈바르츠는 그 사람들이 내 프로젝트와 관련해 관심을 기울일 만한 사람들이라고 말했다. 마침내 작별인사를 할 때 그는 얼른 자기 전화번호를 적어주었다. 궁금한 것이 있으면 전화하라며.

"이렇게 부담 드려서 어떡해요." 베티나가 내게 속삭였다.

그러나 나는 매우 기뻤다. 이 얼마나 멋진 모험인가! 젖가슴이 부풀지만 않았어도 이곳에 더 오래 머물렀을 텐데. 건물 계단에 이르러서야 이미 젖이 흘러나온 사실을 알아차렸다. 셔츠 가슴팍 양쪽에서 커다란 얼룩이 빠르게 번지고 있었다. 서둘러 집으로 가야 한다. 30분만 있다 간다고 말했는데 세 시간이나 머물렀다. 마리의 자지러질 듯한 울음소리가 건물 계단에서도 들렸다. 나도 알아. 그러니 지금은 아무 말도 하지 말아줘! 톰이 말없이 문을 열어주고, 기저귀를 벗긴 마리를 말없이 내게 넘겼다. 질책은 그것만으로도 충분했다. 마리는 곧바로 울음을 그쳤다. 톰에게는 자존심 상하는 일이었을 것이다.

"톰, 도저히 자리에서 일찍 일어날 수가 없었어. 정말이야. 너무 좋았거든!" 나는 자신 있게 말했다.

톰은 말없이 피아노 앞에 앉아 격렬하게 푸가를 연주하기 시작했다. 들으라는 듯이 빠르게. 한 곡을 마치자 또 한 곡을 연주하고, 이어서 또 한 곡을 연주했다. 나는 마리를 안고 부엌으로 피신했다. "있잖아." 나는 마리에게 은밀하게 속삭였다. "프로젝트가 끝나면 딴 데로 이사가지 않아도 되겠어." 젖가슴의 통증이 가라앉기 시작했다.

커피 마시는 방법에 따른 분류

- 터키식으로 마시는 사람: 7명

- 프렌치 프레스로 추출해 마시는 사람: 4명

- 필터로 걸러 마시는 사람: 9명

- 에스프레소 주전자로 끓이는 사람: 18명

- 커피 머신으로 내려 마시는 사람: 12명

- 커피에 톰이 사준 크림을 탄 사람: 0명

- 커피에 술을 탄 사람: 5명

레드커런트케이크

선입견

톰은 녹음을 하러 가야 한다. 녹음은 하루종일 걸리고, 스튜디오
는 먼 곳에 있다. 우리는 타협의 여지가 없는 문제에 봉착했다. 톰
은 마리를 데려갈 수 없다. 그러면서 내가 생판 모르는 사람 집에
애를 데려가기도 원하지 않는다! 톰은 나더러 신성한 육아의 의무
를 다하는 의미에서 그놈의 프로젝트를 하루만 쉬라고 제안했다.
도대체 프로젝트는 왜 하냐며. 나는 그 제안을 절대 받아들일 수
없다. 하루가 이틀이 되고, 이틀이 사흘이 될 게 뻔하다. 더구나
지금까지 경험한 바, 내게 문을 열어주고 안으로 들어오라 한 사
람은 모두 좋은 사람이었다. 그러나 톰은 사람들을 믿지 않았다.
마리를 인질로 잡아 내게 험한 짓을 강요할 거라고 상상했다.

  "그럼 당신이 데려가." 나는 천진난만한 척하며 제안했다. "얼른
젖을 짜줄 테니까 가지고 가. 기저귀는 이미 다 싸놨어." 제정신
이 아니고서야 누가 CD 녹음실에 아기를 데려간단 말인가? 끊임
없이 옹알거리고 캑캑거리고, 언젠가는 손쓸 수도 없이 울어댈 게
뻔한데.

  톰은 제정신이다. 나는 마리를 안고 아파트 건물 계단을 오르내
릴 때면 마리에게 미안했다. 아이들은 밖으로 나가야 한다. 햇볕을
쬐고 신선한 공기를 마셔야 한다. 그래야 뇌도 성장하고 키도 큰
다. 아이를 생각해서라도 프로젝트를 그만둬야 하나?

그러나 마리는 내게 안겨 어두운 계단을 오르내릴 때마다 대단히 즐거워했다. 키득거리고 까르륵 웃고 환호성을 질렀다. 나는 10분도 지나지 않아, 애를 데리고 왜 맨날 공원에만 갔는지 모르겠다고 생각했다. 지금까지 건물 계단은 어린아이에게 위험한 장소로 인식되어왔다. 건물 계단 입장에서는 억울할 것이다. 아이를 안고 계단을 오르내리는 일은 결코 쉽지 않았다. 그 대신 다리는 튼튼해지겠지!

초인종을 누르자 문 뒤에서 개가 짖기 시작했다. 어찌나 사납게 짖어대는지, 무서워서 달아나고 싶었다. 그러나 품에 안긴 마리를 보자 내 얼굴에서 사자의 갈기가 나는 듯했다. 어흥! 헛기침하고 두 다리에 힘을 주었다. 개든 호랑이든 덤빌 테면 덤벼! 결코 물러서지 않아!

누가 온다. 굉장히 뚱뚱한 아줌마가 문을 열어주었다. 입에 담배꽁초를 물고 있다. 개는 끊임없이 짖었다. 언제라도 안주인 곁을 지나 우리에게 달려들 기세다. 포대기 밖으로 흔들리는 마리의 두 다리가 유혹을 하는 듯 보이는 모양이다. 담배 냄새가 바람을 타고 문밖으로 새어나왔다. 몸에서 식은땀이 났다. 임신 초기에 담배 냄새 때문에 고생한 이후로 내 후각은 극도로 예민해졌다. 언젠가 리허설할 때였다. 감독이 줄담배를 피우는 사람이라 또 담배를 피우려 했을 때 나는 의식을 잃고 의자에서 쓰러졌다. 따라서 흡연가의 집안으로 들어가고 싶은 마음은 그리 절실하지 않았다. 집주인은 나의 방문이 그다지 거슬리지 않아 보였다. 그녀는 나를 위아래로 훑어보았다. 그 눈빛은 '애엄마네, 재수없게!'라고 말하는 듯했다.

나는 활동 반경을 알아서 거리에서 집 앞으로 옮겨놓았다. '나는 재수없는 애엄마가 아니라 좋은 사람이다!'라고 소리 높여 외치리라! 그러나 곧바로 생각을 바꾸었다. 이 여자가 나를 어떻게 생각하든 상관없어. 재수없다고 생각하라지. 어쨌든 여기까지 왔으니 얘기는 하자. 이건 내 프로젝트잖아!

"우리 동네에 관한 프로젝트요?"

그녀는 곧바로 비웃었으나 입술에 붙어 있던 담배꽁초를 떼고 얼른 문을 열어주었다. "재밌겠네요. 드루와요. 부엌으로 가죠. 저는 브리기테예요. 개는 안 물어요. 걱정 마세요. 지나, 네 자리로 가! 방금 바람 쐬러 나가려던 참이었는데, 때 맞춰 오셨네요. 커피 드실래요?"

어쩌지? 마리가 태어난 후로 나는 마리 주변 25미터 이내에 담배 피우는 사람이 절대 접근하지 못하도록 병적으로 경계해왔다. "네, 좋죠! 그런데…… 빈wien 방언인가요?"

"네, 다들 독일 남부 출신인 줄 알던데."

"아 네, 제가 독일 남부 출신이에요. 그러니 차이를 알죠."

"남부 사투리 안 쓰시는데요?"

끊임없이 거창하게 찬양할 것! "아 네, 저는 몸도 마음도 베를린 사람이 다 되었어요. 베를린 말을 완벽하게 할 줄 알면 좋겠어요!"

"그래요? 저는 베를린 말이 싫은데. 너무 거칠어요. '고마워요'

'미안해요' 이런 말도 안 하잖아요. 저는 빈으로 돌아갔으면 해요. 놀라지 마세요. 물을 냄비에 끓여야 돼요. 주전자가 망가졌거든요. 망가진 지 한참 됐는데, 새 거 산다는 걸 만날 까먹어요. 그러다보니 주전자 없이 사는 데 익숙해지고, 뭐 그런 거죠."

"맞아요. 제 에스프레소 주전자 손잡이도 부러져나가서, 물 따를 때는 행주로 감싸서 따라요. 아마 새 걸 사더라도 얼마 안 가 또 손잡이를 부러뜨리고 말 거예요."

"맞아요. 앉으세요."

나는 포대기를 풀고, 크고 둥근 합성수지 탁자 옆에 놓인 프랑크푸르트식 의자에 마리를 안은 채 앉았다. 화초들이 매우 평화로워 보였고, 1920년대에 제작된 부엌장이 너무도 아름다웠다. 마리는 지나에게 큰 관심을 보였다. 지나는 몰래 탁자 밑으로 기어들어가 얌전히, 아주 얌전히 누워 있었다. 브리기테에게 발각되면 부엌에서 쫓겨날지도 모르니까.

"아, 저희 집에 아기 의자 있어요. 얼마 전에 손자가 놀러왔거든요. 아기가 의자에 앉을 수 있죠? 계속 안고 있으면 힘들잖아요."

"아, 아직 못 앉을 거 같은데요."

"함 혀봐유?"

"함 혀봐유!" 내 입에서 절로 빈 방언이 튀어나왔다. 몇몇 방언을 들으면 똑같이 따라 말하고 싶은 강박을 느낀다. 순전히 호감에서 비롯한 강박이다.

브리기테가 아기 의자를 가져왔다. 우리는 함께 마리를 의자에 앉혔다. 마리로서는 생애 최초로 아기 의자에 앉는 순간이었다.

"됐네!"

그러나 마리는 썩 편치 않아 보였다. 아기 의자에 갇힌 마리는 달걀 껍질 절반을 머리에 쓰고 있는 꼬꼬리코* 같아 보였다. 마침내 마리는 울부짖으며 의자에서 나오려 했다. "어쩔 수 없네요. 우리 손자가 얘보다 좀 큰가봐요. 얼마 전에 제 딸이 애 낳고 처음으로 데리고 왔어요. 애가 벌써 그렇게 컸더라고요! 지금은 다시 빈으로 돌아갔죠. 일가친척이 모두 빈에 있는데, 저만 여기 있어요. 여기서 가끔은 정말 외롭더군요. 저는 두번째 남편을 따라 베를린으로 왔어요. 남편은 장 보러 갔는데 곧 올 거예요. 놀라지 마세요. 남편은 저보다 서른 살 연하예요."

내 시선이 멈췄다.

"네. 안 그래 보일지 모르지만, 저 벌써 예순이 넘었어요. 아무튼 그 남자는 제 아들이 아니고 남편이에요."

마리는 엄마 무릎 위에 앉아 있는 것도 썩 편치 않은지 몸을 비틀었다.

"아기가 배고픈 거 아니에요? 젖 먹을 시간이 됐나?"

"고단한가봐요." 가엾은 마리! 엄마 잘못 만나 이 고생을 하는구나. 하지만 벌써 자리에서 일어나고 싶지는 않았다. 나는 마리를 안고 선 채 커피를 마셨다. "빈에 있는 것 중에 무엇이 가장 그리

◆ 애니메이션 <꼬꼬리코 돌격대>의 주인공 병아리.

우세요? 가족 빼고요."

"이곳 사람들은 매사에 너무 진지해요. 빈 사람들은 그렇지 않거든요. 훨씬 더 관대해요. 남들 사는 거 간섭하지 않고, 자신들도 간섭받는 거 싫어해요. 그런데 여기서는, 특히 사람들이 고급차를 타고 다니기 시작한 후로는, 거리를 지나가다보면 뭐라 한마디 하는 사람을 많이 봐요."

"뭐라고 하는데요?"

"이를테면 '도처에 피트니스센터가 널렸어. 당신 같은 사람들 다니라고!' 하던데요."

"뭐라고요?" 어떻게 그런 말을 한단 말인가!

"그랬어요. 한번은 편의점에 갔을 때인데, 맞은편에 말쑥하게 차려입은 젊은 여자가 있었어요. 죄송한 말씀이지만, 그 여자는 대략 댁 나이쯤 되어 보였어요. 처음에는 지나가시라고 말할까 말까 좀 망설였어요. 그 여자도 아기가 있었거든요. 통로가 좁아서 두 사람이 한 번에 지나갈 수 없었는데, 그때 그 여자가 뭐라고 말했는지 아세요? '30킬로만 빼세요. 그럼 우리 둘 다 편하게 지나갈 수 있잖아요!'"

"말도 안 돼!"

"정말이에요. 그런 일은 허다해요. 빈에서는 그런 소리 하는 사람이 아무도 없지만요. 저는 7년 전에 암에 걸렸어요. 항암치료를 받았더니 몸무게가 40킬로 쪘어요. 제 나이쯤 되면 살이 쉽게 안 빠져요. 게다가 저는 관절통이 있어서 운동은 못 해요. 먹는 것도 지금보다 더 줄일 수는 없어요. 통증 때문에 약을 먹는데, 아편 성분이 든 약이에요. 그래서 잘 먹어야 해요. 사람들은 그런 걸 알려고 하지도 않죠. 그저 보이는 대로 판단해요. 제가 뚱뚱한 게 그렇게 거슬리는데, 저한테 와서 어쩌다 그렇게 살이 쪘냐고 묻는 사람이 왜 아무도 없죠? 사실 저는 강인한 사람이에요. 그래도 그런 말을 들으면 솔직히 상처받아요. 사람들은 점잖고 엄청 관대한데, 자기네들끼리 있을 때만 그래요. 자기네들과 조금만 다르다 싶으면……"

맞는 말이다. 사람들은 남들을 자기 관점에서 판단한다. 나도 방금 문 앞에서 이 여자도 나와 같은 생각을 할 거라고 여기지 않았던가! 사람들이 나에 대해 품고 있는 선입견을 떠올렸다. 그런데 이 왜곡된 생각을 내가 먼저 품고 있지는 않았을까? 다른 사람이 나를 멋대로 판단하기를 바라지 않는다면, 내가 먼저 다른 사람에 대한 판단을 멈춰야 하리라.

이웃집 방문을 마치고 얼마 지나지 않아 다시 마리를 포대기로 싸안고, 오늘 빼먹은 공원 산책을 하러 갔다. 그때 어떤 동물이 다가왔다. 동물이 틀림없다. 다리가 매우 짧기는 해도 네 개니까. 주둥이를 보니 이 동물은 개일 확률이 매우 높다. 그 뒤로 견주로 보이는 여자가 총총걸음으로 쫓아왔다.

예전 같았으면 개와 견주가 온다고 생각했을 것이다. 그러나 이제 더는 짐작하지 않기로 했다. 견주의 시선이 내게 닿았을 때, 나는 그 여자가 무릎은 약간 구부리고 있으면서 턱은 높이 쳐들고 있는 모습을 똑똑히 보았다. 여자의 눈빛은 내게 이미 익숙하다. 이런 눈빛을 하고 있는 사람들이 이마에 써붙인 듯한 생각을 나는 잘 안다. '또 재수없게 애엄마네! 자리나 차지할 줄 알지, 뭐 하나 할 줄 아는 것도 없으면서 거만하게 굴기는. 애만 잘 낳지!'

아니, 어쩌면 이 여자는 그런 생각을 하지 않을지도 몰라! 나는 여자에게 미소를 지어 보였다. 그러자 그녀는 놀라움에 두 눈이 휘둥그레지더니 곧 미소 띤 얼굴로 화답했다.

"귀엽네요!" 나는 비루먹은 개를 가리키며 시험삼아 이렇게 말했다.

여자의 두 눈이 다시 한번 휘둥그레졌다. 이번에는 그녀의 미소로 보아 고맙다고 말하는 것 같았다. "네, 얘는 눈이 멀었어요. 유기견 보호소에서 데려왔어요."

눈이 멀었다고? 그런데도 저렇게 활기차게 콧수염을 바람에 휘날리면서 돌아다니다니! 이제 그 개가 귀엽다기보다 대단하다고 생각한다. "대단하네요! 눈이 보이지 않는데도 잘 걷네요."

"글쎄요, 가끔 어딘가에 부딪쳐서 비틀거리기도 해요. 사실은 꽤 자주 그래요." 견주가 말했다.

오, 개야! 너는 나의 영웅이야! 유기견 보호소에서 눈먼 개를 데려오는 일도 쉬운 선택은 아니다. 어떻게 그런 결정을 내렸을까? "유기견 보호소에서 데려오셨다니 참 대단하시네요."

"뭘요." 그녀가 기뻐했다. "이놈이 운이 좋았죠!"

우리는 웃었다. 그리고 각자 갈 길을 갔다. 낯선 사람에게 다가가 함께 즐거운 시간을 보내기는 조금도 어렵지 않았다. 이제부터 자주 그래야지! 물론 이상한 아줌마라고 오해받을 수도 있겠지. 강아지를 품에 안은 채 길가에 서서, 지나가는 아이를 볼 때마다 "아이고 예뻐라!" 하는 아줌마들처럼. 그래도 그렇게 할 거다.

어릴 때 그런 아줌마한테서 예쁘다는 말을 들을 때마다 나는 곧바로 혀를 내밀었다. 그로부터 몇 년 후 아줌마가 그 일을 나한테 이야기해줬기에 알고 있다. 머지않아 내가 창가에 서서 지나가는 사람들에게 험한 말을 하거나, 사랑에 빠진 남녀가 서로 허리를 감싼 채 다가오는 모습을 보고 다 안다는 듯이 고개를 끄덕인다면 누군가 내게 혀를 내밀지도 모른다. 왜 하필 혀를 내밀었을까? 좀더 고상한 방법도 있었을 텐데. 왜 나이가 들수록 이런 아줌마들은 보기 점점 어려워질까? 예쁜 아이들이 줄어들었나? 요즘은 그런 아줌마가 다 사라졌나? 그렇다면 나라도 그 뒤를 이어야겠다.

"행복하게 지내라!"고 아줌마는 내게 말했다. 그 말은 기원이 아니라 명령이었다. 마치 행복해질 때까지 기다리지 말고 바로 행복하게 지내야 한다는 듯이. 아, 지금 아줌마를 만나 함께 커피 한잔할 수 있다면 얼마나 좋을까! 하지만 나는 아줌마의 이름도 모른다. 이제 이름을 묻기에는 너무 늦었다.

프로젝트를 시작하기 전에 길에서 내게 말을 건 사람: 1일 평균 0명

프로젝트를 시작하기 전에 길에서 내가 말을 걸고 싶었던 사람: 1일 평균 1명

프로젝트를 시작하기 전에 길에서 내가 말을 걸어 한소리 해주고 싶었던 사람: 1일 평균 29만 7734명

프로젝트를 시작한 후 길에서 내가 말을 건 사람: 1일 평균 2명

그중 친절한 사람: 2명(그 사람들이 친절한 사람임을 보장한다는 뜻이 아니다. 단지 내가 느끼기에 불친절해 보이지 않았을 뿐이다. 아니면 불친절했는데도 기분이 좋아서 이를 인지하지 못했거나.)

세상을 향해
열린 문

어머! "톰, 톰!" 나는 부엌 배식창◆ 양쪽 창문을 모두 열어젖혔다. 프로젝트를 시작하고 나서 매일 저녁 부엌에 앉아 글을 쓴다. 톰은 음반 믹싱 작업을 하는 중이다. "톰!" 또 머리에 헤드폰을 끼고 있다.

"또 왜 그래?" 톰이 마지못해 중지 버튼을 누른다.

"댓글이 올라왔어!"

"무슨 댓글?"

"첫 댓글! 모르는 사람이야!"

"좋은 일이네."

나는 노트북을 들어 배식창 너머로 톰에게 보였다. "읽어봐!"

"당신이 읽어. 여기서 들을게."

"정말 멋진 아이디어네요. 저는 평생 그런 생각은 하지 못했을 거예요. 언제 한번 저희 집에서 커피 한잔해요. 와주시면 정말 좋겠어요. 물론 아기를 데려오셔도 좋고요. 제 아이도 그 또래예요. 오카 드림."

"와, 초대를 받았네!"

그런 것 같다! "이제 어쩌지?"

◆　부엌문을 다 닫은 상태에서 음식을 부엌 밖으로 내놓을 수 있도록 벽에 낸 작은 창.

"가면 되지."

나는 노트북 화면을 뚫어져라 쳐다보며 속삭이듯 말했다. "이거 사기일까?" 왜 그랬는지 모르겠다.

"왜 사기라고 생각해? 좋은 사람 같은데."

톰의 논리에 따르면 사기꾼은 친절하다. 특히 여자는 더 그렇다고 생각한다. 문제는 왜 나를 초대했냐는 점이다.

"당신이 원하던 일 아냐? 사람들한테서 초대받길 원했잖아."

이미 톰을 제외한 다른 사람들이 내 프로젝트에 긍정적으로 반응하는 일을 경험했다. 그렇다고 이렇게 금방 초대까지 받을 수 있는 건가? 내가 케이크 들고 찾아가지도 않았는데?

호기심에 찬 고양이처럼 노트북 화면을 살폈다. 블로그에서 누군가 내게 말을 건다. 내 글에 반응을 보인다. 이게 인터넷이다. 세상을 향해 열린 문. 그 문을 열고 나가는 곳에 어쩌면 케이크가 있을지도 모른다. 나는 망설인다. 내 발로 남의 집에 찾아가 문을 두드리고 집주인한테서 들어오라는 말을 끌어낸 경우에는 어떻게 해야 할지 알겠는데, 지금은 모르는 사람이 주도권을 쥐고 나를 초대하는 상황이다. 초대에 응했다가 예상과는 다른 상황이 벌어지면 어떡하지? 미끼 단 낚싯바늘이 부엌의 정적 속에 흔들리고 있다. 미끼를 물어야 할까? 빠져나갈 구멍이 있는 적당한 답변을 생각해내느라 한 시간이나 고민한 끝에 다음과 같은 답변을 올렸다. "오, 너무 좋아요! 그런데 제가 프로젝트를 하고 있는 동네에 사시나요?" 워드프레스의 청록색 화면을 응시하며 흥분과 고통

속에 댓글이 올라오기를 기다렸다. 3초에 한 번씩 '새로 고침' 아이콘을 클릭하며. 세상에, 내가 초대를 받다니!

다음날 나는 블로그를 통해 오카가 우리집에서 두 길 떨어진 곳에 살고 있다는 사실을 알게 되었다. 오카는 지금 파리에 있는데, 한 달 후 집에 돌아가면 다시 연락을 주겠다고 했다. 한 달 후? 잔뜩 기대에 부푼 마음이 푸딩 퍼지듯 철퍼덕 내려앉았다. 오카를 기다리는 동안 설렘은 센강 물에 다 씻길 것이다. 한 달 후에 정말로 오카네 집에 가서 커피를 마시게 될까?

아무튼 이제 몇 가지 사실은 알게 되었다. 나 자신에 대한 사실만 있지는 않다. 지금까지 초인종을 누른 경험을 바탕으로 우리 동네 사람들의 특징과 그들이 낯선 사람을 대하는 태도에 대해 다음과 같은 중간보고서를 완성했다.

1. 1층에 사는 사람들은 아무도 자기 집에 들어오라고 말하지 않는다.
2. 나이가 매우 많은 사람들은 자기 집에 들어오라고 말하지 않는다.
3. 아파트 출입문 가까이 사는 사람일수록 방문을 거절하는 사람이 많다.
4. 건물 계단의 황동 난간이 새것일수록 방문을 거절하는 사람이 많다.

5. 높은 층 집일수록 그 안에 들어갈 확률도 높다.

6. 혼자 있는 사람은 집안에 들어오라고 말할 확률이 높다.

7. 도로 왼편에 사는 사람 중에 방문을 거절하는 사람이 많다.

8. 번지수가 큰 집일수록 그 안에 들어갈 확률도 크다.

9. 낮에 집에 혼자 쭈그리고 앉아 텔레비전을 보는 스무 살 안팎
   의 청년이 너무너무 많다.

10. 내게 들어오라고 말하는 사람이 매일 적어도 한 사람은 있다.

평균적으로, 아무도 없는 집 열두 군데, 방문을 거절하는 집 다섯 군데를 거치고 나서야 비로소 한 집에 들어갈 수 있었다. 안타깝게도 나를 들이지 않는 사람들에 대해서는 아는 바가 별로 없다. 그 집에는 들어가보지 못했으니까. 나중에는 어쩌면 문을 닫기 전에 나이, 출신지, 주거 기간 등을 알려줄지도 모르겠다. 그때가 오기 전까지는 거절을 포장한 이유밖에 밝힐 것이 없다. 이를 빈도에 따라 정리하면 다음과 같다.

1. 시간이 없어요. 일해야 됩니다.

2. 엄마 안 계세요.

3. 집사람이 나가고 없습니다(?).

4. 지금 막 외출하려는 참이에요.

5. 손님이 와 계세요.

6. 휴가로 여행을 갔다 방금 집에 돌아왔어요.

7. 곧 업무 교대하러 가야 해요.

8. 업무 교대하고 방금 집에 왔어요.

9. 우리집 변기가 고장났어요.

10. 다음 일요일 세시쯤 아파트 앞으로 오세요.

(이 말을 한 영감이 나를 따돌렸다. 언젠가 그를 붙잡고 말 테다!)

극진한 대접

톰이 작전을 바꿨다. 이제 "설탕은 독이야!"라고 노래 부르며 화장실을 비롯한 집 안 곳곳에 같은 내용을 담은 전문 서적을 갖다놓았다. 그러면서 연습하다 쉴 때면 동료들을 이끌고 부엌으로 가 케이크를 권한다. 부엌으로 들어온 음악가 가운데 누구는 두 조각씩 두 접시나 해치운다.

난방 계량기 검침원도 아니면서 오전 열시 이전에 누가 집으로 찾아온다면 나는 그 사람에게 제정신이냐고 물었을 것이다. 오늘 아침 열시에 톰은 '총각 같은 유부남들의 자전거 투어'를 떠난다. 이른바 불알친구들끼리 하는 연례행사다. 그러니 그 이전에 반드시 이웃집 방문 한 건을 완료해야 한다. 마리는 집에 두고 나 혼자 갈 생각이다. 아기를 안은 채 집안을 이리저리 거닐거나 남의 집에서 젖을 먹이다보면 대화에 집중하기가 어렵다. 낯선 사람 집에서 젖도 먹였냐고? 그랬다! 아무튼 오늘 신성한 원칙을 깨기로 했다. 내가 싫어하는 행동은 다른 사람에게도 하지 않는다는 원칙. 8시 반이 되기 전에 이미 여러 집의 현관 매트를 구경했다. 뻔뻔함의 한계를 뛰어넘었다!

나는 마음이 조급해져 시계를 자주 보았다. 초인종을 누르자 문이 열린 시각은 아홉시 반쯤이었다. 미모가 빼어난 젊은 여인이 나왔다. 머리칼에 윤기가 흘렀고, 하얀 치아가 고르게 반짝였다. 여인은 헝가리어 억양으로 말했다. 아, 또 베이비시터가 문을 열어준 건가? 자신은 이 집의 베이비시터일 뿐이라 나를 안으로 들일 권한이 없다고 말하는 젊은 여성을 오늘 이미 세 사람이나 만난 뒤였다. 그 여인들이 하는 독일어에서는 하나같이 외국어 억양이 묻어났다. 그러나 다이아몬드 귀고리를 하고 있는 사람은 이번이 처음이었다.

거리낌없이 나를 자기 집안으로 들이는 사람들을 보며 놀라고 또 놀란다. 손님 대접은 또 노에미가 하는 것처럼 어쩌나 극진한지! 노에미가 자기 집 거실에 있는 대리석 테이블을 세팅하는 동안 나는 미노티* 소파에 기분좋게 파묻혔다. 가슴속이 따듯해졌다. 내게 시간이 별로 없다는 사실을 알면서도 노에미는 나를 위해 네스프레소 커피 머신으로 디카페인 커피를 내려주었고, 그릇장에서 금박을 두른 찻잔 세트를 꺼내왔고, 찻잔 손잡이가 오른쪽을 향하도록 컵받침 위에 놓았다. 그 옆에 하얀 아마 냅킨을 접어놓는 일도 잊지 않았다. 노에미는 설탕 그릇과 우유 주전자를 채워 각각에 걸맞은 도자기 받침 위에 올려놓았다. 아침 아홉시 반에 찾아온 낯선 사람을 위해! 나는 불쑥 찾아온 시어머니가 된 기분이었다. 아마도 그 때문에 곧바로 사진 속 남자가 누구냐고 물은 걸까. 해질녘 어느 해변에서 가벼운 옷차림의 남자가 노에미와 함께 카메라를 향해 웃고 있다. 온통 행복감으로 물든 얼굴을 한 채. 내가 시어머니였다면 당연히 그 남자를 알고 있었겠지. 그 남자는 노에미의 남편이었다. 금발머리에 키가 큰, 독일 남부 출신 남자였다.

"우리는 벌러톤호 근처에서 만났어요. 어느 바에서요. 꽤 취해 있었죠."

◆　이태리 명품 가구 브랜드.

노에미는 웃을 때마다 냅킨으로 입을 가려, 고르게 난 하얀 이 사이에 케이크가 끼지 않았는지 확인하고 싶은 나의 시선을 차단했다. 이토록 조신한 여인이, 슈바르츠의 표현을 빌리자면, 황천문을 두드렸다는 말은 믿기 어려웠다.

"그이는 사흘 후에 떠나기로 되어 있었어요. 마지막날 그이가 장거리 연애를 약속하더군요. 저는 안 믿었어요. 어떻게 믿어요? 그러나 그이는 2주에 한 번 저를 만나러 헝가리로 왔어요. 처음 왔을 때는 벌써 헝가리어 몇 마디를 할 줄 알더군요. 그전에는 한마디도 못했는데요." 노에미의 얼굴이 냅킨 뒤에서 환하게 빛났다. "그러다 5개월 후에 제가 이곳으로 오게 되었죠. 이제 2년 됐어요."

이렇게 낭만적일 수가 있다니! 나는 감동을 받아 술을 마신 것도 아닌데 정신이 몽롱해졌다. 얼른 케이크 한 조각을 더 먹었다.

"그런데 저희 곧 이사갈 거예요."

나는 시어머니와도 같이 예리한 눈빛으로 노에미의 배를 슬쩍 흘겨보았다. 노에미는 웃으며 자신의 납작한 배가 아니라 길 건너 사우나-엘리베이터-남향 테라스 바로 맞은편 공사장을 가리켰다. 공사가 한창 평화롭게 진행되고 있었다.

"이 시간이면 여기 해가 들죠. 저 자리는 공터로 놔둘 줄 알았어요. 어차피 뭐, 저희도 내 집 마련을 할 생각이었으니까요."

노에미는 동물실험 통계처리원이 되고 싶었고, 첫 응모에서 선발되었다는 이야기를 했다. 지금은 동물실험 통계평가기관에서 일한다고 말했다. "동물실험이요?" 저 모퉁이만 돌면 철창에 갇힌 동물들이 우글우글한 건가? 지금까지 동물실험은 아무것도 없는 외진 허허벌판에서 하는 줄 알았다. 노에미는 내 속마음을 알지 못하기에 고개를 끄덕이고는 자신이 일하는 기관에 대해 신이 나서 설명했다. 그곳은 매우 크고 다양한 부서로 나뉘어 있지만 중앙집중식 시스템으로 모든 것이 질서정연하게 돌아간다. 이를테면 동물은 모두 햇빛이 들지 않는 지하에 몰아넣는다. 쥐가 대부분이지만 토끼, 기니피그, 돼지도 있고, 실험에 따라 다른 동물도 들어온다. 나는 침을 삼켰다. 노에미가 얼굴 가득 화사한 미소를 띤 채 통계적으로 유의미한 수만큼의 동물을 골라 울부짖는 소리를 뚫고 주사를 놓는다고? "아뇨! 그런 게 아니고요." 노에미는 단지 통계적으로 유의미한 수의 결과를 평가할 뿐이다. 사무실에서는 동물 울음소리가 전혀 들리지 않는다고 설명했다. 아쉽지만 이제 돌아갈 시간이 되었다. 노에미가 하는 일에 대해 더 듣고 싶은데…… 하지만 지금도 이미 늦었다. 톰은 기차를 타고 가서 한 시간 뒤에 일행과 합류할 계획이다. 그러니 얼른 집에 가서 아이를 받아 안고 잘 다녀오라고 손을 흔들어줘야 한다. 이 프로젝트의 주제는 입 밖에 내지도 못했다. 톰 때문이다. 그런 사정을 모르는 노에미는 발코니에서 토마토 몇 개를 따주었다. "드시기 전에 잘 씻으세요. 공사장 먼지가 꽤 많아요."

손님에게 이토록 친절한 사람에게 프로젝트니 토론이니, 그게 다 무슨 소용인가! 휴가 때 찍은 사진을 액자에 넣어 협탁 위에 올려놓은 집에서, **빳빳하게 다림질한 냅킨을 찻잔 오른쪽에 놓아** 주는 집주인에게 프로젝트 주제와 관련된 질문을 하는 건 쉽지 않다. 이웃집 방문을 하며 만나본 사람들은 모두 맞는 말만 했다. 내 생각은 일단 제쳐두자. 다른 사람의 신발일지언정 일단 한번 신어보고 그 신을 신고도 걸을 수 있는지 확인해보자.

나이가 가장 많은 집주인은 H할머니로, 연세가 여든일곱이시다. 내가 H할머니 댁의 초인종을 눌렀을 때 할머니는 이렇게 말했다. "이러시는 거 아니에요. 먼저 편지로 알려야죠. 편지를 보낸 다음에 다시 오세요!"
나는 댁에 찾아가도 되겠냐는 허락을 구하는 편지를 보냈고, 자필로 쓴 방문 허가서를 받았다. 내가 도착했을 때 테이블은 이미 세팅되어 있었다. 들꽃을 꽂은 화병과 커피 크림 주전자까지! H할머니는 정말 대단하시다!

나이가 가장 어린 집주인은 J로, 나이는 열세 살이다. J는 아무도 없는 집에서 혼자 피부 관리를 즐기는 중이었는데, 문을 열어주었을 때 얼굴에 녹황색 팩을 붙이고 있었다. 웰빙을 추구하는 시간을 보내고 있었지만 J는 내게 들어오라고 말했다. 앞집에서 지켜보던 세 여인이 놀라 입을 다물지 못했다. 그 여자들은 떽떽거리며 내 방문을 거절하더니, 내가 앞집 벨을 누르자 부끄러운 줄도 모르고 상황이 어떻게 돌아가는지 지켜보고 서 있었다. J는 정말 귀여웠다. 얼굴에 붙인 팩이 마르면 피부가 당긴다고 말하며 가끔씩 욕실로 사라졌다.

같은 고향 사람

어제 깜빡하고 케이크 재료를 안 샀다. 지금 쇼핑을 하러 갈 수는 없다. 마리는 잠들었고, 톰은 집에 없다. 그렇다면 집에 있는 재료로 어떻게든 해봐야지 뭐. 드디어 빨간모자 케이크가 탄생하는 순간인가?

초코케이크를 만들었는데…… 자기 손맛을 믿지 못하는 사람은 완성된 케이크 작품을 외진 곳에서 혼자 맛보고 무엇이 부족한지 확인한다. 휘핑크림이 있어야겠다.

"지금은 곤란해요. 니스칠 냄새 때문에. 방금 작업을 했거든요." 인
터폰을 통해 상대방이 말했다.

"괜찮아요!" 상대방이 거절하더라도 내 뜻을 관철시키려는 의지
가 매일 조금씩 강해졌다. "초코케이크랑 휘핑크림도 있어요!"

"방금 휘핑크림이라고 하셨어요?"

"설탕 섞은 휘핑크림이에요."

버저 소리가 나고 문이 열렸다.

그 집에 도착하니, 한 사내가 눈가에 주름지도록 미소를 띤 채
손을 뻗어 다정하게 인사를 건넸다. "막스라고 합니다." 허브가 가
득한 발코니 너머로 텔레비전 송수신탑과 브루클린 스타일 벽돌
담이 고스란히 보였다. 흠잡을 데 없는 빌트인 주방이, 거실에 딸
린 반도 형상이다. 아, 저것은 내가 그토록 사고 싶었던 믹서 아닌
가! 개수대 위 눈높이쯤에 있는 저것은 혹시 애플 컴퓨터? 다양한
디자인의 공예품과 바로크식 액자에 넣은 유화 들이 콘솔 위에
사이좋게 늘어서 있고, 벽난로가 있고, 히비스커스가 가지를 넓게
뻗고 있다. 문에서 얼음이 나오는 기막힌 냉장고도 있다. 모든 사
물이 톱밥 먼지를 쓰고 있었고, 실제로 니스칠 냄새가 심하게 났
다. 눈물날 지경이었다.

"저는 셀프맨이에요. 모든 것을 직접 만들죠." 막스의 눈이 반짝

였다. 칠 냄새 때문인지도 모른다. "이 복도 선반은 방금 칠했어요."

멋져 보였다. 그런데 이 방언은 뭐지? 설마 잘못 들었겠지? 선뜻 물어볼 용기가 나지 않았다. "저, 혹시 저기…… 슈바벤 출신이세요?"

막스가 웃으며 고개를 끄덕였다.

우와, 프로젝트 4주차에 서른번째 커피를 앞에 두고 마침내 슈바벤 사람을 만났다! 아, 어떻게 이런 일이!

"슈바벤 사람을 만난 건 처음이에요!" 나는 반가움에 큰 소리로 말했다. "그런데 다른 슈바벤 사람들은 다 어디 있는 거예요?"

막스가 더 활짝 웃었다. "사람들이 사투리를 안 쓰니 서로 어느 지역 출신인지 잘 모르는 거죠."

베를린같이 외지 사람들에게 배타적인 곳에서 사투리를 쓰지 않는 건 당연한 현상이다. 다른 지역에서도 배타주의가 이토록 심할까? 스스로 베를린 사람이라고 할 수 있는 사람이 누구일까? 누가 순혈인가? 지역 배타주의는 초등학생들의 말싸움만큼이나 유치한 문제에서 비롯한 것이 아닌가. 지난번에 꽁지머리를 한 사람을 만난 일이 생각났다. 처음 본 순간 나는 그 사람이 바이에른 주 출신이라는 사실을 알아챘다. 같은 고향 사람이라는 사실을 강조하면 집안으로 들어갈 확률이 높아진다. 그러나 꽁지머리는 화들짝 놀라며 곧바로 힘주어 말했다. "베를린에서 산 지 벌써 12년이나 되었어요!"

"그래서요?"라고 되물으며 약을 올려볼까? 그러나 문은 이미 닫힌 뒤였다. 이곳 사람들은 왜 하나같이 이곳에 살 권리를 힘주어 말할까? 왜 그래야 할까?

슈투트가르트현 번호판이 붙은 막스의 자동차는 걸핏하면 누가 긁어놓는다고 했다. 막스는 어깨를 으쓱했다. "자동차 등록을 새로 했어요. 그 문제는 그렇게 해결이 되었죠. 그리고 집도…… 저는 예전에 개처럼 일하며 돈도 최대한 아꼈어요. 그 덕에 지금 이 집에 살고 있죠. 제가 직접 집을 고칠 수 있으니 편리해요. 예전에 이 집은 그냥 구멍이었어요, 구멍. 그런데도 사람들이 뭐라 하는지 아세요? 이 아파트에 어떻게 슈바벤 출신이 사냐고 하더라고요."

나와 막스는 실험적인 케이크 작품에 휘핑크림을 잔뜩 발라 먹으며, 독일 남부 출신끼리 베를린에서 시판되는 케이크는 빵에 건포도 몇 알 얹었을 뿐이라는 데 의견 일치를 보았다. 이 도시의 재개발 바람과 젠트리피케이션*에 대해서도 이야기했다.

"제가 처음 이곳으로 이사왔을 때는 1층에 빵집이 있었어요. 매일 아침 잠옷에 가운만 걸친 채 빵을 사러 가도 되겠다고 좋아했죠. 그런데 빵집이 문 닫고 지금은 술집이 되었는데, 거기 돈가스가 보르샤르트**에서 파는 것보다 더 비싸요. 어쩌겠어요? 이곳에 입주한 제 잘못이죠. 이런 일은 뉴욕에서 이미 경험했어요. 이

---

* 상류층의 유입으로 주거지역의 가치가 오르는 현상.
** 베를린의 고급 음식점.

스트빌리지에서 10년 살았는데, 그때도 젠트리피케이션 바람이 불었죠. 그런데 거기에도 슈바벤 출신들이 있었어요. 어찌어찌 슈바벤 출신들이 뉴욕에 많이 살게 되었죠. 그러나 9·11 테러가 터지고, 뉴욕은 엉망이 되었어요. 그놈의 애국주의! 어딜 가나 경찰과 군인이 있었고, 지하철역에서는 기관총을 들고 서 있었어요. 차라리 독일로 돌아가는 편이 낫겠다고 생각했죠. 베를린은 과거의 뉴욕 같아요. 물가가 좀더 쌀 뿐이죠. 제가 독일로 돌아갈 때 다른 독일 사람도 많이 갔어요. 그 사람들도 여기 살아요. 밖에 나가면 뉴욕에서 보던 사람들을 여기서도 봐요. 그중엔 슈바벤 출신도 많고요." 막스가 즐거운 듯 웃었다.

내가 자리에서 일어나자 막스는 나를 아래층까지 배웅해주었다. 니스칠 냄새를 계속 맡으면 건강에 해롭다고 말하며. 우리는 거리에서 헤어졌다. 막스가 집으로 돌아가고 나니, 그를 어디서 본 기억이 갑자기 났다. 길에서 자주 본 그 사람이잖아! 내가 누군지 늘 궁금해하던 바로 그 사람. 말도 안 돼! 집에서 본 모습과 거리에서 본 모습이 어떻게 이렇게 알아보지도 못할 정도로 다를 수 있지? 폴라로이드 카메라로 찍은 막스의 사진을 바라봤다. 이건 또 뭐지? 손에 페인트 붓을 든 이 사내는 내가 본 막스와는 또다른 얼굴을 하고 있었다.

한 사람의 얼굴은 과연 몇 개일까? 그 가운데 가장 정직한 얼굴은 어떤 것일까?

비넨슈티히케이크

········

있는
그대로의 모습

톰이 자전거 투어를 마치고 돌아왔다. 며칠 동안 통조림 라비올리*만 먹은 탓인지, 케이크를 향한 사랑이 식지 않았다는 사실을 아낌없이 증명해 보였다. 더불어 이웃집 방문 프로젝트에 대한 생각도 많이 달라진 듯했다. 친구들이 좋게 얘기했겠지. 아니면 CD 프로젝트 때문이거나. 톰은 새로 추진하게 된 CD 프로젝트로 성품이 한껏 명랑해지고 너그러워졌다. 그가 인자한 미소를 띤 채 부엌을 어슬렁거리고 있을 때 현관문에서 벨소리가 울렸다.

누가 오기로 했나? 톰과 나는 "누구지?" 하고 묻는 표정으로 말없이 마주보았다. 그때 마침 마리가 생애 최초로 당근 수프를 먹는 데 성공해 우리는 환호하고 있었고, 글렌 굴드의 멋진 피아노 연주까지 울리고 있던 터라 순간 어찌할 바를 몰랐다. 얼른 톰을 현관으로 보냈다. 현관 쪽에서 "저는 슈바르츠라는 사람인데요. 사모님께 잠시 드릴 말씀이 있어서요"라고 하는 남자의 목소리가 들려왔다. 나는 서둘러 현관으로 향했다. "어마나, 슈바르츠 씨! 안녕하세요? 들어오세요. 커피 한잔하시겠어요?"

나는 슈바르츠 씨에게 들어오라고 말했다. 나중에 톰으로부터 불벼락이 떨어지거나 말거나.

◆ 이탈리아 만두.

"커피 좋죠! '씨' 자만 빼고 불러주신다면요."

나는 속으로 톰이 어색해하지 않기를 바랐다. 사실 톰도 나만큼이나 숫기가 없는 사람이다. 더구나 톰은 이웃집 방문 훈련도 하지 않았다. 그런데 웬걸? 톰은 집주인 노릇을 너무도 훌륭하게 해냈다. 내가 커피를 준비하는 동안 알아서 손님에게 집 구경도 시켜주고 편안하게 대화도 이끌었다. 심지어 함께 앉아 커피도 마시면서 예의를 갖춰 슈바르츠의 이야기를 들어주었다. 슈바르츠는 특별히 내게 알려주려고 이 동네 옛 모습에 관한 사실 몇 가지를 메모했다고 말하고서 자필로 쓴 목록을 꺼냈다. 몇 페이지에 걸친 목록에는 내 블로그에 올라온 자신에 관한 글 가운데 수정할 사항과 보충할 내용, 앞으로 이 동네에 대해 알아볼 때 동원해야 할 방법이 항목별로 적혀 있었다.

"이제부터는 두 분이 대화하시는 편이 좋겠군요." 톰은 이렇게 말하고 자리에서 일어나 믹싱보드 쪽으로 향했다.

슈바르츠가 가고 나자 톰이 부엌으로 들어왔다. 프로젝트 때문에 불청객이 집으로 찾아온 사건에 대해 공격의 포문을 열 차례인가? 아니었다. 톰은 단지 차를 마시려고 들어왔다. 그것도 노래를 흥얼거리면서. 나는 믿을 수가 없어 톰에게 불편하지 않았느냐고 물었다.

"아니. 그 사람 아무 문제 없던데?" 톰은 이렇게 말하고는 한마디 덧붙였다. "하지만 이런 일이 반복되면 곤란해." 그러고는 내 얼굴을 빤히 들여다보며 기분을 살폈다. "당신은 불편했구나!"

"그걸 말이라고 해?" 기다렸다는 듯이 입에서 이 말이 터져나왔다. "사람이 다녀갔어! 여기를! 우리집을!"

"그게 뭐 어때서?" 톰은 내 말 뜻을 이해하지 못했다.

"한번 둘러봐! 우리 사는 꼴이 어떤지."

톰이 주위를 둘러보았다. 욕실이 없어 부엌에 설치한 구식 펌프 샤워기를 보았다. 보기 흉한 하수관을 보았고, 수도꼭지에 허술하게 연결된 납 파이프를 보았다. 덜컹거리는 창문과 복도 바닥에 난 구멍을 보았고, 난방시설의 부재도 보았으며, 다 낡은 식탁과 식탁 의자도 보았다. 톰은 모든 것을 보았다. 그리고 어깨를 으쓱했다. "뭐가 문제야? 우리가 이러고 사는 게 당신은 힘들어?" 톰에게는 정말로 아무런 문제가 되지 않았다.

나는 머리를 숙였다. 톰이 집 꾸미는 일에 가치를 두지 않는다는 사실은 알고 있다. 솔직히 내가 톰에게 홀딱 반했을 때는 처음으로 톰의 집에 와봤을 때였다. 그러나 낭만을 즐기는 성향이 그다지 강하지 않은 사람들이 보기에 우리집은 임시 대피소 같아 보일 것이다.

"슈테파니." 톰이 나를 불렀다. "이런 문제로 너무 괴로워할 필요 없어. 우리는 그냥 우리야. 사람은 있는 그대로의 모습이 중요해. 뭘 가졌는지, 어떻게 사는지, 그런 건 중요하지 않아. 솔직히 그 사람도 우리가 어떻게 사는지 알고 있었을 거야."

말이야 쉽지! 어쩌면 저렇게 남 이야기 하듯 말한담? 일단 커피나 한잔하자.

오늘 목표로 삼은 아파트 뒷마당에 젊은 청년이 앉아 있다. 청년은 후드 티셔츠를 입은 채 햇살을 받으며, 너무도 침착하고 여유로운 태도로 직접 만 담배를 피운다. 그러면서 이 계단으로 올라갔다 내려와 저 계단으로 올라갔다 내려오는 나의 모습을 지켜보고 있다. 청년과 마주칠 때마다 내가 이 계단 저 계단을 오르락내리락하는 데는 매우 구체적인 목표가 있기 때문인 척했다. 사실 그렇기도 하잖아, 뭐. 그러나 시간이 흐를수록 자신감을 잃어갔다. 청년이 히죽히죽 웃었다. 나는 건물 계단에 난 창을 통해 그 녀석이 어느 집으로 들어가는지 살폈다. 그 집은 피하고 싶었다. 청년이 열고 들어간 문에는 백묵으로 그린 십자 표시가 있었다.

오늘 초인종을 누른 집에서는 하나같이 다른 날 꼭 다시 와달라는 말을 들었다. 오늘이 처음으로 공치는 날인가? 게다가 소나기까지 내렸다. 습도도 높은데 계단을 오르내리느라 이미 땀으로 흠뻑 젖은 나는 완전히 기진맥진했다. 할 수 없지. 아까 히죽거리던 젊은 놈한테 가서 오늘 몫을 벌충하는 수밖에. 그 녀석이 히죽거리든 말든, 이제 더는 그런 일이 문제되지 않았다. 더구나 지금 내가 하는 일은 한계를 극복하는 연습 아닌가!

청년은 문을 열어줄 때부터 대단히 살갑게 굴었다. "저희 집에는 언제 찾아오실지 궁금하던 참이었어요." 청년은 인사 대신 이렇게 말하고는 들어오시라 하고 싶지만 솔직히 어쩌고 하면서 머뭇거리고, 망설이고, 주저했다. 청년의 어깨 너머로 집안을 살폈다. 혹시 여자라도 숨겨놓았나? 그 이유는 근시안인 내가 멀리서 잠깐 보고도 알 수 있을 만큼 명료했다. 그것은…… 그러니까 음…… '무질서'였다. 나는 지나가는 말처럼, 그러나 분명하게, 내 프로젝트에서는 집안의 청결도는 따지지 않는다고 말했다. 청년이 공범인 양 빙긋이 웃으며 들어오라고 손짓했다.

그 집은 공간이 두 개로 나뉘었는데 사실은 하나밖에 없는 거나 마찬가지였다. 앞쪽에는 빵빵하게 채운 쓰레기봉투가 천장에 닿도록 쌓여 있어 발 디딜 틈이 없었으니까. 검정색, 녹색, 회색, 파란색 봉투가 저마다 눈에 띄도록 쌓인 먼지로 뒤덮인 채 고통스러워하고 있었다. 집안이 곧 쓰레기 하치장이니 참 편리하겠군! 소각 시설만 있으면 되겠네. 나는 눈썹 한 번 까딱하지 않고 청년의 뒤를 쫓아 쓰레기 산을 지나는 데 집중했다. 여기저기 널린 쓰레기봉투 때문에 복도는 백열등 필라멘트같이 꼬불꼬불했다. 설치 작품 한가운데에 서 있는 느낌이었다. 이 집이 시내 한복판에 있고 입장료로 23유로를 내야 들어갈 수 있다면 그때는 분명 작품이 될 것이다. 그것도 대단히 훌륭한 작품이리라. 유머 감각이 부족한 비평가라면 일간지에 "유치하다"는 평을 실을지도 모르겠다. 집안의 주요 공간, 그러니까 침대, 책상, 문까지 이어지는 좁다란 통로를 제외하고는 바닥이 온통 빈 맥주병으로 덮여 있으니까. 맥주병은 눕혀놓은 것 하나 없이 모두 세워져 있었다. 눕혀놓으면 자리를 너무 많이 차지하겠지. 수많은 맥주병이 몸통을 맞댄 채 서 있는 모습이 신비한 석회암 동굴의 석순처럼 보였다. 녹색과 갈색의 유리병이 만드는 멋진 바닥 모자이크! 여기에 햇빛까지 비치면 아름다운 조명효과도 기대할 수 있을 것이다. 아쉽게도 창에 커튼이 쳐져 있었다. 쌓인 먼지로 보아 아직 한 번도 젖히지 않은 것 같다.

"사실 이곳에서 살지 않은 지 꽤 됐어요." 청년이 겸연쩍은 미소를 지으며 말했다. "보시다시피 여기 정리가 좀 안 되어 있죠." 청년이 인정하듯 말했다. "저 거미줄은 제가 이사왔을 때부터 있었어요." 우리는 서로를 쳐다보며 빙그레 웃었다. "저는 닐스예요. 맥주 마실래요?" 닐스가 내게 맥주병을 내밀었다. 빈병이 아니라 내용물이 차 있는 병이었다. "맥주밖에 대접할 게 없어요." 닐스가 덧붙였다.

"나한테 커피 마시는 데 필요한 건 다 있을걸요?" 나는 요구르트병이 든 바구니를 의기양양하게 들어 보였다.

그러나 커피를 마실 수는 없었다. 닐스가 '부엌'이라고 부르는 곳이 쓰레기 하치장처럼 되어 있어 수도를 사용할 수 없었다. 욕실도 없었다. 샤워는 두 층 위에 있는 친구 집 욕실을 이용한다고 닐스가 설명했다. "어차피 주전자도 없어요." 닐스가 어깨를 으쓱하며 말했다. 이 친구가 왜 이렇게 맥주를 많이 마시는지 알겠다. 그러나 나는 맥주를 마시지 않을 테다. 이 먼지 구덩이 속에서 뭘 마셔야 한다면 요구르트병에 담아온 우유를 마실 것이다.

"잠깐만요!" 뭔가 생각났다는 듯 닐스가 외쳤다. 그는 침대 밑에서 잔을 끄집어내 자랑스럽게 내게 건넸다. "이건 이 집에서 유일하게 깨끗한 잔이에요. 하긴 잔도 하나밖에 없어요." 닐스는 자신의 맥주병 마개를 따고, 『브록하우스 백과사전』으로 쌓은 탑 위에 앉았다. 브록하우스 탑은 빈병의 바다 한가운데 솟은 섬 같았다.
"아무데나 앉으세요." 닐스가 즐거운 듯 주위를 가리켰다.

앉을 데라고는 불결한 침대와 플라스틱 접이의자밖에 없었다.
침대에는 앉고 싶지 않았다. 접이의자는 대규모 행사 때 사용하
는 그런 의자였다. 혹시 행사장에서 하나 슬쩍해온 건 아닐까 하
는 의심이 생겼다. 나는 예의상 '깨끗한' 잔에 우유를 한 모금 따
라 마시면서 실수로 잔을 흔들어 우유를 흘리고 말았다. 별걸 다
해요, 아주!

나는 대왕대비같이 절제된 모습을 보이려고 애쓰는데, 닐스는
온화한 태도로 마음을 열고 이야기하며 나를 매우 자연스럽게 대
했다. 닐스의 그런 태도는 내 가슴 깊은 곳에서 감동을 일으켰다.
우리는 그냥 우리다. 사람은 있는 그대로의 모습이 중요하다. 나는
닐스처럼 마음을 열지는 못했다. 그래도 인간미가 엿보이는 닐스
의 행동이 전혀 낯설게 여겨지지 않았다. 아마도 이 집을 보는 순
간 집주인이 반사회적인 사람은 아니라는 생각이 들어서 그랬을
것이다. 유머러스하고 붙임성 있는 친절한 사람일 거라는 확신. 법
학과 심리학을 전공하는 대학생이며, 독일민족인재재단 장학생이
라는 사실을 쓰레기 하치장과도 같은 그의 집을 본 순간 짐작이
나 했을까?

한시바삐 레킹볼*로 내 머릿속 담벼락을 허물어야겠다. 이제부

◆   건물 철거에 사용되는 무거운 강철 공.

터 마음의 문을 활짝 열 테다. 집 문도 열 것이다. 그리고 우리집 꼴 때문에 더는 괴로워하지 않으리라.

가장 깨끗한 집은 디르크의 집이었다. 인터폰 앞에서 "집이 너무 어질러져 있어 들어오시라 할 수가 없다"는 사람을 상대로 설득하느라 15분이나 걸렸다. 실제로 내가 본 그 집은, 사진을 찍어 그대로 『쇠너 보넨』◆에 실어도 될 만큼 흠잡을 데 없었다. 나는 당혹스러워 여기에 뭐가 어질러져 있느냐고 물었다. 디르크는 매우 침울한 표정으로 바닥에 떨어져 있는 빨간색 솔을 가리켰다. "이거요! 방금 손님이 왔다 갔는데, 집안이 얼마나 어지럽고 너절한지 몰라요."

◆ 독일 주택 잡지.

체리파이

함께 흘리는
눈물

마리와 나는 단짝이 되었다. 내가 초인종을 누를 때마다 마리는 소리지르며 나를 응원하는 듯 두 다리를 버둥거린다. 안타깝게도 톰은 어제 다시 예민하게 신경을 곤두세운 모습으로 되돌아갔다. 내가 핸드폰을 깜빡하고 들고 나가지 않았기에 생긴 일이었다. "30분만 더 늦었으면 경찰에 신고했을 거야!" 내가 아무렇지도 않게 건물 계단을 올라오는 모습을 보고 톰이 안도하며 이렇게 외쳤다. "그런데 내 핸드폰 어디 갔지? 길거리에 흘렸나?"

톰은 걱정이 되어 5분마다 내게 전화를 해서는 우리가 어떤 집에 들어갔는지 물었고, 남의 집에 들어가기 전에 반드시 집주인을 잘 살피라고 신신당부했다. 건물 계단에서 이런 통화는 대단히 시끄럽게 울리기에, 나는 핸드폰을 꺼놓는다.

처음에는 여인의 얼굴을 도무지 볼 수가 없었다. 그녀는 문을 열어주자마자 소리지르며 다시 사라졌다. "고양이를 놓쳤어요!" 어디선가 외치는 소리가 들렸다. "고양이들이 여기 들어오면 안 되는 줄 알면서도 들어와요. 빨래를 널어놨거든요. 일단 들어오세요. 복도 따라 쭉 가시면 다목적실이 나와요. 저는 애들부터 잡아야 해요!"

어느 문 뒤에서 오토와 밀케가 되돌아 나가기를 요구받는 동안 나는 방안을 슬쩍 들여다보며 복도를 따라 천천히 앞으로 걸었다. 다목적실이 뭐지? 복도 끝에서 공간이 둘로 나뉘었다. 내 눈에는 둘 다 다목적실처럼 보였다. 좀더 넓은 방으로 들어갔다. 취사도구도 여기에 있다. 그곳은 아늑하고 따스한 느낌이 들었다. 사진, 사전, 나무뿌리가 진열돼 있고, 창가에 라벤더 화분이 놓여 있다. 그 앞에 놓인 둥근 식탁 위에 쪽지, 메모지 등이 가득 든 함이 있다. 매우 정겨워 보인다.

집주인이 왔을 때 나는 이미 한쪽 구석에 포대기를 펼치고 딸랑이도 꺼내놓았다. 마리가 거기서 혼자 노는 동안 나도 좀 편하게 커피 한잔하고 싶었다.

"아이 예뻐! 제가 좀 안아봐도 될까요?" 물론이다. 그녀는 마리를 안아 들고 까르르 인사하고는 눈이 똘망똘망하다고 칭찬했다. 나는 톰의 아이 납치 시나리오를 떠올리고 피식 웃을 수밖에 없었다. 이 여인은 이제 마리의 뒷머리에 코를 박고 냄새를 맡기까지 한다. "아기가 정말 예뻐요."

나는 여인이 마음에 들었다. 여인에게서 부드럽고 평온한 기운이 풍겼다. 우쭐한 기분이 들었다.

"오늘 저는 커피 말고 차를 마실까 해요. 댁은요?"

"아, 차 좋죠. 그냥 앉아 계세요." 내가 말했다. 집주인은 이제 막 자리에 앉은데다 무릎에 마리를 앉혔다. "제가 물 올릴게요. 뭐가 어디에 있는지만 알려주세요." 와, 남의 집에 와서 내 집에서 지내는 것처럼 굴다니! 이런 일은 처음이다. 나는 어떤 경우에도 모르는 사람이 내 집 부엌에서 설치도록 내버려두지 않을 것이다. 그런데 이 여인은 소파에 앉아, 내가 찻주전자와 찻잔을 찾을 수 있도록 침착하게 지시할 뿐이다. 그녀는 미인이었고, 미소가 매력적이었으며, 어깨까지 내려오는 흰머리를 하고도 훨씬 젊어 보였다.

"오늘 무슨 바람이 불어 댁한테 문을 열어주었는지 모르겠어요. 보통은 벨이 울려도 밖을 내다보지 않아요. 그래서 바깥 복도에 도둑이 침입한 적도 있었죠. 집에 아무도 없는 줄 알았나봐요."

"어머나! 무섭네요. 그래서 어떻게 됐어요?"

그녀가 웃었다. "얼른 달아나더군요. 도둑이 저보다 더 놀랐을 거예요."

우리가 차를 마시는 동안 여인은 내내 마리를 무릎에 앉히고 케이크 부스러기를 먹였다. 마리 생애 첫 케이크 부스러기였다. 마리는 기분이 무척이나 좋아 보였다. 사진 속에서 반바지를 입고 등산화를 신은 사내아이와 여자아이가 산봉우리가 보이는 멋진 풍광을 배경으로 손을 흔들고 있다. "자녀들인가봐요?" 내가 물었다.

"딸애는 괴팅겐에서 대학을 다녀요." 그녀는 딸이 어떻게 괴팅겐으로 가게 되었는지, 그곳에서 어떻게 지내는지 이야기했다. 하지만 아들에 대해서는 아무 말도 하지 않았다.

"아드님은요? 뭘 하나요?" 나는 아무 생각 없이 물었다.

"아들은 죽었어요." 그녀가 조용히 입을 뗐다. "열두 살 때."

아, 죄송해요! 그녀가 매우 분명한 어조로 말했으므로 나는 더 물을 수 없었다. 그래서 우리 동네 이야기를 했다. 최근에 동네가 얼마나 변했는지.

"가끔은 저도 다른 곳으로 이사가고 싶을 때가 있어요."

"어디로 가시게요?" 내가 물었다.

그녀는 막연하다는 뜻의 제스처를 했다. "글쎄요. 메클렌부르크 포어포메른주* 어딘가에서 라벤더나 키워볼까봐요. 아니면 다른 거라도…… 토마스 브라슈** 아세요?"

우연히 영화 〈철의 천사〉를 보고 그의 시 몇 편을 읽었을 뿐이지만 나는 고개를 끄덕였다.

"그 사람이 만든 멋진 영화가 있는데, 아마 모르실 거예요. 그 영화도 아기 엄마 나이쯤 됐네요." 그녀는 이 말을 하며 미소를 지었다. "〈도미노〉라는 영화인데, 한 여자가 집에서 문도 잠그고 안 나와요. 아무도 더는 그 여자에게 가지 않죠. 젊은 사람도, 나이든 사람도. 이건 그 집의 상황과 관련있어요." 그녀는 두 팔을 약간 벌린 채 두 손으로 허공을 내리누르며 말했다. 마치 정리되지 않은 집안의 모습을 그대로 아우르는 듯했고, 나한테 말한다기보다 자기 자신에게 말하는 것 같았다. "그녀는 과거를 그대로 보존하려는 거예요."

나는 이제 아들이 어쩌다 죽었는지 물어봐도 괜찮을 듯했지만, 정말로 그래도 되는지 확신이 서지 않아 한참을 머뭇거렸다.

◆ 구동독 지역의 주로, 농업이 주산업이다.
◆◆ 구동독의 작가이자 시인이자 영화제작자.

그녀는 마리의 고사리손을 붙잡고 놀며 말했다. "이 아파트 옥상에서 투신했어요."

세상에! 갑자기 눈에서 눈물이 흘렀다.

"아, 놀라게 해드릴 생각은 없었어요." 그녀가 서둘러 말했다.

엄마가 된 이후로 눈물을 참기가 너무도 어렵다. "놀라지 않았어요. 그저 너무 안됐어요. 열두 살에!" 나는 울면서 말했다.

"네, 당시 그애는 바로…… 그때가 바로…… 뭐라 해야 할지. 그보다 1년 반 전에 아들의 친구가 4층 창문 밖으로 뛰어내렸어요. 그애는 살았죠." 이제 그녀도 울기 시작했다. 내 아기를 여전히 무릎에 앉힌 채. "아침에 아들이 책가방을 들고 나갔는데…… 저는 여기 부엌에 있었어요. 너무 오래 있었어요. 옆방으로 갔는데, 아래에서 흐느끼는 소리가 들리더라고요. 처음에는 전혀 생각지 못했어요. 애는 학교에 갔다고 생각했어요. 뒷방에 빨래 걷으러 갔을 때, 그때 비로소 아래 마당에서 엄마, 엄마 하고 우는 소리를 들었어요. 그러면서도 '이상하네, 야니크 목소린데?'라고만 생각했죠. 창밖을 내다봤더니 거기 애가 몸이 완전히 뒤틀린 채 쓰러져 있었어요. 완전히 뒤틀린 채."

우리는 오랫동안 소리 내지 않고 울었다. 마침내 그녀가 말했다.

"애가 엄마한테 뭔가 말하려 했는데, 결국 못 했어요. 병원으로 갔죠. 제 직장 상사와 동료들이 모두 왔어요. 작은 병실에 사람들이 가득했어요. 아이는 시트에 싸여 있었어요. 저는 아스트리드 린드그렌*의 어린이책을 읽어주었어요. 아마 아실 거예요. 『사자

왕 형제의 모험』."

나는 훌쩍이며 고개를 끄덕였다.

"가끔씩 동료들이 교대로 나 대신 책을 읽었어요. 한 친구가 나를 교대해주려고 했는데, 그때 심장박동이…… 아들은 그 기계에 연결되어 있었어요. 심장박동이 갑자기 빨라졌어요. 삐삐삐삐삐…… 그래서 제가 계속 읽었어요. 그러자 심장박동이 다시 느려지더니 균일해졌어요."

나는 그녀의 손을 잡고 울음을 삼켰다. "아드님은 분명 하고 싶은 말을 했을 거예요." 그녀가 내 손을 꼭 잡았다.

"함께 울어줘서 고마워요." 어느 순간 그녀가 말했다. "제 딸은…… 그 당시 충격이 너무 컸어요. 오빠 얘기는 입에 올리지도 않았죠. 그때 겨우 열 살이었어요. 이제야 조금씩 오빠에 대해 묻기 시작해요. 이제야!" 그녀는 갑자기 자신이 무릎에 앉힌 아기가 생각난 모양이었다. 마리는 훌쩍이는 두 여인을 홀린 듯 조용히 쳐다보고 있었다. 그녀는 눈물어린 눈으로 웃으며 마리를 쳐다보았다. "이런! 엄마도 울고 아줌마도 울고, 이상하다 그치?" 그녀는 눈물을 닦았다. 나도 그리했다.

"우리 애는 여기 공동묘지에 묻혀 있어요. 그래서 제가 이곳을 떠나지 못하고 있죠. 가끔은 정말로 이방인처럼 느껴질 때도 있지만, 무슨 상관이에요? 매일 해는 뜨고, 저는 일하러 가요."

◆ 말괄량이 삐삐 시리즈를 쓴 스웨덴 동화 작가.

그녀는 자기 말을 곱씹고 기억을 떠올리며 웃었다. "이곳에 왔을 때 저는 이방인이었죠. 서독 출신이니까요. 여긴 여전히 동독이었어요. 어느 날 저녁에 아이들과 같이 음식점에 갔는데, 동독 출신의 사내아이가 부모와 함께 앉아 있었어요. 테이블 위에서 미니카를 가지고 놀았는데, 세상에 어쩌면 그리도 얌전히 노는지! 허리를 꼿꼿이 세우고 앉아 조용히 혼자 놀았어요. 우리 애들 같았으면 벌써 온 식당을 휘젓고 다녔을 텐데. 우리 서독 출신들은 육아에 대해 이러쿵저러쿵 말이 많죠. 동독 사람들은 우리와 완전히 달랐어요."

그녀는 다시 손가락으로 케이크 부스러기를 만들기 시작했다. 마리는 다음 순간 무슨 일이 생길지 예상하고 열심히 입을 벌렸다.

"이곳 사람들도 마찬가지였어요. 제가 처음 이곳으로 왔을 때 이곳 사람들도 저를 이상하게 생각했어요. 혼자 애 둘 키우는 사람이 뭐하러 이렇게 큰 집으로 이사올까? 더구나 석탄 때는 아파트에? 이전에 살았다던 크로이츠베르크에서는 집이 작고 월세가 더 비싸도 난방 방식은 세련된 중앙난방이었을 텐데? 다들 이렇게 생각했죠." 그녀가 웃었다. "저도 적응 기간이 필요했어요. 서독 출신이라는 사실이 점점 탄로났죠. 어느 날 소풍을 가서 제가 고무줄놀이라고 말했거든요. 고무줄놀이 아세요?"

그럼요!

"동독에서는 고무 뛰기라고 해요. 그래서 또 탄로가 났죠. 사람들이 '서독 출신이세요? 전혀 몰랐어요' 하더군요. 칭찬으로 하는 말이었어요. 서로 쓰는 말이 다를 뿐이에요. 예전에 다방이라고 하던 걸 요즘 카페라고 하는 거나 다를 바 없어요. 우린 서로 대화를 해야 해요. 어떤 표현이 상대방에게는 어떤 의미인지, 내게는 어떤 의미인지, 나를 보면 무슨 생각이 나는지, 서로 이야기해야 해요."

헤어질 때 우리는 포옹했다. "매일 새로운 사람을 만나 커피를 마셔야 한다니…… 수고가 많으세요." 문 앞에서 그녀가 말했다.

처음으로 이 일이 수고롭게 여겨졌다. 다음날에도 다른 집에 안 가고 또 이 집에 와서 편하게 티타임을 갖고 싶었다. 그런데 며칠 전에 이 여인을 실제로 다시 만났다. 거리에서 우연히. 우리는 서로 포옹했다. 둘 다 바빴으므로, 아니면 암묵적인 합의에 따라, 같은 극끼리 만난 자석처럼 떨어졌다. 그러는 편이 옳았다. 그날 이후 매일 부엌 창 너머로 그녀의 아파트 마당에 서 있는 밤나무 우듬지를 바라보며 여인을 생각한다. 어떻게 지내는지, 혹시 그녀도 지금 부엌 창가에 앉아 밤나무를 바라보고 있는지. 그녀의 집 문 앞에 라벤더 화분을 놓아두고 싶은 강한 욕망을 느낀다. 어떤 라벤더를 어디서 어떻게 구해 건물 계단으로 들고 갈지, 그녀가 그 화분을 어떻게 발견하게 될지를 매우 자주 그리고 대단히 구체적으로 그려본다. 그녀는 누가 보낸 화분인지 금세 알아챌 것이다. 그러나 그날의 만남, 그 친근한 분위기가 다시 반복되지는 않으리라는 사실을 나는 잘 알고 있다.

그날 마리를 데리고 공원으로 가서 매우 오래 산책하며 햇볕을 실컷 쬐었다. 사람이 거의 없는 놀이터에 앉아서 마리와 함께 모래와 나뭇조각을 비교할 뿐 아무 생각도 하지 않으려 애썼다. 그러다 어느 순간 깊은 생각에 잠긴 채 집으로 돌아왔다.

밤이 오자 이 이야기를 블로그에 올려도 될지 고민이 되었다. 나는 들려준 이야기 가운데 얼마나 공개해도 되겠느냐고 방문하러 간 집 사람들 각각에게 물어본다. "하고 싶은 대로 해요. 그게 맞을 테니까." 내가 문 앞에서 물었을 때 여인은 이렇게 말했다. 그런데 지금 뭐가 옳은지 모르겠다. 이 이야기를 써야 할까? 아니면 비밀로 간직해야 할까?

다음날에는 안다를 만났다. 안다는 지금 이혼 수속중이라 했다. 곧 갈라서게 될 남편은 몇 년 동안이나 아이를 원하지 않았다. 그러다 갑자기, 안다가 임신하기에는 이미 늦은 나이가 된 뒤에, 남편이 임신한 여자 친구와 함께 나타났다. 그 다음날에는 라우라네 집에 갔다. 인문계 고등학교 졸업 시험을 앞두고 있었는데, 운동 같기도 한 팬터마임을 하며 아홀로틀*이 짝짓기하는 모습을 흉내냈다. 그 다음날에는 에바를 만났다. 그날은 에바 생일이었다. 남자친구가 에바네 집에 오기로 되어 있었는데, 막간을 이용해 잠시 나와 함께 생일을 자축했다. 그 다음날에는 화가 이반의 집

◆   말점박이도롱뇽과의 동물.

에 갔다. 과거에는 천장에 하수관이 지나는 지하실에 살면서 매일 6시간 이상 햇빛을 보는 일 외에는 소원이 없었다고 말했다. 루카스는 약을 너무 많이 한 생활 이전으로 돌아가려 애쓰고 있었다.

나는 내 프로젝트를 사랑한다. 내 돋보기와 만화경을 사랑한다. 매일 같은 시간에 만난 사람들이 각자 다른 이야기보따리를 풀어놓는다. 그날은 그 사람이 주인공이고, 그의 이야기가 가장 중심이 되며, 유일하게 중요한 주제가 된다. 주인공과 함께 주요 장면에 출연하는 일이 즐겁다. 하루가 지나면 그 주인공은 여러 선배 주인공과 같은 무리에 속하고, 그의 이야기는 수많은 중요한 사연 가운데 하나가 된다. 나는 이제 사람들과 정을 나누는 일을 주저하지 않는다.

볼랙베리파이

누구나
가입할 수 있는
공동체

프로젝트를 시작한 후로 이상한 일이 벌어지고 있다. 참으로 좋은 사람들을 많이 알게 되었고, 동네 분위기가 갑자기 밝아졌다. 길을 걸을 때면 트램펄린 위에서 통통 뛰는 것 같은 느낌이 든다. 그 뿐만이 아니다. 톰은 지인들과 통화를 할 때마다 "우리집에 케이크 먹으러 한번 들러요" 같은 다정한 말로 대화를 마무리한다. 그래서 케이크는 하루에 한 개만 구워서는 모자라게 되었다.

다른 일도 일어났다. 얼마 전 마리와 함께 베이킹 재료를 사러 가는 길에 극장 동료를 만났다. 동료는 자전거를 거치대에 고정하고 있었다. 예전 같았으면 대화를 해야 한다는 부담감 때문에 반사적으로 몸을 숨기거나 가던 길을 되돌아갔을 것이다. 그럴 경우 말실수 때문에 대단히 난처하고 곤란한 상황에 처하게 되고, 결국 나만 손해를 보게 된다. 그런데 지금은 어떤가? 동료 곁을 지나며 "안녕? 여기서 만나니 반갑네!"라고 한다. 그 사람에 대한 작전도 세우지 않은 채. 동료는 자전거 자물쇠 번호를 맞추느라 여념이 없었으므로 자신을 그냥 지나쳤어도 몰랐을 것이다. 그런데도 내가 먼저 그에게 알은체했다. 동료를 만나서 정말로 반가웠다!
나는 숨을 크게 쉰 후 신이 나서 이웃집 방문 프로젝트 이야기를 했다. 동료가 물어본 적도 없는데, 단지 공식 발표를 해야 할 것 같았다.

"그거 대단하다! 더 자세히 얘기해봐. 지금 시간 있어? 잠깐 커피 한잔할까?" 동료가 물었다.

우리는 잠깐 커피 한잔하러 갔다. 누구네 집으로 가지 않고 카페로 갔다. 카페는 그럴 때 가는 곳이니까. 커피를 마시는 동안 머릿속을 떠나지 않는 물음이 있었다. 이 친구와 왜 진즉에 커피 한잔하지 않았을까?

다시 가던 길을 마저 가고 있을 때였다. 잿빛 머리칼에 몸집이 큰 여인이 자전거를 타고 가면서, 듣는 사람은 개의치 않고 〈이 멋진 아침을 선사해주셔서 고마워요〉를 목청껏 불렀다. 나는 속으로 '이 멋진 장면을 선사해주셔서 고마워요'라고 말했다. 여인의 뒷모습을 바라봤다. 페달을 밟을 때마다 오른쪽으로 한 번 왼쪽으로 한 번 엉덩이를 실룩거리는 모습이 흥거워 보였다. 아, 얼마나 좋은 사람들인가! 내가 그들에게 미소를 지어 보이면, 그들이 내게 미소로 화답한다. 이 또한 얼마나 기분좋은 일인가? 언제 그런 적이 있었던가? 지난번에 만나러 간 브라질 출신 여인은 이렇게 말했다. "이 동네 사람들은 너무 무뚝뚝해요. 거리에서 조금만 더 다정하게 말해도 될 텐데. 남녀끼리 다정하게 말하는 거 말고요. 그런 뜻이 아니라, 다 같이요. 서로서로 조금만 더 즐겁고 편하게, 삼바 춤을 추듯이…… 제 말 이해하시겠어요?"

그 말을 이해할 뿐 아니라 이제 실천도 하고 있다. 고속 전철에서 또는 대기실에서 아주 짧은 말 한마디를 건네거나 살짝 윙크를 보낼 때 얼마나 긴장이 되는지 모른다. 그런데 그 효과는 어떤가? 일단 실습을 통과하고 자연스럽게 이 재미를 즐기게 되면, 불현듯 내가 소속된 공동체가 얼마나 큰지 알게 된다. 휑한 복도에 나 혼자 서 있지 않다는 사실을, 거기에는 다른 사람도 있다는 사실을 알게 된다. 다정한 말 한마디로 위로를 주는 사람들, 눈을 찡긋하며 이해한 듯한 표정을 짓는 사람들. 그들 모두 같은 상황을 관찰하며 산다. 이 공동체에는 누구나 가입할 수 있다.

같은 아파트에 사는 사람 - 프로젝트 시작 전(추정): 톰과 이웃 사람 몇 명

같은 아파트에 사는 사람 - 프로젝트 시작 후(확인): 52명

그 가운데 이름을 아는 사람 - 프로젝트 시작 전: 2명

그 가운데 이름을 아는 사람 - 프로젝트 시작 후: 29명

20대 때 친했지만 지금은 잊고 지내는 사람 중 내 블로그 글을 보고 연락한 사람: 8명

그 가운데 연락이 반가웠던 사람: 8명

쾅 닫힌
문

완벽한 비밀 요원이 되기에 나는 아직 부족한 점이 많다. 문을 사이에 두고 갑자기 비난받아야 하는 상황은 조금도 대비하지 않았다. "모르는 사람을 집안에 들일 수는 없어요! 무슨 일로 그러세요?"

땡! 이로써 초인종을 누를 때 느끼는 기대감과 설렘은 끝이 난다. 그리고 뱃속이 불편해지기 시작한다. 나는 끙끙거리며 겨우 말을 꺼낸다.

"뭐라고요? 안 들리는데요!"

그렇겠지. 이렇게 두꺼운 문을 꼭 닫은 상태에서는 너무도 당연한 일 아닌가? 조용히 가버릴까? 시험삼아 한발 물러서자마자 복도에 깐 널빤지가 삐거덕거린다.

"거기 아직 계세요?" 이번에는 문 안쪽에서 손가락으로 노크하는 소리가 들린다. 크고 둔탁한 소리다. 오싹 소름이 끼친다. 그 순간 영화의 한 장면이 생각난다. 키퍼 서덜랜드*가 실종된 여자친구를 찾아 헤매다가 눈을 떠보니 지하 2피트 아래 관 속이었다. 아, 이 집 문은 어쩌면 이리도 관뚜껑 같을까? 깊은 구덩이에서 귀신들이 올라오기 전에 얼른 도망가자! 그 순간 관뚜껑이 열린다.

◆   잉글랜드 태생 캐나다 배우.

헉, 마귀할멈이다! 마귀할멈이 나를 향해 끊임없이 소리질렀다. "쉬는 중에 왜 방해를 하는 거요?"

"아, 죄송해요. 몰랐어요." 나는 우물우물 대답한다. "죄송합니다. 그저 이 동네 이야기를 좀 들을 수 있을까 하고⋯⋯"

"그래도 이러는 건 아니죠!" 그녀는 내 얼굴을 똑바로 쳐다보며 또 소리질렀다. "이러는 거 아니에요!"

"아, 네." 나는 어떻게 해야 좋을지 몰라 어물거린다. 낯선 사람이 나한테 악을 쓴 적은 지금까지 한 번도 없었다. "네, 죄송해요. 말씀드렸듯이 저는⋯⋯ 죄송합니다." 나는 가려고 한다.

마귀할멈은 두 눈동자를 모으고 떨리는 검지로 콧잔등을 가리키더니 중얼거렸다. "뭘 얻으러 온 모양이군."

"아, 아니요!" 닳아빠진 운동화에 다 낡은 산후복 차림을 한 나의 모습을 보고 면접 보러 온 사람이라고 생각할 사람은 아무도 없을 것이다. 한 손에 기저귀 가방, 다른 손에 커피 바구니와 케이크 봉지를 든 모습은 난민 자격을 얻으려는 사람과 별반 달라 보이지 않을 것이다. 더구나 품에 아기까지 안고 있다. 하지만 지금 나는 직접 구운 케이크를 나눠 먹으려 할 뿐이다. 이 케이크에 넣을 특별한 초콜릿을 구하느라 일부러 다른 동네까지 갔다 왔다.

마귀할멈이 문 뒤에서 부스럭거렸다. 문을 여는 데 방해되는 물건을 치우는 모양이다. 이번에도 케이크가 한몫 톡톡히 한 것 같았지만 내 예상은 보기 좋게 빗나갔다. 마귀할멈은 갑자기 바나나가 가득 든 비닐봉지를 내 눈높이에 맞춰 흔들어 보였다. "자!" 그녀가 소리질렀다. "가져가요! 줄 거라곤 이것밖에 없어요!"

"아니요, 됐어요." 이제 슬슬 인내심이 한계에 도달하려 했다. "저는 음식 구걸하러 다니는 사람이 아니에요. 이야기만 들으려는 사람이에요."

"그러면 왜 하필 우리집에 와요? 방해받기 싫다고요!" 그녀가 부르짖고는 문을 닫았다. 쾅!

나는 충격을 받고 멍하니 서 있다. 복도에 깔린 카펫 냄새가 진하게 올라왔다. 언제부터인지 이와 비슷한 충격에 대한 반응으로 마리를 보듬고 어르며 흥얼거렸다. "괜찮아, 아가! 괜찮아. 살다보면 이런 일도 있지 뭐. 이제 이 계단을 내려가자. 괜찮아, 괜찮아……" 실은 나 자신에게 흥얼거린 말이었다. 마리는 악다구니에 조금도 동요하지 않은 채 평화롭게 나를 보며 웃고 있다. 아기들은 천진난만하다. 그러나 나는 눈에 띄게 뻣뻣해진 다리로 힘없이 계단을 내려갔다. 말에서 떨어지면 곧바로 다시 올라타야 한다고 생각했다. 지금 다른 집 초인종을 누르지 않으면 두 번 다시 누르지 못할 것 같았다. 나는 원격조종을 받는 기계처럼 어떤 층에 멈춰서서 더는 내려가지 않고 어느 집주인에게 매달렸다.

"방금 누가 저한테 소리질렀어요." 나는 무심하게 말했다.

"들었어요." 자신을 파울라고 소개한 젊은 사람이 말했다. 스커트 차림에 포니테일 스타일과 화장을 한 모습이었지만 그는 분명 남자였다. "그래도 F할머니는 항상 정이 많고 친절한 분이세요."

파울라는 위로하듯 내 어깨에 손을 얹었다. 그때 나는 이 사람이 남자가 아니라 여자라는 사실을 분명히 느꼈다. "우선 냉수 한 잔 드세요." 파울라가 물을 가져왔다. 그리고 내가 가져간 케이크를 조심스럽게 잘라주었다. 냄새를 맡더니 꿈꾸듯 말했다. "음, 저는 탄내가 너무 좋아요!" 내가 당황하자 파울라가 얼른 덧붙였다. "이 케이크가 탔다는 말이 아니고요. 그런 말이 아니에요. 고기 구울 때 말이죠. 다른 사람은 탔다고 못 먹는 것도 저는 잘 먹거든요. 그런 걸 버리려 하면, '놔둬, 이따 내가 먹을게'라고 해요." 파울라는 나를 예리하게 살폈다. "원하시면 잠깐 다리 좀 뻗고 계세요."

그러고 싶었다. 그러나 마침 마리의 기저귀에서 냄새도 났고, 어차피 여기서 땀흘리며 혼란스러운 마음으로 불편을 참을 바에야 집에 가서 확실하게 쉬고 싶었다.

바로 이거다! 케이크를 구우며 워밍업을 하던 단계에서 심박수가 하늘과 땅을 오르내릴 정도로 두려워한 상황이 바로 이런 것이었다! 나를 함부로 대하는 태도. 내가 어떤 목적으로 다가가든 무조건 비난하는 사람. 내가 공격 구실을 제공할지언정, 상대방은 그 이점을 결코 놓치지 않는다는 사실. 아, 낯선 사람에게서 악다구니 소리를 들어야 하다니! 내게 소리지른 사람이 없지는 않았다. 그러나 지금까지 내게 그런 행동을 한 사람은 친구거나 가족이거나 동료였다. 그럴 때는 적어도 어떻게 방어해야 하는지는 안다. 그런데 오늘 같은 일은 어떻게 해야 할까? 대화가 이런 식으로 점잖지 못하게 흘러갈 때는 어떻게 해야 하나? 충분한 경험을 믿고 갑옷과 무기를 집에 두고 왔을 때는? 나도 똑같이 소리질러야 하나? 그런 행위는…… 나는 그런 행위를 상대방과 친한 사이일 때만 한다. 친하니까 소리도 지른다. 이런, 악다구니로 표현되는 친근감이라니! 친근한 감정이란 일종의 사랑 아닌가? 나 참!

그 짧은 순간에 대한 철학적 사고를 계속하다보니, 여자가 악을 쓰는 행위도 친근감과 관계있지 않을까 하는 생각이 들었다. 그렇다면 이 또한 경계선을 뛰어넘으려는 노력과 다를 바 없지 않은가? 사실 내가 매일 집집마다 찾아다니는 행위도 즉각 친근감을 요구하는 행위 아닌가? 뺀질뺀질 웃으며 예고도 없이 불쑥. 그러니까 마귀할멈과 나는…… 정신적 동지인가? 그렇다면 내가 남의 집에 앉아 친근감을 강요할 때 나의 오지랖에 충격을 받은 사람도 있었을 것 같다.

대도시에 사는 사람은 집밖을 나서는 순간부터 끊임없이 다른 사람과 부딪쳐야 한다. 누군가에게 집은 번잡한 도시의 분위기에서 벗어나 조용히 휴식을 취할 수 있는 유일한 장소인지도 모른다. 내게 그런 장소에 들여보내달라고 요구할 권리가 있는가? 어쩌면 그 여자가 나를 보고 소리지른 일은 내 잘못인지도 모르겠다. 나는 그런 대접을 받아 마땅한지도……

효모 반죽을 이기며 이런저런 생각으로 머리를 식히려 애썼다. 재수가 옴 붙은 이날 유일하게 위로가 된 생각은 그 여자가 몇 년 전부터 문을 쾅 닫고 싶었으리라는 생각이었다. 내가 마침내 그 기회를 준 것이다. 게다가 효모 반죽이 처음으로 성공했다.

집안으로 들어갈 확률

- 문에 스티커가 붙어 있는 경우: 89퍼센트

- 문에 문고리가 붙어 있는 경우: 50퍼센트

- 문손잡이가 막대형이 아니고 구형인 경우: 2퍼센트

- 마리가 먹다 흘린 시금치가 내 가슴 쪽에 붙어 있는 경우: 0퍼센트

악다구니 형태의 친근감을 보여준 경우: 200일 동안 두 사람 있었다. 마귀할멈과 산파. 산파는 건물 계단까지 나와 소리질렀다. 지금 막 산모가 아기를 낳는 중인데 어떻게 벨을 누를 수 있냐고! 밖에서 그 사실을 어떻게 알겠느냐는 말은 아예 들으려고도 하지 않았다.

200일 동안 이 두 번의 경험은 없느니만 못하지만, 그런 대로 견딜 만하다.

가장 잦은 거절: 하도 이 집 저 집 벨을 누르다보니 어디는 눌렀고 어디는 안 눌렀는지 더는 기억해내지 못했다.

"또 오셨네요!" 남자가 말했다.

나는 잔뜩 기대한 척하며 묻는다. "혹시 오늘은 될까요?"

"아니요. 안 돼요." 남자는 항상 친절하게 대답하지만 결국 문을 닫는다. 그뒤로 길에서 마주치면 서로 인사하는 사이가 되었다.

헤이즐넛 아몬드 꽈배기

슬럼프

다음날 나는 마리를 안고 케이크로 무장한 채 집을 나섰다. 각오를 단단히 하고 자신감도 가득 채웠다. 마귀할멈 때문에 충격을 받기는 했지만 그렇다고 내가 물러설 줄 알고? 브리기테가 우리집 앞 카페에서 햇살을 즐기고 있다. "오늘은 어디로 가요?"

"글쎄요. 일단 가봐야죠."

아무 생각 없이 길을 건넌다. 그러고는 다시 되돌아온다. 저쪽으로 갈까? 아니, 저쪽? 차라리 이쪽이 나을까? 모르겠다. 그러니까 오늘은 평소와 달랐다. 도무지 어디로 가야 할지 마음을 정할 수가 없다. 보통은 길에 나서면 왠지 모르게 발길을 강하게 끌어당기는 아파트가 있다. 오늘은 없다. 아주 희미한 매력도 느낄 수 없다. 기운이 빠지고 자신감도 잃는다. 오늘은 어떤 집도 방문하고 싶지 않다. 차라리 카페에서 브리기테와 함께 헤이즐넛 꽈배기나 나눠 먹고 말지.

이웃집 방문으로 알게 된 사람과 거리의 카페에 함께 앉아 있는 일은 처음이다. 이 순간 카페는 자연스럽게 내 삶의 공간이 되는 건가? 지금까지 이 거리는 목적을 위한 수단일 뿐이었다. 집에서 일터로 가기 위해, 일터에서 집으로 돌아오기 위해 어쩔 수 없이 지나야 하는 길이었다. 아니면 인도 식당이나 디스코카이저에 가기 위해. 실제로 일상을 영위하는 공간은 여기가 아니다. 그런데 지금 일상이, 적어도 그 일부가 내 집 바로 앞에서 일어나려 한다. 내가 원하기만 하면 그럴 수 있다. 흠, 이웃 사람과 길거리 카페에서 수다를 떨어볼까? 저쪽에 있는 카페 주인과도 제대로 통성명할까? 배달원에게 손을 흔들며 오랫동안 못 봤는데, 혹시 어디 아팠느냐고 물어볼까?

쉽게 결정할 문제는 아니다. 이 거리는 목적을 위한 수단이었다는 사실이 너무도 분명하니까. 이곳은 내가 좋아하는 은신처이기도 했다. 편하게 쉴 수 있는 곳, 할일을 잠시 내려놓을 수 있는 곳, 즉 의사소통을 하지 않아도 되는 곳이다. 일반적으로 조감독이 하는 일이란 의사소통뿐이라 해도 과언이 아니다. 아침 아홉시부터 자정이 다 되도록 조감독은 소통하고, 소통하고, 소통한다. 소통을 할 때는 친절해야 하고 때로 유머러스해야 하며, 끊임없이 의견을 전달해야 하고, 귀를 열고 주의를 기울여 상대방의 말을 잘 들어야 한다. 모든 것은 포괄적으로 염두에 둬야 하고, 만족스러워야 하고, 무엇보다 언제든 가능해야 한다. 웃는 얼굴로 즐겁게 손짓하며 의사소통의 회전목마를 타는 사람은 작은 익명의 공간이 얼마나 소중한지 잘 알 것이다. 이토록 세심한 의사소통을 하려면 어디선가 에너지를 충전해야 한다.

그런데 지금 나는 왜 여기 앉아 있지? 더구나 이웃집 방문으로 이미 알게 된 이웃과 함께. 이것도 프로젝트인가? 아니면 사적인 만남인가? 나중에는 이 두 가지가 서로 구분이 안 될지도 모르겠다. 머릿속에서 마귀할멈이 악다구니를 한다. '이게 이웃집 방문이

야? 여기가 이웃집이야? 심리적 경계를 뛰어넘는 연습을 하겠다는 심사지? 어디 한번 잘해봐! 겁쟁이!'

잠시 후 폴커와 다니에게서 전화가 왔다. 지난주에 찾아가서 만난 사람들이다. 함께 차를 마시면서 가슴이 매우 따뜻해지는 경험을 했다. "집에서 딸랑이가 나왔는데, 아마도 마리 것 같아요." "네, 찾으러 갈게요." "그럼 찻물 올릴게요. 어차피 초대할 생각이었어요."

나는 이 두 사람이 참 좋다. 이들을 다시 만날 생각을 하니 기분이 좋아졌다. 이제 서서히 이웃집 방문 프로젝트에 새로운 의미를 부여할 때가 되었다. 이 프로젝트로 말미암아 뭔가 새로운 일이 일어나지 않을까? 그게 무엇이 될지는 아직 잘 모르겠다. 잘은 몰라도 일종의 복귀가 시작되지 않을까?

"빨간모자! 빨간모자!" 폴커와 다니의 딸들이 나를 환영해주었다. 지난주에 이미 유리구슬을 고르는 모습만으로도 내 마음을 온통 빼앗은 아이들이다. 이웃집 방문 때 만날 아이들을 위해 고무로 만든 동물 인형, 유리구슬, 그 밖에 자잘한 선물을 넣은 깜짝 선물 보따리를 준비했다. 모르는 사람이 집에 찾아온 날을 즐거운 추억으로 기억하기 바라는 뜻에서. 어쩌면 후배 양성의 일환일 수도 있겠다.

프로젝트는 어떻게 되어가냐고 폴커가 물었다. 나는 방금 가벼운 슬럼프에 빠졌다고 보고하고는 갑자기 떠오른 아이디어를 열심히 설명했다. 앞으로는 1회 방문에 그치지 않고 한발 더 나아가려

한다고. 즉 나 자신을 가장 친한 이웃으로 만들 생각이라고 말했다. 한 이웃집을 매일 방문할 생각이라고. 아침 일곱시에도 서슴없이 이웃집에 들어가보려 한다고. 그 시각에는 누구나 바쁠 테니까.

"우리 이제 휴가 가는데요." 큰딸이 침울하게 말했다.

"상관없어." 나는 계속 수다를 늘어놓았다. "그래도 매일 이곳에 올 거야. 매일 내가 다녀간다는 쪽지를 문에 붙여놓을 거야. 다음날도 그 다음날에도 계속. 휴가 끝나고 돌아오면 문이 온통 쪽지로 도배되어 있겠지. 그래도 나한테 들어오라 할 거지?"

"어휴!" 폴커가 갑자기 한숨을 쉬더니 맥이 풀린 듯 나를 곁눈질한다. 느닷없이 내 정신 상태를 알 수 없다는 표정이다.

"이제 그만 일어날게요. 차 잘 마셨어요. 딸랑이 챙겨주셔서 고맙습니다." 나는 인사를 하고 괴짜처럼 눈을 굴렸다. "그럼 내일 또 오오 봐요!"

폴커와 다니가 웃었다. 내 연기에 별로 감동하는 기색이 없었다.

우정이란 함께 돌보고 가꿔야 할 매우 여린 식물과도 같다. 한 이웃집을 매일 방문하여 기피 인물이 될 생각은 추호도 없다. 예술을 하는 사람 입장에서 그런 인물은 솔직히 매우 매력적이기는 하다. 아니, 그럴 수는 없어! 누군가 그런 짓을 하면 어떻겠어? 매일 내 집 문을 두드린다면? 내 삶의 영역을 뚫고 들어오려 한다면? 들어올 권리가 없는데도?

대도시에서 적당한 거리를 유지하면서도 서로 친하게 지낸다는 건 어떤 것일까? 서로 가까이 지낸다고 반드시 친해질까? 가까이 지내면서 그런 친근함이 부담스럽지 않은 사람은 몇이나 될까?

　폴커와 다니를 만나고 집으로 돌아오는 길에 우연히 이반을 만났다. 이반을 만나 너무도 반가웠고, 이반도 나를 만나 반가워 보였다. 우리는 편의점에서 산 레모네이드를 들고 저녁 햇살이 비치는 벤치에 앉았다. 마리가 인도에 버려진 병뚜껑을 주워모으는 데 몰두하는 동안 이반은 무명 화가로 살면서 겪은 격렬한 모험 이야기를 해주었다.

집에서 편의점까지 가는 데 걸리는 시간
- 이웃집 방문 시작 전: 평균 3분
- 이웃집 방문 시작 후: 평균 30분
(길에서 수다를 떠는 경우만 계산에 포함. 즉흥적으로 커피를 마시러 가는 경우는 제외.)
이반을 길에서 만날 확률: 일주일에 14.29퍼센트

어느 집 부엌에 들어서자 아름다운 풍경이 펼쳐졌다. 안주인이 아들의 어깨에 커다란 수건을 두르고 머리를 잘라주고 있었다.

생각지 못한
순간

"잠깐만요!" 길에서 어떤 남자가 내 뒤를 따라오며 외친다. "칭찬해 드리고 싶어서요!" 남자가 가쁜 숨을 몰아쉬며 말한다.

칭찬? 예전의 슈테파니는 남자들이 말을 걸어오는 상황이 너무너무 싫었다. 지금의 슈테파니는 적어도 호기심이 발동하여, 일단 이 남자가 무슨 말을 하는지 들어나 보려고 한다. 예전의 슈테파니와 지금의 슈테파니는 일단 말이나 들어보기로 합의한다. 결과에 따라 과거의 슈테파니가 나중에라도 공격을 하면 되니까. 두 슈테파니는 농담반 진담반으로 받아들이고 대꾸한다. "칭찬이요? 그래요, 무슨 칭찬이요?"

"이 동네 아기 엄마 중에 항상 미소 띤 얼굴로 다니는 사람은 댁뿐이에요. 아기한테도 항상 다정하고요."

이런 칭찬일 줄이야! 과거의 슈테파니도 현재의 슈테파니도 예상하지 못했다. "아, 감사합니다. 정말 듣기 좋은 말이네요. 하지만 농담으로 한 말이죠?"

"농담 아닙니다. 정말이에요." 남자는 힘차게 고개를 끄덕였다. "저는 매일 이 카페 앞에 앉아 지나가는 사람들을 봅니다. 댁이 정말 유일하게 그런 사람이에요."

"그런데 그런 현실이 조금은 슬프다고 생각지 않으세요?" 나는 조심스럽게 문제점을 지적하고자 했다. 남자의 눈에 곧바로 눈물이 그렁그렁했다. "그 점에 대해서는 아무 말도 하고 싶지 않습니다." 그는 이렇게 말하고 어깨를 축 늘어뜨렸다. 남자가 그 순간 길 건너편을 가리키며 말을 하지 않았다면, 나는 두 팔 벌려 그를 안아주었을지도 모른다. "저기 제 어머니가 오고 계시네요. 어머니도 항상 저한테 다정하게 대하십니다."

나는 심장이 철렁 내려앉았다. 마귀할멈이 이 남자 엄마라고? 마귀할멈을 다시 만날까 너무도 두려웠다. 어쩔 수 없이 만나게 된다면 적어도 쓰레기 컨테이너 뒤로 숨을 수 있는 상황이 되기를 바라고 또 바랐다. 그런데 지금 마귀할멈이 나를 향해 똑바로 다가오고 있다!

"정말 미안해요." 마귀할멈이 겸연쩍게 말했다.

마귀할멈은 내 손을 잡고 오래 흔들었다. "전에 저희 집 앞에 오셨을 때 내가 너무 함부로 대했어요. 올해 내 나이가 일흔둘이에요. 댁이 벨을 누르기 바로 전에 누가 또 왔는데, 방금 이사온 사람 같았어요. 자기를 소개하고는 글쎄, 앞으로는 자기가 나를 돌보겠대요! 말이 돼요? '제가 돌봐드리겠습니다!' 그냥 자기가 그렇게 정한 거예요. 나를 돌봐주기로. 누가 돌봐달랬냐고요! 그런데 그러고 나서 또 댁이 벨을 누른 거예요. 그래서 제가 그만 폭발했죠."

"사과하실 필요 없어요. 제가 사과드려야죠." 그날 이후 줄곧 느끼게 된 양심의 가책을 의식하며 말했다. "제가 집에 불쑥 들어가려 했잖아요."

할머니는 내 말에 아랑곳 않고 하던 이야기를 계속했다. "어떤 아줌마하고 얘기한 적이 있는데, 그 댁에 방문하셨다 하더라고요? 댁이 정말 좋은 분이라고 아줌마가 말하더군요. 나도 좋은 분이라 생각했어요."

이런, 나는 몸 둘 바를 몰랐다. 할머니는 말하고 또 말하고, 해명하고, 사과하고 또 사과했다. 마음이 몹시 불편했다. 나는 이 사람을 마귀할멈이라고 불렀는데. 결국 또 한 사람을 부당하게 속단해버린 셈이 아닌가! 부끄러웠다. 사람들에 대해 잘 알지도 못하면서 함부로 평가하지 말고 좀더 잘 알고자 노력해야겠다.

요즘도 할머니와 길에서 자주 만난다. 이제 쓰레기 컨테이너 뒤로 숨고 싶은 충동은 생기지 않는다. 우리는 가던 길을 멈추고, 할머니는 일상적인 일과 생각을 이야기한다. 새로운 이야기, 새로운 생각을 들을 때마다 이 사람을 제대로 알고 이해하기에는 엄청 작은 모자이크 조각이 너무 많다는 느낌이 점점 더 뚜렷해진다. 모자이크 한 부분이 되지도 못한 채 구석에 처박혀 있는 이야기가 얼마나 많을까? 그 조각을 읽는 방법이 한 가지만 있는 건 아니다. 조각의 내용을 읽어내려는 의지만 있으면 읽는 방법은 아무래도 상관없다.

'또 나 하기 나름이야?' 가슴속 슈테파니가 볼멘소리를 한다.

'그래, 맞아!' 머릿속에 있는 이웃집 방문 프로젝트 본부에서 의기양양하게 외친다.

'예전엔 잘했는데.'

'아니, 천만에! 잘하지 않았어. 단지 쉬웠을 뿐이야. 초보 단계는

쉬워. 지금 너는 초보 단계야.' 본부에서 새 지침을 내린다. '자, 이제 바닥 청소 좀 해. 제대로 닦아. 주변이 환하고 반짝반짝하고 반들반들해야 일도 잘 풀리지!'

반가운 초대

나는 매일 모르는 사람 집을 찾아가 초인종을 누른다. 그러면 들어오라 하는 사람이 꼭 있다. 그러니 내 입에서 어찌 노래가 안 나오겠는가? 어떤 날은 첫번째로 방문한 집에서 바로 들어오라 하고, 어떤 날은 배고픈 애벌레처럼 두 시간이나 이 집 저 집 찾아다니며 초인종을 누른 뒤에야 마침내 들어갈 수 있다. 그럴 때면 매일 특별한 만남이 숨겨져 있고 나는 반드시 그 만남을 찾아내야만 하는 내용의 각본에 따라 연기하는 기분이 든다. 아무튼 이제는 건물 계단에 섰을 때, 프로젝트를 처음 시작할 때처럼 가슴이 터질 듯 쿵쿵 뛰지는 않는다. 그런데 어느 날 이웃집 방문 때문에 다시 새삼스럽게 가슴 뛰는 일이 생겼다. 오카가 약속을 잊지 않고 나를 초대한 것이다! 오카의 초대는 순간의 기분으로 한 말도, 인사치레도 아니었다. 진짜 초대였다. 지금 나는 마리와 함께 오카네 집으로 간다.

오카가 어떤 사람인지 너무도 궁금하다. 도대체 얼마나 여유로워 자신감이 넘치기에 나를 초대하는 걸까? 설마 나도 그런 사람일 거라고 생각하지는 않겠지? 오카가 케이크는 가져오지 말라고 했다. 그래도 예의상 아기에게 줄 딸랑이를 샀다. 8개월짜리 아기한테 딸랑이 하나 없지는 않을 텐데. 오카를 만나는 일에 너무 설렌 나머지 미처 그 생각을 하지 못했다.

다행히 오카와 페터와 어린 파니는 나와 마리를 반갑게 맞이해 주었고, 파니는 내가 가져간 딸랑이에 관심을 보였다. 그들이 나와 마리를 맞이하는 태도에서 사람을 재는 듯한 낌새는 전혀 느낄 수 없었다. 어떻게 잘 아는 지인을 대하듯 낯선 사람을 맞이할 수 있을까?

그들의 거실은 책으로 가득했다. 오카도 나처럼 첫 만남에 대한 불안감을 느끼는 것 같아 조금은 안심했다. 무슨 말이냐 하면, 오카는 큰 케이크 다섯 개도 모자라 따로 컵케이크를 서른여섯 개나 구웠다. 케이크는 마치 숨을 쉬는 듯 향기와 김을 내뿜었다.

어떤 사람과 친구가 되기로 결심하는 계기는 무엇일까? 내가 그 집 거실의 거대한 소파에 책상다리를 하고 앉아, 아이들을 바라보고 우리 모습도 지켜보는 동안 그럴 마음이 생겼을까? 아니면 헤어질 때 하는 다시 만나자는 말 때문에, 이번에는 그냥 하는 인사가 아닌 진정한 약속이라는 점에서 친구가 되기로 마음먹었을까?

나는 그들에게 먼저 다가가고 싶을 정도로 그들에게 마음을 빼앗겼다. 집에 돌아와서도 그 순간이 뚜렷하게 기억났다. 이는 삶이 내게 베푸는 호의일까? 그 호의를 선뜻 받아들여도 될까? 조금 전까지도 가슴속 빈자리를 의식하지 못했다. 그 자리를 채워줄 사람들과 이런 식으로 가까워지면 되는 걸까?

스위트 슈네발

사람을
관찰하는 능력

●

오늘 나는 프리섹스 클럽의 벨을 누른다. 정말이다. 오늘은 호기심에 충실하기로 마음먹고 '업소 배제 원칙'에 예외를 두기로 결정했다. 마리와 함께 공원으로 산책을 갈 때면 언제나 이 클럽 앞을 지나는데, 그때마다 미셸 우엘벡의 『소립자』◆가 생각난다. 이런 프리섹스 클럽이 정말로 『소립자』에 묘사된 것처럼 그토록 음울한 문제인지 매번 의문이었는데, 언제까지 이곳을 지날 때마다 궁금해하기만 할 건가. 그렇게 궁금하면 직접 가서 보면 되잖아? 이제부터는 뭐든 직접 보겠어! 두 눈으로 현장을 확인하겠어. 그래, 더는 주변을 빙빙 돌기만 하지 않을 거야. 그건 시간 낭비이고 재미도 없어!

간판을 보니 클럽은 오후 여섯시에 문을 연다고 쓰여 있다. 하지만 평소와 달리 블라인드가 조금 위로 걷혀 있고, 그 뒤로 창문이 열려 있다. 환기를 하는 듯했다. 영업을 시작하지는 않았지만 안에 사람이 있었다. 어깨에 끈 달린 민소매 셔츠에 레깅스 차림의 여인이 문을 열어주었다. 새빨간 고무 밴드 아래로 포니테일 머리를 늘어뜨린 채 손에는 노란 고무장갑을 끼고 있다. 그녀는 건

◆　억압된 성의 해방과 개인의 자유를 추구하는 68혁명 이후 프랑스의 사회상을 적나라하게 그린 소설.

물 계단의 왼쪽과 오른쪽을 살피더니 은밀하게 속삭였다. "아직 문 안 열었어요."

"알아요. 다른 일로 왔어요." 내가 말했다. 그리고 수제 슈네발을 가져왔다고 호들갑을 떨었다.

"여긴 쌍쌍 클럽이에요." 그녀의 방언 발음 때문에 쌍쌍 클럽이 '상상 클럽'처럼 들렸다.

"알아요. 그래도 들어가도 될까요?"

나는 안으로 들어갔다. 갈색 타일이 깔려 있다. 지나가며 흘깃 바라본 방마다 청결을 상징하는 푸른색 고무 매트가 깔린 침대가 있었다. 침대는 더블베드이고, 그 위에 시트는 없다. 그녀는 나를 창문이 없는 방으로 안내했다. 그 방에는 깨끗한 매트리스가 없는 대신 시든 유카 화분이 두 개 놓여 있고, 유리문에 누드 사진이 몇 장 붙어 있다. 누드는 당혹스러울 정도로 우직한 모습이다. 하우스 바 지붕은 마른 야자나무 잎으로 덮어 카리브해 해변의 오두막 같은 분위기를 연출했다. 저쪽 구석에서 미셸 우엘벡이 두 손가락으로 이마를 두드리며 나를 반겼다. 아니, 그렇게 상상하니 더욱 흥미진진해졌다. 아무래도 오후 여섯시에 다시 찾아와야 할 것 같았다.

나를 안내한 여인은 자신이 주인은 아니지만 이른바 실세라고 일러주었다. 방금 청소를 하는 중이었다고도 했다. "앉으세요." 그녀가 고무장갑을 벗으며 말했다.

나는 하우스 바 앞 높은 의자에 올라앉았다.

"자, 무엇으로 하시겠어요?" 그녀는 팔을 넓게 뻗어 진열된 술병들을 가리켰다. 그 질문은 진지한 질문이었다. 슈바르츠가 하는 농담 같은 게 아니었다.

"저기 바깥세상은 아직 두시밖에 안 된데다, 제가 아직 수유중이라······"

그녀는 안됐다는 듯 내가 가져온 슈네발을 바라보며 곰곰이 생각하더니 "커피 한잔 해드릴까요?"라고 한다.

"디카페인도 되나요?"

그녀는 나를 빤히 쳐다보고는 갑자기 뭔가 생각난 듯 이 서랍 저 서랍을 뒤지더니 짜잔 하고 흐물흐물한 티백을 찾아내 자신의 포니테일 높이로 자랑스럽게 들어 보였다. 그러고는 곧바로 양해를 구하려는 듯 어깨를 으쓱하고 말했다. "여기에 둔 지 좀 오래됐어요. 캐모마일차예요. 제가 가끔 아플 때 마시는······ 없는 것보다는 낫겠죠?"

그녀의 세심한 배려와, 아플 때를 대비한 준비성에 크게 감동받았을 뿐 아니라 결벽증 환자처럼 보이고 싶지 않았으므로, 찻집을 해도 될 만큼 다양하고 깨끗하고 신선한 차가 내 바구니에 가득 들어 있다는 말은 하지 않았다. 발로 바구니를 의자 밑에 깊숙이 밀어넣고는 두 엄지를 세워 보이고 양쪽 입꼬리를 올렸다. 그러나 그때는 이미 그녀가 다음 단계 문제를 해결하려고 뒤돌아선 뒤였다. "물 끓일 게 없네. 아, 커피 머신으로 하면 되겠네요!"

그녀는 티백을 커피 머신에 넣고 흡족하게 스위치를 눌렀다. 그러고는 슈네발 한 조각을 얇게 잘라먹었다. "곧 저녁 약속이 있거든요. 크라우트비켈 씨 댁에 초대받았어요. 자기 부인 무덤에 찾아갈 때 제가 항상 같이 가줬다고요."

캐모마일차에서 커피잔 행군 맛이 났다. 왜 그냥 물 한 잔 달라 할 생각을 못 했을까?

"이제 물어볼 거 물어보세요." 그녀가 말하고 입에 담배를 물었다. 나는 기자가 취재하는 것처럼 의식적인 질문을 했다. 이곳에서도 재개발의 영향을 느끼는지.

"그럼요!" 그녀는 턱으로 사우나-엘리베이터-남향 테라스를 가리켰다. "저기 공사 시작한 이후로 문제가 많아요."

"아, 부동산 거물이 법적 투쟁이라도 하려고 하나요? 이사가라고 하면서요? 주택가 집값 떨어진다는 이유로요?"

그녀가 눈썹을 치켜올렸다. "아뇨, 손님들이 주차를 할 수가 없어서요! 공사 때문에 지하 주차장에는 들어갈 수가 없어요. 공영 주차장으로 가는 길은 너무 음침해서 아무도 가지 않으려 해요. 여자 혼자 갈 때는 특히 위험하죠."

이번에는 내가 눈썹을 치켜올렸다.

"이 근처에 불량배가 얼마나 많은지 모르실 거예요. 이렇게 멋진 거리에. 안 그럴 것 같죠?"

그녀는 새 담배를 물었다. 먼저 문 담배는 세 모금에 해치웠다. "요즘은 파킹미터까지 있어 손님이 더 줄었어요."

"주차비 때문에 그런 건 아니죠?"

"주차비 때문이에요." 그녀가 어깨를 으쓱했다. "1월에 세금 환급 받을 때 보면 알아요. 여자 없이 오면 입장료에만 110유로가 드니 까요."

나는 입안이 말랐다. 그녀는 입장료 가격이 매우 합당하다고 여겼다. "음료값은 모두 포함되어 있어요. 사우나와 뷔페도요. 새로 온 사장이 요리를 직접 해요. 그거 하나는 잘해요."

그녀가 '그거'를 멸시하는 듯한 어조로 말해서, 무슨 뜻으로 말했는지 묻지 않을 수 없었다.

"아, 이전 사장과 저는 매우 친했어요. 우리는 아주 멋진 친구였죠."

그녀가 과거형으로 말했기에, 나는 프리섹스 클럽 마피아가 그 사람을 고문하고 끔찍하게 살해했을 거라고 상상했다. 내 상상은 진실에서 살짝 빗나갔다. "이전 사장은 지금 마요르카에 살고 있어요. 그리고 새로 온 사장은……" 그녀는 담배 연기를 길게 내뿜고는 꽁초를 오랫동안 비벼 불을 껐다. "클럽을 개인적으로 이용하지 말았으면 좋겠어요. 자기 클럽에서 그러면 안 되죠! 그런데 제 말을 안 들어요. 그런 걸 섹스 중독이라 하죠!" 그녀는 담뱃갑에서 담배 한 개비를 또 꺼냈다. "조심하지 않으면 망하고 말아요. 그런데도 사장은 자기 운이 좋다는 거예요. 요즘 수요일마다 클럽을 빌리는 커플이 있거든요. 친구들을 불러서 남초男超 파티를 해요."

나는 확실히 알고자 그게 뭐냐고 물었다.

"그런 날은, 그런 거 별로 좋아하지 않거나 쌍쌍 클럽에 처음 오는 여자한테는 권하고 싶지 않아요." 그녀는 바로크시대 옛 도시의 관광 정보처럼 요긴한 정보를 알려주는 듯이 말했다. "그 외에는 다 자연스러워요. 뭐든 할 수 있죠. 해야 되는 건 없어요."

"여기 오는 사람들은 어떤 사람이에요?"

"알 수 없죠. 옷을 안 입고 있으니."

"아, 그렇겠네요! 그럼 모두…… 다 벗고 있어요?"

"아뇨! 다 벗으면 도저히 봐줄 수 없는 사람도 있어요. 정말이에요. 여자들은 란제리를 입고 남자들은 뭐, 대부분 수건을 두르죠. 가끔 내복 입고 있는 사람도 있어요."

"말도 안 돼!"

"정말이에요!" 그녀가 입에 담배를 문 채 힘주어 말했다. "주로 유부남들이 그러죠. 자, 이제 저는 일을 계속해야겠어요. 크라우트 비켈 씨 댁에도 가야 하고요."

톰과 마리와 함께 저녁 산책을 나갔다가 돌아오는 길에 우리 앞에 흰색 자동차가 멈춰 서고 커플 한 쌍이 차에서 내렸다. 여자는 금발에 니트 재킷과 흰 스키니진을 입고 있었다. 남자는 여자보다 나이들어 보였고, 어깨가 넓었으며, 손목시계를 찼고, 검은 셔츠의 단추를 풀어 가슴이 훤히 드러나는 차림을 하고 있었다. 여기 오려고 때 빼고 광냈군! "저 사람들 지금 프리섹스 클럽에 온 사람들이야." 내가 톰에게 속삭였다.

"정말?" 톰도 속삭이며 대꾸했다. "설마!"

나는 톰과 무알코올 맥주 내기를 했다. 우리는 아파트를 지나 윗동네로 슬슬 한참 걸어올라가 무허가 텃밭에서 자라고 있는 홍당무에 대단히 관심이 많은 척했다. 남자가 주차권을 끊는 동안 여자는 애타게 남자를 기다렸다. 뭔가 특별한 일을 하러 왔으니 당연하지. 그들은 손을 맞잡고 서로에게 웃어 보이며 곧바로 클럽 안으로 들어갔다. 하하!

톰은 내 예지력에 아낌없는 감탄을 표했다. "어떻게 알았어?"

글쎄, 내게 좀 유리하긴 했지. 내일 톰이 블로그에서 내가 오늘 업소를 방문한 이야기를 읽는다면 무알코올 맥주를 도로 내놓으라 할 것이다. 우리는 불화를 방지하고자 내가 더는 이웃집 방문 이야기를 하지 않기로 합의했다. 싸울 거리가 너무 많았기 때문이다. 한 사람은 자신의 모험에 대한 흥분을 자제할 줄 몰랐고, 다른 사람은 관심도 없는 모험 이야기를 몇 시간씩 들어줄 마음이 없었다. 그러니 내가 오늘밤에 글을 올리면 톰은 내일이나 되어야 내용을 알 수 있다.

예지력처럼 보이는 능력은 자세히 살펴보면 사실 별난 능력이 아니다. 내 경우 그것은 사람을 관찰하는 능력이다. 사람을 살피고 그 사람에 대해 알아가는 일이 재미있다. 어느 날 친구와 함께 카페에 앉아 있는데, 내가 친구의 말을 끊고 "잠깐만, 저기 두 사람 지금 싸우고 있어"라고 했다.

친구는 눈에 띄지 않게 머리를 돌려 커플을 바라보고는 자신 있게 말했다. "저 두 사람 아무 말도 안 하는데 뭐. 아주 만족스러위 보여."

"곧 남자가 자리에서 일어나 밖으로 나갈 거야. 여자 혼자 앉아서 조용히 울겠지. 내기할까?"

그날 카페에서 그랬던 것처럼 이제 거리에서 이 능력을 발휘해보고 싶다. 하루빨리 그러고 싶다.

알게 된 사실
- 어느 아파트 뒷마당에는 미성년 엄마들을 위한 보호시설이 있다(들어가봄).
- F는 거실에서 대마초를 키운다(잘 자라라고 청색 및 적색 등불을 켜놓는다).
- 성매매업소로 사용하는 주택이 있다(못 들어가봄).
- 아파트 출입문에 말발굽 보호용 목재 타일을 붙인 곳이 있다(슈바르츠가 알려준 정보).

전쟁 이야기를 해준 사람: 5명

함께 웃는
사람들

마침내 그 여자에게 말을 걸었다. 나는 그 여자가 마당에서 자전거를 꺼내는 모습을 여러 번 봤다. 마음속으로 '좋은 사람 같아. 언제 기회가 되면 이름을 물어봐야겠어'라고 생각하면서도 "안녕하세요"라는 인사조차 건네지 못했다.

이제 그 여자의 이름이 티나라는 사실을 안다. 티나는 그린피스에서 일하고, 프랑스를 매우 동경하며, 절대 실패하지 않는 레몬타르트 레시피를 알고 있다. 그런데 어느 날 저녁 티나가 사과주 한 병을 들고 예고 없이 우리집을 찾아오리라고는 생각지 못했다. 티나는 내가 마당에서 두서없이 떠드는 말을 잘못 알아들었다. 티나더러 우리집에 오라는 얘기가 아니라 내가 그녀 집에 가고 싶다는 말이었는데. 오해를 계기로 티나는 그후 우리집에 자주 온다. 톰이 투어중일 때면 나는 티나와 함께 저녁식사를 하거나 간단하게 화이트 와인 한 잔을 마신다. 이웃이면서 친구인 관계보다 더 좋은 관계가 있을까?

이 거리에 대한 내 관심이 지나쳤다. 인정한다. 하지만 이 동네에 대해 잘 아는 사람이 있어 그 사람한테서 동네 이야기를 들을 수 있다고 생각했고, 경우에 따라 이런저런 사람과 연결될 수 있다고 여겼다. 아무튼 이 동네 사정을 꿰고 있는 사람을 찾게 될 것 같았다. 그래서 미용실에 갔다. 비밀 작전이다. 미용실 의자에 앉아 조용히 정보를 수집할 생각이었다. 바보 같은 생각이었다.

미용사는 대단히 상냥했다. 어떤 남자 이야기를 해주었는데, 은퇴 후 지금 호화 빌라에서 조용히 살고 있으며, 그 사람을 꼭 만나고 싶다면 내일 열시에 예약이 되어 있으니 그때 오면 자연스럽게 만날 수 있다고 일러주었다. 톰이 마리와 산책을 마치고 나를 데리러 왔다. 나는 멀리서부터 눈빛으로 간청했다. '제발 아무 말도 하지 마!'

톰의 반응은 훌륭했다. 미용사가 당돌하게도 부인의 새 헤어스타일이 마음에 드는지 물었고, 톰은 헤어스타일이 어떻든 자신은 언제나 아내를 사랑한다고 대답했다. 그러고는 미용실 밖으로 나오자마자 진심에서 나온 말을 쏟아낸다. "당신 플레이모빌 같아!"

"나도 알아." 나는 후회막심했다. 쇼윈도 쪽으로는 눈길도 주지 않았다. "그래도 부동산 거물에 대해 물어볼 사람은 알아냈어. 내일 만날 거야!"

"머리에 스카프라도 써야 만나줄걸? 왜 아예 다 짧게 자르지 않았어?"

"그럼 새처럼 보일 테니까. 지난번에 당신이 그랬잖아!"

"지금은 머리털이 긴 새 같아."

비밀 요원을 흉내낸 나 자신을 원망할 수밖에! 톰이 위로의 뜻으로 내 어깨를 팔로 감쌌다. "나도 예전에 미용실에 갔을 때 머리를 모히칸 스타일*로 해달라 했는데 퀴프 스타일로**로 해놓더라고. 앞머리를 엄청 부풀렸지. 그런데 어찌나 정성스럽게 부풀리던지, 아무 말도 못 하겠더라!"

그래, 퀴프 스타일의 펑크족보다는 플레이모빌이 낫지. 나는 그렇게 생각했다.

2미터를 걸어가니 브리기테가 카페 야외 자리에 앉아 있다. 브리기테는 천천히 고개를 끄덕이더니 특유의 빈 방언으로 말했다. "머리했군요!" 빈 방언은 그 자체로 비꼬는 말투처럼 들린다.

2미터를 더 가니 미하엘이 걱정스럽게 묻는다. 괜찮으냐고. 뭐라 말해야 좋을지 모르겠지만 왠지 좀 그래 보인다고.

또 2미터를 가니 아스트리트가 마주 온다. 멀찍이 멈춰 서서 허리에 손을 얹고는 "머리가 왜 그래?"라고 외친다.

예전에는 이렇지 않았다. 예전에는 길에서 내 무리와 마주칠 일

◆   머리칼을 가운데만 남겨 닭벼슬처럼 세우는 스타일.
◆◆   짧은 앞머리를 부풀려 올린 스타일.

이 없었다. 이제는 적어도 상황 설명은 할 수 있다. 예전에는 자기들 멋대로 생각하고 속으로 웃었을 것이다. 이제는 적어도 함께 웃을 수 있다. 다른 사람들은 크게 웃고, 나는 슬쩍 웃는다. 아무튼 함께 웃는다.

"당신이 이럴 줄은 몰랐어." 톰이 말한다.

"내가 뭘?"

"길에서 아는 사람이 엄청 많잖아! 다른 사람도 아닌 당신이."

톰은 내가 니더바이에른현 소도시에 살 때 신경피부염을 앓은 사실을 알고 있다. 그곳에서는 서로 모르는 사람이 없었고, 낯선 사람도 "크비터러 씨네 딸이지?"하며 말을 걸었다. 단 한순간도 마음대로 행동할 수 없었다. 어떤 범법 행위를 저질러도, 출입 금지된 버스 주차장에 아주 잠깐만 머물러도, 나무다리 아래서 뽀뽀만 해도 나의 일거수일투족은 위험을 알리는 북소리처럼 순식간에 부모님 귀에 들어갔다.

방법은 대도시로 도망치는 길뿐이었다. 그런데 지금 수년 동안 의식적으로 추구해온 대도시의 익명성을 헌신짝처럼 벗어던졌다. 나는 복면을 쓴 채 돌아다니고 싶지 않다. 마리 덕분이다. 마리는 차고 넘치는 온기와 부드러움과 호기심과 경탄을 내게 나눠준다. 나는 내 무리를 좋아한다. 거리에 흩어진 무리. 그들끼리는 서로 알지 못한다. 모두 나하고만 연결되어 있다. 내가 중앙역이다! 선로를 서로 연결해볼까? 이웃집에 찾아가 안면을 트고 그후 다시 만난 사람 중에 자기 이웃을 소개받았으면 좋겠다는 바람을 내 블로그에 댓글로 남기는 사람도 많지 않은가!

아스트리트는 나한테 자기 이웃집에 한번 찾아가보라고 했다. "어떤 사람인지 정말 궁금해."

"직접 찾아가!"

"어떻게? '안녕하세요? 댁이랑 친하게 지내고 싶어요'라고 해? 아니면 나도 너처럼 프로젝트를 한다고 해?"

무슨 말인지 이해한다. 사실 이웃에 자신을 소개할 만한 적당한 시기는 새로 이사왔을 때뿐이다. 이 경우도 항상 바람직하지는 않다. 대도시에서는 더욱 조심스럽다. 서로 시선이 마주치기를 원하지 않는 곳에서, 타인의 문제에 관여하지 말아야 하는 곳에서. 수많은 군중 가운데 한 사람으로서 살아가는 곳에서, 지하철 승객 수백 명 가운데 끼어 어디든 갈 수 있는 곳에서 내게 다가오는 사람은 기본적으로 의심스럽다. 그런 사람은 사회 부적응자라고 의심받기 딱 좋다. 이 사람이 나한테 왜 이래? 뭘 하려는 거야? 무엇을 하든 부적절한 일일 테지.

매일 저녁 누군가 우리집에 찾아와 직접 만든 수프를 나눠 먹자고 한다면 어떻겠는가? 더구나 수프는 맛도 없고, 찾아온 손님이 몇 시간 동안 자신의 기구한 인생사를 늘어놓는다면? 상대방이 외로움을 호소하면 내가 외롭지 않게 달래줘야 할까? 내가 외출했다 집으로 돌아올 때마다 옆집에서 문을 빼꼼 열고 내가 무엇을 사 들고 오는지, 누구를 데려오는지 살핀다면 어떨까? 이웃 관계란 기본적으로 서로 관심을 유지하는 관계다. 관심은 분명 좋은 것이지만 종종 감시가 될 수 있다. 역사적으로 이러한 사례는 매우 많다.

이웃에는 외로운 사람과, 심심풀이로 옆집을 염탐하는 사람만 있지 않다. 위험한 사람도 있다. 어제 찾아간 집에서는 스토커가 보낸 편지를 보여주었다. 스토커는 그 집 맞은편에 사는 사람이었다.

그럼에도 대도시에 이웃이 필요하다고 생각한다. 이웃 사귀기 온라인 커뮤니티가 우후죽순으로 생기는 이유가 무엇이겠는가? 온라인 이웃 사귀기가 가가호호 초인종 누르기의 대안이 될까? 그런 모임에 가입하려면 '친목 도모' '물건 교환 및 판매' '재능 기부 및 찾기' 같은 목적 가운데 하나를 선택해야 한다. 동호회 활동을 하고 싶은 사람은 '친목 도모'를 선택하고, 손재주를 제공하려는 사람이나 테니스 파트너를 구하는 사람은 '재능 기부 및 찾기'를 선택한다.

이런 방법으로 과연 이웃을 사귈 수 있을까? 이러한 목적이 이미 그 기능을 훌륭하게 발휘하고 있는 곳에서라면 모를까, 소중한 가치를 지닌 이웃 관계는 한 사람이 다른 사람에게서 뭔가를 원하는 상황을 토대로 형성되지 않는다. 자기 프로필과 '매칭'이 되는 사람 또는 내게 필요한 물건을 줄 수 있는 사람을 찾는 방법으로도 이웃을 사귈 수는 없다. 이웃이란 원래 옆집에 사는 사람 아닌가? 나와 매우 가까운 곳에 살지만 나와는 다른 사람! 이웃은 일부러 찾아다닐 필요가 없다. 늘 가까이에 있으니까.

길에서 싱글인 여성을 찾는 남자: 9명

길에서 싱글인 남성을 찾는 여자: 0명

자신의 앨범 사진을 보여준 사람: 13명

어떤 잔에 마시고 싶으냐고 물은 사람: 8명

이웃집 방문을 하면서 몰래 녹음기를 켜지는 않는지 묻는 사람: 43명

이웃집 방문을 하면서 녹음을 한 경우: 0회

거리의 아이들

이메일을 하나 받았다. "베를린에서 댁의 반대쪽 끝에 사는 사람입니다. 댁을 저희 집으로 초대할게요. 아기도 데려오세요. 케이크는 갖고 오실 필요 없어요. 이번에는 제가 구울게요. 아주 맛난 걸로요! 어떻게 생각하세요?"
100일 동안 매일 케이크 반죽을 주무른 후 받은 제안이다.

마리아는 연어파이를 구웠다. 마리아 덕분에 이웃집 방문을 매우 편하게 했다. 다른 동네로 잠깐 휴가를 다녀온 기분이다. 고마워요, 마리아!

개가 문을 긁는 소리에 등골이 오싹했다. 개 주인이 문밖으로 머리를 내밀었을 때는 현기증이 났다. 순간 생존 본능이 발동하여 "층을 잘못 찾았나봐요"라고 우물거리려는 참이었는데, 입을 열기도 전에 개 주인이 케이크를 보고 부드러운 목소리로 말했다. "잠깐만요. 저 바지 좀 입고요."

개 주인은 여자였다. 3초 후 구멍이 뺑뺑 뚫린 레깅스 차림의 리네가 나를 부엌으로 안내했다. 작은 부엌을 샤워 시설이 거의 다 차지했고, 영국 국기가 창문을 가리고 있었다. 나는 커피 머신 케이블을 콘센트에 꽂을 수 있도록 커피 머신을 안은 채 접이의자에 앉았다. 식탁은 없었다. 조금 전에 심장을 요동치게 만들던 개는 사실 매우 얌전한 개였다. 털은 검은색이었고, 키는 내 장딴지에 닿을 듯 말 듯 했다. 개는 꼬리를 흔들며 작은 비닐봉지를 끌고 왔다. 낡은 튜브 마개도 물어오고 찢어진 가죽, 카펫, 우유팩 쪼가리도 물고 왔다. 그 밖에 다른 것도. 온갖 잡동사니를 물고 와 자랑스럽게 우리 무릎에 놓았다.

"도대체 이런 걸 어디서 찾아오는지 모르겠어요. 어딘가에 창고가 있는지……" 리네가 말했다. 나는 리네가 눈치채지 못하게 그녀를 훑어봤다.

어둡고 한적한 길에서 리네를 만났다면 나는 무서워서 다른 길로 건너갔을 것이다. 옆머리는 금발로 염색한 후 면도로 밀었고, 모히칸 스타일의 남은 머리칼은 칠흑 같았다. 눈썹이 있어야 할 자리에는 검은 직선 두 개가 그어져 있고, 눈 위아래에 진한 아이라인을 그려 마치 아메리카너구리가 안경을 낀 것처럼 보였다. 아마도 고양이 눈처럼 보이고 싶었던 모양이다. 아이라인 끝이 뾰족하게 삐쳐 귀밑머리 가까이까지 뻗어 있다. 입 주위에 촘촘하게 피어싱 장식이 달려 있고, 양쪽 귀도 피어싱 장식으로 완전히 덮여 있다. 목과 손가락에는 흔히 볼 수 있는 가시철사 모양의 문신이 새겨져 있었다.

목둘레의 가시철사 문신은 아버지한테 얻어맞은 후에 새겼다고 르네가 이야기해주었다. 르네가 아버지와 결혼하기를 거부하자, 아버지가 그녀를 마구 때렸다고 했다. 아버지는 친아버지가 아니라, 부녀지간이라고 속이고 함께 구걸을 하던 파트너였다. "아주 괜찮은 속임수였어요. 얼마 동안은. 그 사람이 나한테 빠지기 전까지는요."

리네는 열두 살 때 한 남자를 집에 데려갔다. 그러자 리네의 친아버지는 그 친구를 떼어내든지, 아니면 다시는 집에 들어오지 말든지 선택하라고 강요했다. 그 친구는 공사 현장 트레일러 주차장에서 지내는 남자였다.

"저는 짐을 싸서 공사 현장 주차장으로 갔어요. 하지만 그 친구와는 오래가지 못했죠."

리네는 5년 동안 거리에서 살았다.

"패거리와 함께 지낼 때 저한테는 면제해주던 일이 있어 정말 좋았어요. 이를테면 강도 짓 같은 거요. 여자라서 소매치기만 시켰어요. 물론 구걸도 했고요. 언제부턴가 멀리서만 봐도 뭔가를 줄 사람인지, 안 줄 사람인지 알겠더군요. 옷차림하고는 별 상관이 없어요. 그보다는…… 태도에 달렸어요. 오만한지 아닌지. 양복을 입고 서류 가방을 든 사람들한테 말을 걸 때는 항상 재미있었죠. 그런 사람들은 한푼도 안 줘요. 아무리 공손하게 부탁해도요. 그거 아세요? 돈 주는 사람들은 언제나 가난한 사람들이에요. 그런 사람들은 항상 뭐라도 줘요. 하지만 돈이 있을 것 같은 사람은 절대 한푼도 내놓지 않아요. 가끔은 그런 사람들한테서 잠시 동안이나마 돈을 몽땅 빼앗으면 좋겠다는 생각을 해요. 그 사람들도 돈이 없다는 게 어떤 건지 알았으면 좋겠어요. 가난한 게 어떤 건지."

"거리에서 살던 얘기 좀 해봐요." 내가 부탁했다.

리네는 많은 이야기를 했다. 이를테면 점잖은 가장이 있었는데, 리네한테 자기 사무실에 있는 소파 베드에서 자도 좋다고 허락해줬다. "기분이 정말 좋았죠. 하지만 한밤중에 누군가 나를 더듬는 바람에 잠이 깼는데, 그 남자가 제 뒤에 누워 있었어요! '왜 그래? 아무 짓도 안 해. 그냥 좀 만지기만 할 뿐이야'라고 하더군요. 저는 소리지르며 도망쳤어요. 그 작자가 사무실 문을 잠가놓았더군요. 하지만 문이 유리로 되어 있었어요. 유리문 깨진 걸 부인한테 뭐라고 설명했을지 궁금하네요. 도둑이 들었다고 말했겠죠." 리네는 개의 머리를 두 손으로 감싸쥐고는 두 눈을 뚫어져라 쳐다봤다. "그런 게 길거리에서 살며 배우는 것이에요. 아무도 믿어서는 안 되죠." 그러고는 개 주둥이에 입을 맞췄다.

"그 당시에는 노숙자가 점점 많아졌어요. 정말이에요. 관광 코스처럼, 노숙하는 아이들을 보러 오는 사람들도 있어요. 모두 베를린으로 오려고 하죠. 최근에 여자애 세 명이 와서 거리의 아이들은 어디에 있냐고 묻더군요. 어디 시설에서 도망친 애들이었어요. 거리에서 사는 게 뭐가 좋다고! 시설이 불편했을 수도 있죠. 하지만 길거리는 그 애들이 생각한 것과는 다른 곳이에요. 다행히 거기에 청소년 상담 단체의 버스가 있었어요. 그래서 제가 걔네를 그리로 데려갔죠."

리네도 청소년 상담 단체의 도움을 받았다.

"저는 절대 노숙자 쉼터에는 들어가지 않겠다고 결심했어요. 거기 있는 사람들은 어찌어찌 죽지 않고 살아남은 노인네들이에요. 마흔 살, 쉰 살이 넘어서는 거리에서 못 지내요. 열여덟 살 때 고민을 했어요. 뭔가 해볼 건지, 아니면 이대로 길바닥에 주저앉을 건지."

리네는 우선 보호시설을 찾았고, 거기서 지금 살고 있는 집으로 오게 되었다. 지금은 금 세공사로 일하고 있다.

"처음 이 집으로 이사왔을 때 과거가 내 발목을 잡을까봐 두려웠어요. 가정을 이루더라도 계속 옛날 생각을 하며 정신을 못 차릴까봐……"

나는 리네가 참으로 온화하고 여린 사람이라고 생각했다. 오로지 프로젝트 덕분에 이런 사람을 알게 됐다. 리네를 만나지 않았더라면 어두운 길에서 이런 사람과 마주쳤을 때 분명 다른 길로 건너갔을 테고, 그런 사람의 사진이 문 앞에 걸려 있는 집에서는 절대 초인종을 누르지 않았을 것이다. 이런 사람들에 대한 선입견은 언제쯤 머릿속에서 말끔히 걷어낼 수 있을까?

내게 생활비는 어떻게 조달하냐고 묻는 사람: 1명
남의 집 초인종을 누를 때 조금도 무섭지 않냐고 묻는 사람: 62명

내 블로그에 대해 최고의 칭찬을 해준 사람: 직장 상사. 그는 1월부터 다시 함께 일할 수 있어 기쁘다 했다. 그전에 자기 집에도 한번 오라고 한다.

애플파이

가깝고도
먼 그대

만들기 좀 간편한 케이크로 애플파이를 선택한 후로 나는 시시포스가 된 느낌이
들 뿐 아니라, 시어머니가 의미심장한 표정으로 물려주신 결혼생활 지침서에 음식
관련 챕터가 있는 이유를 이해하게 되었다. 톰이 애플파이를 너무도 좋아하기 때문
이다!

올해도 어김없이 여름이 가고 가을이 찾아왔다. 눈이 시리도록 아름다운 계절. 지난여름이 내 생애 가장 좋고 신나는 유익한 여름이었다 하기에는 아직 너무 이를까? 사람들 앞에 무릎이라도 꿇고 싶다. 특히 마리한테. 내 품에 안겨 즐거워하는 소중한 내 아기! 마리와 함께라면 못 할 일이 없다. 이 얼마나 소중한 행복인가!

다만 이웃집 방문에 마리를 데려가기가 점점 곤란해지고 있다. 마리가 이 일을 싫어하기 때문이 아니다. 그 반대다. 마리는 낯선 집에 가는 일을 나보다 더 좋아하는 것 같다.

한번은 집주인 여자가 발에 깁스하고 있기에 내가 찻물을 끓여야 했다. 마리를 그 여인에게 넘길 때 그녀는 "낯을 가리지 않나요?"라고 물었다. 그녀는 아이를 여럿 키운 어머니였다.

"아뇨, 이웃집 방문 덕분에 그 단계를 건너뛰었어요."

"아닐걸요. 시간이 좀 지나면 그 단계가 올 거예요."

시간이 지났지만 그 단계는 오지 않았다. 마리는 낯가림할 시기를 더할 나위 없이 즐겁게 보냈다. 낯선 사람이 마리를 안아올리고, 마리에게 까꿍 하고, 손수 끓인 닭고기 수프를 먹여주고, 장난감을 주고, 노래도 불러준다. 마리를 데리고 집안을 돌아다니고 함께 카펫에서 뒹구는 아이들도 있다. 마리에게 낯선 사람을 만나는 일은 멋진 선물과도 같다. 마리는 아직 그 가치를 깨닫지 못했겠지만, 어느 정도는 기억하고 간직하기를 바란다.

이웃집 방문이 어려워진 이유는 마리가 컸기 때문이다. 이제는 기어다니고 서랍 안을 다 뒤적인다. 남의 집 서랍도 예외는 아니다. 서랍을 뒤지지 못하게 하는 대신 빈병을 분리하도록 허락하거나 쓰레기통을 뒤지도록 내버려둬야 한다.

남의 집 물건을 만지면 안 된다고 말하면, 마리는 알았다는 듯 곧바로 다른 방으로 가버린다. 나는 아이가 조용할수록 큰 위험이 도사리고 있다는 사실을 배웠다. 1.5제곱미터의 포대기 가장자리가 마리가 사는 세상의 끝인 시절은 이제 지났다. 물론 그 사실이 이루 말할 수 없이 자랑스럽다.

반면 톰과는 언쟁이 더 첨예해진다. 톰은 육아휴직이 아이를 돌보는 기간이지 아이 엄마의 자아실현 기간이 아니란다. 그러니 돈도 안 되는 이웃집 방문 한답시고 자신에게 끊임없이 아이를 돌보라고 요구하지 말란다. 자신은 진짜 일을 해야 하고 돈을 벌어야 한다고.

"아하, 그러니까 돈이 안 되는 일은 일이 아니라는 말이네? 애 보는 일은 일도 아니라 순전히 엄마의 행복일 뿐이고? 그래서 엄마들은 잠깐 쉴 필요도 없고?"

"당신이 자초한 일이야! 아무도 이웃집 방문 하라고 강요하지 않았어."

톰이 힘차게 냉장고 문을 열고는 투덜거린다. 포장째 넣어둔 버터와 달걀 때문에 커피에 탈 우유가 보이지 않았기 때문이다.

"우유 다 먹었어." 나는 모닝커피에 대한 톰의 기대가 허망해진 것에 특별히 고소해하며, 아랍 여인이 차를 따르듯 우아한 몸짓으로 마지막 남은 우유를 케이크 반죽에 붓는다. "냉장고 문 연 김에 아몬드가루랑 초콜릿 세 판만 갖다줘."

"싫어! 그놈의 이웃집 방문! 돈도 안 되면서."

나는 톰과 언쟁할 때 돈 얘기가 나오는 상황이 끔찍하다. 사실 우리는 요즘 살림이 좀 쪼들리는 형편이다. 돈이 있으면 베이비시터를 구하는 건 문제가 되지 않는다.

아뿔싸! 내가 세탁기 위에 올려둔 폴라로이드 필름 포장을 톰이 발견했다. 미처 숨기지 못했다.

"이건 또 뭐야? 필름 여덟 장에 22유로? 200일 동안이면 얼만지 알아?"

"나도 계산할 수 있어."

"이제 돈 없다는 소리 하지도 마. 다시는 한푼도 구경하지 못할 테니까!"

"톰." 나는 조용히, 진중하게, 진심으로 말했다. "나는 돈으로 살 수 없는 걸 얻고 있어."

그때 마침 현관문에서 벨이 울린다. 나는 문을 연다. 밖에 멋진 택배 기사가 놀란 채 서 있다. "크비터러 씨? 처음으로 문을 열어주시네요!"

"네, 저도 놀랍네요. 그런데 성함이 어떻게 되세요? 항상 무거운 택배를 이 높은 데까지 갖다주시는데, 여태 성함도 모르네요."

"무스타파입니다."

"반가워요. 저는 슈테파니예요."

"알고 있어요." 무스타파는 두툼한 소포 상자를 건네주었다. 보내는 사람 이름이 낯설었다.

소포 상자를 부엌으로 가져와, 톰이 미심쩍은 눈으로 바라보는 가운데 개봉했다. 아몬드가루, 초콜릿 크림, 코코넛 플레이크, 누가, 마지팬, 건포도, 레몬 껍질 절임, 오렌지 껍질 절임, 헤이즐넛가루, 초콜릿.

카드도 있다. 카드에는 이번주 내 별자리 운세가 적혀 있고, 천사 두 명, 장미와 수많은 반짝이가 붙어 있다. "크비터러 씨, 저를 이웃집 방문에 데리고 가줘서 고맙습니다."

나중에 전화통화를 한 후 알게 되었는데, 그분은 내 아버지의 환자였다. 연세가 많으셔서, 병상 밖 세상은 인터넷을 통해서만 아실 수 있었다. 그분은 케이크 재료를 구하고 포장하고 내게 보내는 데 연방봉사단의 도움을 받으셨다. 나는 엄청난 감동이 밀려와 멍하니 서 있었다. 모르는 사람도 이토록 큰 감동을 주는데, 어찌 내 남편이라는 사람은 저토록 비협조적일까?

오늘은 명백하게 아기와 함께 초대받았다. 시가전차를 타고 동쪽으로 가면 한 시간 반 걸리는 곳에. 요즘 얼마나 많은 사람이 나를 초대하는지 모른다. 그들은 내 블로그를 봤거나 다른 방법으로 내 프로젝트 이야기를 들은 사람들이다. 프로젝트 목적에 충실하려면 우리 동네에서 너무 멀리 떨어진 곳은 피해야 하겠지만, 솔직히 나를 위해 손수 마련한 맛있는 음식과 풍성한 브런치에 마음이 흔들린다.

다행히도 아기와 함께 오라는 말은 빈말이 아니었다. 카르스텐의 집에서 마리는 텔레비전 잡지를 몽땅 찢어놓았고, 티라미수를 물컵에 빠뜨렸으며, 아무 잘못도 없는 개를 내쫓고, 전 세계를 다니며 수집한 스노볼과 그 밑에 깔아둔 레이스 받침을 못쓰게 만들었다. 그런데도 사람 좋은 카르스텐은 눈썹 한 번 찌푸리지 않았다. 헤어질 때가 되어서야 마리가 매우 오래된 고무나무의 이파리를 몽땅 뜯어냈다는 사실을 알았는데, 그때도 카르스텐은 여전히 너그러웠다. 나는 땀으로 목욕을 했다.

그날 저녁 나는 신경이 조금 예민해졌다. 아버지가 되는 일이 쉽지는 않겠지. 더구나 같이 사는 여자가 갑자기 프로젝트를 한다고 부산을 떠니 더욱 힘들 테지. 그렇지만 국회의원들이, 아마도 남자들의 무지로, 육아휴직중인 엄마-노동자 보호법을 만들지 않은 결과를 왜 내가 책임져야 하지? 아기 엄마의 남편이 음악가인 경우에는 엄마-노동자 보호법을 반드시 시행해야 한다고 본다. 음악가에게는 주말이 없기 때문이다. 일요일도, 퇴근 시간도 없다. 따라서 아기를 돌볼 시간도 없다. 다시 말해 음악가는 가족에 대한 배려 또는 가족 간 역할 분담에 대한 배려를 할 수 없는데도 자기 자신에게는 대단히 많은 배려를 해달라 요구한다.

톰은 밴조를 반주악기 중 하나로 새로이 정하고, 이번에는 예외적으로 딩가딩가 둥가둥가 연습도 하지 않은 채 친구와 함께 어린이용 오디오극을 녹음하고 있다. 2주 전부터 아침부터 저녁까지 우리집 거실에서 대단히 즐겁게! 나는 부엌에 처박혀 있는데, 그 옆에서 성인 남자 둘이 연기하면서 대사하고, 노래하고, 트림하고, 용도에 맞지 않게 온갖 주방 도구를 두드리고, 가끔씩 집이 떠나가도록 크게 웃고, 내가 만든 케이크로 배를 가득 채운다. 케이크는 항상 있으니 얼마나 좋은가!

솔직히 오디오극은 대단히 훌륭하다. 정말이다. CD 품질도 훌륭하고, 극본도 정말 잘 썼다. 무엇보다 어린이를 위한 극이다! 그러나 도둑들의 합창을 스무 명이 넘는 도둑들이 부르는데, 그 목소리를 모두 따로따로 녹음해야 한다. 나도 예술을 하는 사람이지만, 똑같은 노래를 스무 번 연달아 듣는 일은 결코 쉽지 않다. 더구나 뮤즈의 입맞춤을 받은 음악가는 시간 가는 줄 모른다. 한번 일에 빠지면 끝끝내 몰두한다. 음악가에게는 즐거운 일이나, 내게는 아니다. 나는 부엌에서 조용히 글 쓰다가 결국 부엌 배식창을 두드릴 수밖에 없다. 조심스럽게 두드렸다고 생각했는데, 나중에 톰은 내가 정신이상자처럼 창에 매달려 신경질적으로 "조용! 조용! 조용!" 하고 외쳤다고 주장했다. 정말로 그랬다 하더라도, 이런 상황에서 어떻게 점잖게 말하기를 바랄 수 있는가!

아무튼 톰의 친구 팔크는 2분도 지나지 않아 인사도 없이 서둘러 뛰쳐나갔다. 톰이 이를 갈며 부엌으로 왔다. "최고의 녹음이 될 뻔했는데."

"미안해." 나는 정말로 미안했다. 나 같은 조감독에게도 리허설이나 녹음을 방해하는 일은 용서할 수 없다. "하지만 밤이 늦었어. 조금은 다른 사람을 배려할 수도 있잖아?"

"마리는 자고 있어!"

한숨밖에 안 나온다. 결국 원점이다. 나는 톰의 입장을 이해하려 노력하는데, 톰은 내 입장을 이해하려고 노력하지 않는다. 결국 싸움이 붙는다.

"알았어! 알았어!" 어느 순간 톰이 신경질 부리며 그만하자는 손짓을 한다. "당신이 다시 극장에 나가게 되면 모든 일이 해결되겠지."

아주 비수를 꽂는군.

나는 오카와 함께 아기를 데리고 산책하면서, 초보 아빠와 여성 해방과 대규모 건축 사업에 대해 이야기했다. 내 프로젝트와 아기가 주는 행복과, 하룻밤만이라도 중간에 깨지 않고 자고 싶다는 소망에 대한 이야기도 빠뜨리지 않았다.

최근 들어 좀 지쳤다. 마리를 돌보는 일에만 집중한다면 덜 피곤할 거라는 톰의 말이 맞다. 그러나 그럴 경우 나는 덜 행복할 것이다. 물론 내 행복은 너무도 다양한 요소로 구성되어 있어 한 가지 잣대로 잴 수는 없지만, 행복을 직선상의 눈금으로 잴 수 있다면 분명 그러할 것이다. 이웃집 방문이 내게 어떤 의미인지 톰은 왜 모를까? 나와 가장 가까운 사람이 왜 그 의미를 이해하지 못할까?

난처한 질문을 하는 사람("이 프로젝트를 진행하는 이유가 출신과 관련된 정체성을 알아보기 위한 것인가요?"): 2명

이웃집 방문에서 나를 곤경에 빠뜨린 사람: 2명

그중 정당한 행위였던 경우: 1회

지금도 매일 생각날 정도로 특별했던 이웃집 방문: 2회

용기가
필요한 일

드디어 올 것이 왔구나! 마침내 호랑이 굴에 내 발로 들어왔어! 머리칼이 마구 헝클어진 남자가 내 뒤로 문을 잠갔을 때 나는 이렇게 생각했다. 갇히고 말았다!

남자는 열쇠를 빼내 바지 주머니에 넣었다. 나는 다시 문을 열어달라 당장 빌어야 했지만 그럴 수 없었다. 나는 폐소공포증이 있다. 벌써 패딩 셀*에 갇힌 듯한 느낌이었다. 깊은 물속에 빠진 기분이다. 겉으로 보면 내가 대단히 자연스럽게 순한 양처럼 고분고분 그 남자 뒤를 따라가는 모습이다. 그 생각을 하니 끔찍하다.

남자의 머리칼은 엉망으로 헝클어져 있었고, 남자 자신도 혼란스러워 보였다. 남자는 급히 방향을 바꾸며, 왜 전기 주전자도 난방도 작동이 되지 않는 거냐고 중얼거리고는 사라졌다. 나는 거실에 혼자 남아 꼼짝 않고 서 있었다. 창문은 비밀스러운 블라인드로 가려져 있다. 왜 하필 오늘 핸드폰을 부엌 식탁 위에 두고 왔을까? 톰이 생각났다. 울고 싶었다. 톰! 마리!

실내는 냉장고 속같이 추웠다. 바닥에 낡은 페르시아 카펫이 여러 군데 겹쳐 깔려 있었으나, 그것으로는 지하에서 올라오는 냉기를 막을 수 없었다. 그래서 이 남자가 외투를 입고 목도리를 두르

❖   정신병원에서 환자의 자해를 방지하고자 벽에 쿠션을 설치한 방.

고 장갑을 끼고 있구나. 외출하려던 참이 아니었다. 무언가 덜컹거리는 소리가 났다. 중얼거리는 소리와 함께 어떤 방문이 열렸다.

남자가 돌아왔다. 칼을 들고 있다. 그리고 저것은 휘핑크림 스프레이 아닌가?

"저는 크림을 발라 먹어요."

케이크 얘기였다. 나를 먹는다는 얘기가 아니었다. 이런, 이 사람을 의심했다. 이건 분명 내 잘못이다. 그런데 정말로 내가 잘못한 일인가?

남자는 대단히 명랑했고, 이야기도 잘했다. 내가 가져간 케이크에 남자가 기분좋게 크림을 바르고 있을 때 나는 몰래, 만일의 경우를 대비해 성행위를 할 만한 장소를 살폈다. 그는 이 사실을 꿈에도 알지 못할 것이다. 내가 한순간도 그에게서 눈을 떼지 않는 이유가 그 사람이 매력적이기 때문이 아니라는 사실도 그는 모를 것이다.

나는 이 남자가 캠핑용 코펠에 정성껏 우려낸 차를 한 모금도 마시지 않았다. 내게 잔을 건네기 전에 그가 차를 저었기 때문이다. 이 사실이야말로 그는 절대 모를 것이다. 단지 차에 꿀을 타 마시는 습관을 가진 걸까? 거기에 뭘 넣지는 않았을까? 이 빌어먹을 찻잔을 식은땀이 잔뜩 밴 손으로 한 시간이나 붙들고 있으면서 몰래 커피 바구니에 찻물을 쏟을 기회만 노렸다. 그럴 기회는 오지 않았다.

내 신경조직의 경보기는 고장난 모양이다. 이 남자는 매우 유머러스하고 기이하고 독특했다. 그는 모험 같은 자기 삶에 대해 세 시간 동안 이야기했다. 나는 매우 흥미롭게 들었을 것이다. 그가 문만 잠그지 않았다면.

세 시간 동안 자리에서 일어날 기회를 노렸다. 마침내 기회가 오자, 이제 그만 일어나야겠다고 담담하게 말했다. 남자는 전혀 아무렇지도 않게 문을 열어주고 작별인사로 포옹을 했다.

"예전에는 사람들이 뒤뜰에 자주 모였어요. 누구는 감자샐러드를 가져오고, 누구는 고기완자를 가져오고, 또 누구는 오이피클을 가져오고. 다들 둘러앉아 함께 먹었는데…… 요즘은 댁처럼 집에 찾아오는 사람이 아무도 없네요."

나는 토끼처럼 뛰어 집으로 갔다. 집에 도착하자마자 톰을 끌어안았다. 한참이 지나자 톰이 나직이 물었다. "무슨 일 있었어?"

"아니." 나는 여전히 톰을 꼭 안은 채 대답했다. "아무 일도 없었어."

모르는 사람 집에 찾아가는 일은 일종의 담력 시험이다. 많은 사람이 "와, 정말 용감하시네요!" 또는 "저라면 절대 못 할 거예요"라고 한다. 그렇다. 모르는 사람을 만나는 데는 분명 용기가 필요하다.

그러나 진실을 말하자면, 가장 어려운 담력 시험을 통과한 사람은 나를 집안으로 들인 사람이다. 내가 우리집 문 앞에 찾아왔다면 나는 내게 들어오라고 할까? 100일 전부터 남의 집을 찾아다니며 내가 나쁜 사람이 아니라는 사실을 증명해왔다. 그럼에도 확신이 서지 않는다. 나는 낯선 사람을 집안으로 들일 만큼 용기가 있는가? 그 사람이 자신을 숨겨달라는 게 아니라 단지 함께 커피를 마시자고 하는데도?

이 글을 쓰고 있는 지금 이 순간, 누군가 한 손에는 수상한 케이크를 들고 다른 손에는 물건이 가득 든 이상한 바구니를 든 채 문 앞에 서 있다면, 나는 그 사람에게 들어오라 할 수 있을까? 글쎄, 모르겠다. 아니, 실은 그렇지 않다. 민망하지만 내가 어떻게 할지 안다.

무엇보다도 지금까지 아흔 명의 사람이 길게 생각하지도 않고 나를 집안으로 들였다. 단 한 사람만이 케이크에 독이 들지는 않았는지 물었을 뿐이다. 그리고 만전을 기하는 뜻에서 한 조각 먹기 전에 얼른 내 블로그를 검색했다.

사람들에 대한 두려움의 원천은 무엇일까? 놀랍게도 그 남자 집에 갇히는 경험을 하고 얼마 후 알렉산더 광장에 갔다. 그 사실 자체로는 놀라운 일이 아니다. 물건을 사러 가거나 교통수단을 갈아타야 할 때 종종 알렉산더 광장을 지나가곤 한다. 그러나 보통은 광장을 빙 둘러 간다. 나는 사람들 사이를 지나가지 못한다. 모르는 사람들이 혼잡하게 이리저리로 움직이는 보행자 전용 도로는 나를 미치게 만든다. 그 생각만 해도 온몸이 찌릿한 기분이다.

그런데 이번에는 알렉산더 광장을 통과했다. 사람들 사이를 뚫고 지나갔다. 아무렇지도 않았다. 한두 사람에게는 미소를 지어 보이기까지 했다. 그럴 수 있었던 이유는 휘핑크림 스프레이 남자 집에서 지옥의 롤러코스터를 탔기 때문일까? 아니면 마음이 따뜻한 사람 여든아홉 명이 지칠 줄 모르고 응원해준 덕분일까? 모르겠다. 다만 이 긍정의 감정이 점점 뚜렷해진다는 사실만큼은 분명하다. 이 감정이 오래오래 유지되기를 바란다.

흠잡을 데 없는
케이크

친정 엄마가 프로젝트에 쓰라며 니더바이에른현 자연 농원에서 사과 30킬로그램을 사 가지고 베를린까지 오셨다. 이것으로 애플파이를 만들지 않으면 뭘 하겠는가? 시어머니도 프로젝트에 쓰라며 브레멘에서 사과 30킬로그램을 보내주셨다. 이걸로는 또 뭘 하겠는가?

톰을 이해할 것 같다. 애플파이는 정말 맛있다! 특히 따뜻할 때 먹으면 그저 그만이다. 다음부터는 이웃집 방문을 갈 때 파이 반죽을 가져가 그 집에서 구워야겠다.

나는 몸져누웠다. 이웃집 방문을 하루이틀 빼먹는다고 마음을 조급하게 먹을 필요는 없다. 하필 오늘 스위스 잡지사에서 나와 이웃집 사람들의 사진을 찍으러 오기로 되어 있다. 슈바르츠, 이반, 아스트리트, 이 동네 할머니 가운데 옷을 가장 화려하게 입는 마르티나, 아프가니스탄에 다녀온 후로 트라우마에 시달리고 있는 크리스토프, 특별히 벨벳 함에 보관해둔 은 포크를 꺼내준 M 여사가 사진 촬영에 응하기로 했다. 커피를 마시며, 구색을 갖춰 케이크도 먹으며.

오늘이야말로 멋진 케이크가 필요한 날이다. 그것도 전문적인 베이킹 플레이트가 아닌 시폰케이크 틀을 이용해 구워야 한다. 게다가 다른 날보다 많은 케이크가 필요하다. 엎친 데 덮친 격으로 어제저녁에 갑자기 음악가 손님들이 찾아와, 남아 있던 케이크마저 먹어치웠다. 서둘러야 해! 어서 일어나야 해! 그러나 내 몸은 천근만근 무거울 뿐이다. 에라, 모르겠다!

톰이 침대 주위에서 어슬렁거리며 상황 파악을 하느라 애쓴다. "정말 아픈 거야? 못 일어나겠어? 어젯밤에 글 쓰느라 무리한 거아냐?" 사실 나는 어제도 새벽 세시가 되어서야 발이 꽁꽁 언 상태로 침대 속으로 기어들었다. 사진기자가 이미 비행기를 탔으며 머지않아 우리집에 들이닥치리라는 사실을 톰도 잘 알고 있다.

톰이 시계를 본다. 침실에서 나간다. 침실로 돌아온다. 뒤통수를 긁적인다. 그리고 실행에 옮긴다.

톰은 평생 요리를 하기는 커녕 레시피도 한 번 들여다본 적 없는 사람이다. 믹서 돌아가는 소리를 싫어하고, 케이크 구울 때 나는 냄새가 그랜드피아노에 스며들까봐 전전긍긍하고, 기본적으로 이웃집 방문을 탐탁지 않게 여긴다. 그러한 그가 케이크를 굽는다. 나는 마블케이크를 선택했다. 마블케이크는 내가 레시피를 보지 않고 만들 수 있으므로 침대에 누워서도 요리법을 지시할 수 있다. 톰은 2분마다 내게로 와 다음 단계를 물었다. "달걀 하나하나 다 풀었어. 그다음은 뭐야?"

나는 부엌에서 일어나는 기적을 방해하지 않으려 경건하게 침대를 지킨다. 그렇게 하면 좋은 사진을 찍기 위한 좋은 소품을 얻는 데 도움된다는 듯이. 힘겹게 정신을 차리고 침대에서 일어나 부엌으로 가보니, 톰이 마흔여섯의 나이에 일생 최초의 케이크를 틀에서 꺼내고 있다. 오, 숭고하여라! 그것은 흠잡을 데 없는 마블케이크였다!

"버찌도 좀 넣었어." 톰이 베이킹 장갑을 벗으며 말했다. 흡족한 표정으로 여유를 부리며. "당신도 버찌를 넣고 구워봐."

다음날 나는 회복했지만 이웃집 방문은 쉬었다. 집에 머물며 톰의 반주에 맞춰 집에 있는 어린이책에 나오는 노래라는 노래는 모두 불렀다. 톰은 〈욕심을 버리면 모든 것이 즐거워〉*를 아주 여러

번 연주했다. 그 저의가 심히 의심스러웠다. 그래도 나는 율동까지
곁들이며 큰 소리로 열심히 노래를 불렀다. 물론 마리를 위해. 오
로지 마리를 위해.

마리는 매우 똑똑한 아이다. 자신이 원하는 것을 부모에게 시킬
줄 안다. 나중에 마리는 톰과 나 사이에 앉아, 우리에게 톰이 수집
한 기타 피크를 나눠주었다. 엄마 손에 하나, 아빠 손에 하나. 마리
가 줄 때마다 "자!" 하고 말하면, 우리는 받을 때마다 "고마워요!"
라고 했다. 그러면서 서로를 보며 바보같이 히죽히죽 웃었다. 이
순간 이토록 행복한데, 프로젝트가 대수인가!

◆　애니메이션 <정글 북>에 나오는 노래 <더 베어 네세서티즈The Bare Necessi-
ties>의 독일어 버전.

블리츠쿠헨

프로젝트
중간보고

잠시 다른 이야기를 하고자 한다. 프로젝트의 반환점을 눈앞에 두고 있다. 한 번만 더 하면 이웃집 방문 100회를 달성한다!

이제 더는 일정표대로 이웃집 방문을 진행하지 못하고 있다. 검산을 해보면 놀라 자빠질 만큼 프로젝트 성적이 부진할지도 모른다. 그래서 아예 검산을 하지 않는다. 솔직히 프로젝트를 철저히 이행하지 못한 사태가 내 잘못은 아니다. 가을이 너무도 아름답기 때문이다! 나뭇잎에는 단풍이 들고, 이웃집 방문을 하러 집을 나서려 하면 새로 알게 된 친구들이 전화를 해서, 그날 나와 마리가 함께 즐길 만한 대단히 참신한 일을 제안한다. 톰과 나는 오디오극으로 번 돈으로 결혼 1주년 기념 여행을 갈대밭으로 다녀왔다. 낭만을 아는 사람이라면 누구나 이해할 것이다. 그뿐이 아니다. 직장 상사가 내게 육아휴직중이지만 잠시 복귀하라고 제안했다. 다른 조감독을 찾을 수 없어서였지만, 나는 의무감에서 제안을 받아들여 나흘 간 객원 조감독으로 작품에 참여했다. 작품도 내가 좋아하는 〈엄마는 휴가중!〉이었다. 동료들을 다시 만나니 정말로 반가웠다. 이상하게도 갑자기 그들과 다시 어울리는 일이 전혀 어색하지 않았다. 같은 무리 사람들과 나누는 대화가 익숙했다. 나는 궤도에 올라 있었고, 궤도를 따라 빠르게 앞으로 나아갔다. 나는 당연히 이 궤도를 좋아한다. 그러나 고속 열차를 타면 창밖 경치를 별로 즐기지 못하는 법이다. 나는 동료를 몇 명이나 알고 있을까? 언제부턴가 그들과 가까워지려는 노력을 더는 하지 않았고, 그들은 자연스럽게 그저 동료가 되었다. 언제부터일까?

묻고, 캐고, 파헤치기를 절대 멈추지 말고, 끊임없이 궁리하자. 스트레스가 쌓일지언정.

지금 100번째 이웃집 방문 상대에게 줄 선물을 사러 간다. 조그마한 나무 새장을 살 생각이다. 앞으로 더 많은 이웃집이 훨훨 날아들기를 바라는 마음으로(나도 비유 좀 쓸 줄 안다!).

100번의 이웃집 방문으로 얻은 새롭고 정확한 연구 결과를 여기에 자랑스럽게 발표한다!

지금까지 총 1193가구의 초인종을 눌렀다. 우리 동네에서 44가구는 초인종이 고장났거나 그 시각에 집이 비어 있었다. 인터폰으로 대화를 나눈 사람은 103명이고, 문 앞에서는 169명과 대화했다. 도합 272명 가운데 21명은 문을 열어줄 때 옷을 제대로 입고 있지 않았고, 100명은 들어오라 했다. 다른 날 꼭 다시 와달라 한 사람이 71명 있었고, 5명은 웃으면서 문을 닫았다. 내게 들어오라고 한 100명 중 서독 출신이 42명(슈바벤 출신 2명, 바덴 출신 1명 포함), 동독 출신이 46명, 외국인이 12명이다.

언제나 아래층부터 시작해 위층으로 올라가며 초인종을 눌렀다. 문을 열어준 사람 가운데 9명이 1층에 살고(1층 사람들은 절대 문을 열어주지 않는다는 내 단정에 반하지만, 어쨌든 비교적 적은 편이다), 2층에 18명, 3층에 24명, 4층에 18명, 5층에 18명, 꼭대기 층에 11명(고층 아파트 2동 포함)이 산다.

언제나 아파트 정면 벽 쪽에서 시작해 뒷벽 쪽을 향해 나아갔다. 프로젝트를 진행하는 동안 정면 벽 쪽 줄에 사는 사람들 가운데 문을 열어주는 사람의 수가 크게 증가했지만 그럼에도 29명으로 비교적 저조했다. 측벽 쪽 줄에서 32명, 뒷벽 쪽 줄에서 37명(고층 아파트 2동 포함)이 문을 열어주었다.

만나본 사람 가운데 26명이 가명을 요구했고, 16명은 특별히 다이어트중이었으며, 내게 책을 선물한 사람이 9명, 당황하면 틱 장애 증상이 나타나는 사람이 2명 있었다(한 사람은 머리칼을 귀 뒤로 넘겼고, 다른 한 사람은 오른손으로 왼쪽 귀를 잡았다). 이웃집 34곳에 악기를 연주하는 사람이 있었다.

지금까지 이웃집 방문 하는 꿈을 꾼 횟수: 4회

지금까지 먹은 케이크 수: 163개
- 직접 구운 것: 150개
- 다른 사람이 구운 것: 10개
- 타거나 실패한 것: 39개(나쁘지 않은 성적이다!)
- 구입한 것: 3개

가장 자주 먹은 케이크: 마블케이크(32회)

치즈케이크(30회)와 애플파이(29회)가 그 뒤를 바짝 쫓고 있다.

정확하게 재고 싶지 않은 수치: 늘어난 내 체중

견과케이크

엄마가
된다는 것

"지금 이웃집 방문 가려고? 안 돼!" 이른 저녁 바구니를 챙기는 나를 보고 톰이 놀라 외친다. "나 30분 뒤에 나가야 해!"

톰은 오늘 재즈 모임이 있다. 알아주는 재즈 클럽에서 음악가들이 신나게 연주를 하는 행사인데, 거의 비공개로 진행된다. 다른 지역에서는 '남자들의 밤'이라고도 부른다.

"30분?" 나는 병에 우유를 담으며 조금도 놀란 기색 없이 말했다. "문제없어!" 이제 이웃집 방문에 이력이 났으니까.

"문제없다고?" 톰은 남자들의 밤에 가지 못할까봐 불안하다. "30분 만에 끝낸다고?"

나는 말없이 엄지로 옆집을 가리켰다.

"옆집에 가려고?" 톰은 내 현명한 결정에 경외심을 표하며 입을 다물었다.

옆집에는 마이크가 산다. 마이크는 쾌활한 10대 청소년답게 집을 나설 때면 반드시 스케이트보드를 들고 나선다. 그에게서는 마리화나 냄새가 난다. 마이크네 집 앞에는 밤이고 낮이고 낯선 사람들이 찾아온다. 그들은 문을 두드릴 때 어떤 암호를 사용하는 것 같고, 한 뼘 정도 열린 문틈 사이로 2분 정도 속닥거리고서 얼른 사라진다. 톰과 나는 마약류 취급과 관련된 범죄를 의심하고 있다.

마이크가 옆집으로 이사온 지는 얼마 되지 않았지만, 그 짧은 기간에 우리는 마이크를 정말로 좋아하게 되었다. 톰은 자기 청년 시절이 생각나서, 나는 마이크가 나를 여러 번 도와줘서였다. 길에서 아기를 안은 채 장바구니를 든 나를 만날 때마다 마이크는 늘 장바구니를 집까지 들어다 주었다. 마침 여럿이서 공원에 축구를 하러 가는 길이라 해도 예외는 아니다. 그럴 때면 마이크는 말없이 무리를 세워두고 나를 돕는다. 가끔은 무리 중 한 명에게 바구니를 들게 한다. 그러면 우리는 이야기를 나누며 앞장서 걷고, 그 친구는 낑낑거리며 뒤따라온다. 마이크를 볼 때마다 마마 코를레오네*와 지나 롤로브리지다**의 중간쯤 되는, 아무튼 매우 이탈리아적인 인물이 연상된다.

톰이 싱긋 웃는다. "걔네 집은 어떤지 궁금하네. 그런데 정말로 30분이다!"

"알았어." 나는 대충 대답한다. "그건 그렇고, 당신 케이크 좀 적당히 먹었으면 좋겠다. 그러면 이웃집 갈 때마다 새로 굽지 않아도 되고 집에서 나가는 시간도 훨씬 앞당길 수 있잖아."

"뭐하러?" 톰이 8분의 1만 남겨놓은 애플파이는 뒷부분에 눈에 띄지 않게 구멍이 나 있다. 이제 그것마저 손을 댄다. "이건 먹어도 되지?"

◆　소설 『대부』의 주인공 비토 코를레오네의 아내.
◆◆　20세기 중반에 활동한 이탈리아 유명 여배우.

맙소사! 톰은 정말 못 말리는 애플파이 귀신이다. 나는 갓 구운 근사한, 톰이 절대 먹지 않는 견과케이크를 팔에 끼고 집을 나선다.

마이크의 집 문은 온갖 음란물 스티커로 도배되어 있다. 아이고, 애야! 나는 초인종을 누른다. 누군가 문으로 다가와 문구멍을 살피고 한참 동안 문을 열지 않는다. 뭐라고 속삭인다. 속삭이는 중에도 여전히 못 믿겠다는 듯이 문구멍을 쳐다본다. 문이 닫혀 있었음에도 속삭이는 소리가 분명하게 들렸다. "밖에 웬 늙은 여자가 와 있어."

"늙은 여자?" 갑자기 열이 확 올랐다. 하마터면 문을 발로 찰 뻔했다. 늙은 여자라니! 이제 겨우 20대를 넘겼을 뿐이야! 요즘 잠을 좀 못 잤는데, 그 때문에 까칠해진 피부는 다 회복할 수 있어! "네 엄마가 밤중에 두 시간마다 일어나 너 젖 먹일 때 어떤 모습이었을 것 같아? 네가 기저귀에 똥쌌을 시절에!" 나는 문구멍에 대고 이렇게 퍼부으며 화를 참지 못하고 문을 쾅쾅 두드렸다.

그러자 신기하게도 문이 열렸다. 열다섯 살쯤 되어 보이는 사내아이 둘이 다람쥐처럼 나를 빤히 쳐다보았다. 사실 애들은 열일곱 살이었다. 나는 복수하는 마음으로 '열 살쯤'이라고 쓰고 싶지만, 애들이 내 블로그를 볼 가능성은 거의 없으니 그래 봤자 아무 소용없다. 눈은 빨갛게 충혈된데다 몸에서는 냄새가 났다. 처음으로 방문 목적을 대폭 줄여 말했다. "지금 어떤 프로젝트를 하는 중이야. 그러니 좀 들어가자. 그 대신 케이크 줄게."

둘이 상의를 한다.

"저기요." 그중 하나가 말했다. "여기 저희 집 아니에요. 집주인은 지금 없어요."

"아, 그래?" 나는 태연하게 말했다. "나 마이크 알아. 나 옆집 사는 사람이야. 마이크는 언제 와?"

"모르겠어요. 한 시간 후쯤?" 그는 어깨를 으쓱하며 모른다는 뜻을 분명히 나타냈다.

"상관없어." 나는 나이의 이점을 이용해 안심시키는 어조로 말했다. "마이크 없어도 돼. 잠깐 있다 갈 거야. 이거 봐. 맛있는 케이크도 있지!"

그림책에 나올 법한 갓 구운 멋진 케이크에 마음이 흔들리는 모양이었으나, 이러쿵저러쿵 떠들어대더니 일단 마이크에게 전화해보겠다고 한다. "마이크가 보스거든요. 여기는 걔네 집이고요."

"안심해. 나 이상한 사람 아니야."

안으로 들어갔다. 내가 아이들을 밀치고 들어갔는지도 모르겠다. 흠집 난 1인용 꽃무늬 소파와, 역시 흠집 난 2인용 벨벳 소파 주위로 빨랫감이 산더미처럼 쌓여 있다. 2인용 소파에서는 세 녀석이 끼어 앉아 어마어마하게 큰 모니터 앞에서 플레이스테이션인지 닌텐도인지, 아무튼 그 나이에 흔히 하는 게임을 하고 있다. 그들은 성모마리아가 출현이라도 한 듯 놀란 눈으로 나를 쳐다본다. 모니터에서는 아랑곳 않고 계속해서 폭음이 울린다. 문을 열어준 두 녀석이 앉아 있는 녀석들한테 미안하다는 표정을 짓고 어쩌겠냐는 듯이 어깨를 으쓱하더니 소파에 끼어 앉는다. 아이들은 마치

짝짓기 기간에 연못을 가득 채우고 있는 자라들 같았다. 그들은 나를 빤히 쳐다보고는 멍한 얼굴로 서로를 바라봤다.

나는 태연하게 1인용 소파에 앉았다. 여기저기 찢긴 자리에 플라스틱이 불거져 나와 있다. "내가 여기 온 건, 일단 그 물건에서 나오는 소리 좀 줄일까?" 나는 모니터를 가리키며 말했다. "됐어, 이제 대화가 되겠군. 우리는 지금 티타임을 가질 거야."

녀석들은 완전히 넋 나간 얼굴로 서로를 쳐다보았다. 소파베드 위에 티타임에 유용한 여러 도구가 놓여 있었다.

"이거 실화 맞아?" 자라 같은 아이 하나가 말했다. "티타임이라는 거 할머니 댁에서 한 번 해본 거 같아."

"그랬니?" 나는 실제보다 나이가 훨씬 많이 든 척하며 인자한 어조로 말했다. 아무튼 티타임이 뭔지 아는 녀석이 있으니 설명을 할 필요는 없었다. "티타임을 가질 때는 보통 이런 걸 먹지." 나는 이렇게 말하며 소파 베드 위 장비 언덕에 케이크를 놓았다. "이제 커피 물만 끓이면……" 말이 채 끝나기도 전에 케이크는 순식간에 사라졌다.

나는 침을 삼키고 깊은 숨을 들이쉰다. 자라 같은 아이들은 입 주위에 케이크를 잔뜩 묻힌 채 나를 빤히 쳐다보며 물었다. "커피요?" 아, 이 아이들이 주로 마시는 음료는 커피가 아니구나! 그럼에도 그들은 한 아이에게 물을 끓이라고 시켰다. 보아하니 주로 그 아이에게 시키는 모양이었다. 그애는 프랑스 출신이었다. 말수가 적었는데, 독일어가 아직 "좀 그렇다"고 했다. 그러나 내가 바구니에서 폴라로이드 카메라를 꺼내자 그 아이는 거침없는 프랑스어로, 눈을 여러 번 깜박이며, 여기서 사진을 찍으면 안 된다고 했다. 이 프랑스 친구는 왜 안 되는지는 설명하지 않고 안 된다고만 했다. 어떤 협상도 통하지 않았다. 결국 나는 카메라를 바구니에 도로 넣을 수밖에 없었다.

그나마 몇 가지 알아낸 사실은 있었다. 한 녀석은 취업 실습 과정을 마쳤으나 낙방해서 일단 쉬는 중이고, 또다른 녀석은 처음에 영국에서 쉬었는데, 지금 여기서 계속 쉬고 있다고 했다. 세번째 아이는 인문계 고등학교 졸업 시험에 합격했으나 뭘 해야 좋을지 몰라 일단 쉬고 있었다. 네번째 아이는 친구들에 비해 말이 많은 편이었는데, 이제 10학년에 올라간다고 했다. 졸업 시험을 볼 때까지 3년 동안 아무것도 하지 않으면서 편하게 지낼 수 있으며, 학교에서 나무를 심어야 한다고 했다. 그때 친구들이 놀라 입을 벌린 채 쳐다보자, 이 친구는 "나무가 완전히 병들었다. 너무 심하게 병들어서 말도 못하겠다"는 말로 강연을 마쳤다.

자, 그럼 계속 쉬어라! 나라의 미래가 밝구나! 아이들은 그래도 케이크를 주셔서 고맙다고 인사했고, 혹시 남은 케이크가 있으면 갖고 오셔도 된다고 덧붙였다.

"벌써 왔어?" 내가 문을 열자 톰이 놀란다. 나는 옆집에 15분도 채 머물지 않았다. 톰의 시선이 빈 케이크 통에 닿았다. 그리고 아버지처럼 웃으며 말했다. "케이크 걸신들이었나보군!"

그렇다고 볼 수 있지. 나는 곧바로 샤워부스로 갔다. 여기 분명

그게 있었어. 그곳을 샅샅이 뒤지기 시작했다. 그 소리가 거슬렸는
지, 톰이 문을 열고 본다. "뭐 찾아?" 나는 대어를 낚은 낚시꾼처럼
자랑스럽게 히알루론산 어쩌고저쩌고 마스크팩 샘플을 들어 보였
다. 톰이 어리둥절한지 눈썹을 치켜올린다. 톰은 펑크족이었다. 예
전에 꽤 오랫동안. 퀴프 머리에다 몸 여기저기에 안전핀을 꽂고 다
녔다. 그리고 펑크족답게 화장을 좋아하지 않는다. "당신 그런 거
안 해도 돼."

평소에는 톰이 그런 식으로 말하면 낭만적이라고 생각했다. 오
늘은 그저 정신이상자가 하는 소리로 들릴 뿐이다. "톰." 나는 천천
히 진지하게 말했다. "살면서 15분 동안 열일곱 살 된 아이의 엄마
처럼 느껴진 적 있어? 없다면 나 말리지 마. 이거 해야 돼."

얼굴이 부었다. 마스크팩에 든 촉진제 때문이다. 그제야 나는
열일곱 살짜리의 엄마가 된다는 말이 어떤 뜻인지 어렴풋이 깨달
았다. 이제 더는 어린애들이 하는 말에 충격받지 않을 것이다. 마
침내 나약함을 극복한 걸까? 내면이 조금 성숙해진 느낌이다. 나
는 지금 엄마다. 늙은 여자다. 나는 키츠마마◆ 활동도 기꺼이, 매
우 기꺼이 할 것이다. 누가 내게 키츠마마 제도에 대해 어떻게 생
각하냐고 묻는다면, 그 사람에게 이곳 엄마들에 대해 열띤 강연
을 해줄 것이다. 부자 엄마와 가난한 엄마, 남편이 있는 엄마와 혼
자 아이를 키우는 엄마, 장애아를 키우는 엄마와 건강한 아이를

◆   구(區) 단위로 육아에 도움이 필요한 가정을 찾아가 도와주는 봉사원.

키우는 엄마, 입양아를 키우는 엄마, 인공수정으로 낳은 아이를 키우는 엄마, 전업주부인 엄마, 직업이 있는 엄마, 미성년인 엄마, 40대 중반인 엄마. 물론 다양한 엄마의 유형을 열거하는 데 그치지 않고 그들의 공통점도 알려줄 것이다. 피로, 걱정, 두려움, 똑같은 일상, 가급적이면 좋은 것을 찾는 습관, 그리고 몸이 열 개였으면 좋겠다는 바람! 그런 다음에 잠시 형이상학적인 이야기를 할 테고, 말귀를 못 알아들어도 좋으니 다음에 유아차를 끌고 와 시가전차를 타려는 아이 엄마를 보거든 가서 도와주라는 말로 마무리할 것이다. 이 동네에서든 다른 어느 곳에서든! 아니다. 그렇게 말하면 핑계를 댈 수도 있겠다. 도와주고 싶어도 순발력이 떨어져서 못 도와준다고. 차라리 이렇게 마무리하는 편이 낫겠다. 슈퍼마켓 계산대 앞에 줄 서 있을 때 어떤 아이가 칭얼거리기 시작하면, 짜증내지 말고 아이 엄마에게 순서를 양보하라!

이 동네 엄마들에 대해 부정적인 말을 한 사람: 66명

그중 자신도 엄마인 사람: 59명

자신감

나와 저 바깥세상은 이루 말할 수 없으리만치 평화롭다. 한 가지만 빼고. 내 앞에 열리는 문이 얼마나 많은지, 어떤 문이 열리는지 분명히 알게 되었다. 나무로 만든 문뿐 아니라 마음속 문도. 이제 아침마다 눈을 뜨면 나를 기다리는 행복과 즐거움과 새로운 경험에 마음이 들뜨지만, "형편없는 아이디어"라는 톰의 말은 아직도 가슴속 어딘가에 꿍쳐두고 있다. 그렇다. 나는 뒤끝 있는 여자다.

나를 믿어줄 수는 없었을까? 자기 아내라는 관계를 생각해서라도 나를 믿어야 하지 않았을까? 그랬다면 훨씬 더 일찍 프로젝트를 시작했을 텐데! 사람들은 다른 사람의 말만 듣고 얼마나 많은 일을 시도도 하지 않은 채 그만둘까?

"당신은 나를 응원해줘야 했어!"

우리는 각자 앞에 놓인 커피를 저었다.

"그 말 평생 할 거지?"

"그래!"

"나는 당신이 어떤 사람이지 전혀 몰랐어! 당신이 그런 사람인 줄 내가 어떻게 알았겠어? 정말로 그 일을 할 줄 몰랐지! 당신도 알다시피 나는 음악가야!"

"'나는 음악가야!' 그게 대체 무슨 뜻이야? '나는 음악가야!' 그게 뭐 사과라도 돼? 치어리더가 아닌 거야?"

"그냥 두려워서 튀어나온 말이야! 아무 집 초인종이나 누르고 들어가서 커피를 마신다고? 나는 상상조차 할 수 없어. 그러니까 내 말은……" 톰이 다시 이마를 친다. "나는 그런 얘기를 들어본 적도 없어! 누가 그런 일을 해?"

"좋아. 그렇다면 이렇게 말했어야지. '당신 얘기는 정신 나간 소리 같아. 그런 얘기는 들어본 적도 없어. 하지만 당신이 그 일을 꼭 해야 되겠다면 한번 해봐. 넘어지면 일어서고, 또 넘어지면 다시 일어서고, 죽을 때까지 아니면 더는 하기 싫어질 때까지 해봐. 그것도 아니면 당신이 생각한 것과는 너무 다르다는 사실을 분명히 깨달을 때까지!'"

톰이 머리를 숙인다. "그래, 당신 말이 맞아."

우리는 계속 커피를 저었다.

늦잠 자고 일어난 남자가 헝클어진 머리를 한 채 문을 열었다. 아니, 늦잠을 잔 것 같아 보였다. 이제 겉모습만 보고 함부로 판단하지 않기로 했다.

"들어오세요." 우리는 영어로 대화하기로 합의를 보았다. 복도에서 어린 고양이가 점잖게 인사를 했다. 이 집안에서 매우 중요한 존재라는 사실을 한눈에 알아볼 수 있었다. 고양이가 테스트하듯 내 냄새를 맡았다. 내가 테스트를 통과하자, 유리가 곧바로 자기 방을 보여주었다. 그랜드피아노, 매트리스, 끝.

"딱 봐도 알겠네요. 피아니스트시죠?"

유리가 고개를 끄덕였다. "이 아파트에는 음악가가 몇 명 살아요. 저랑 같이 사는 친구는 콘트라베이스 연주자인데, 지금 투어 중이에요. 차 한잔하시겠어요?"

우리는 부엌으로 갔다. 유리는 먼저 오븐 문을 열고 불을 붙였다. 정확히 말해 오븐에 불을 붙인 것이 아니라 불을 피웠다. 나는 오븐에 불 피우는 법을 이미 알고 있다. 즉 이 부엌은 난방이 되지 않는 부엌이다.

"저 때문에 불 피우실 필요 없어요." 내가 빠르게 말했다. 부엌에 난방시설이 없는 이유는 형편이 넉넉지 않아서다. "막 열이 나네요."

"아, 네. 고양이 때문에라도 해야 해요. 아직 너무 어려서요." 유리는 이렇게 말하고 오븐 문을 열어두었다. 보통 그렇게들 한다.

아늑하고 작은, 조금은 애처로운 부엌이다. 벽은 청록색과 금색 줄무늬 벽지로 도배되어 있다. 창가에 어두운 색의 고풍스러운 나무 탁자가 있고, 그 위에 작은 은색 메노라*가 놓여 있다.

"이 메노라는 댁 거예요? 아니면 같이 사는 친구 거예요?"

"제 거예요. 저는 텔아비브 출신입니다. 저, 혹시 체스 두세요? 한판 하실래요?"

좋지. 유리는 보통은 포크와 나이프를 넣어두는 부엌 서랍에서 나무로 된 체스판을 꺼냈다.

◆　유대교에서 제식에 사용하는 촛대.

"이제 음악가는 텔아비브에서 못 살아요. 부동산 투기가 사실상 하나의 산업이 되었어요. 더는 월세를 낼 처지가 못 되면 그냥 나가야 돼요. 들어올 사람은 얼마든지 있으니까요. 저는 뉴욕에서도 살아봤는데, 거기도 마찬가지예요. 그곳은 생각보다 세련되지도 멋있지도 않았어요. 그래서 베를린으로 왔죠. 베를린은 음악가가 살 수 있는 유일한 보루예요." 그가 어깨를 으쓱했다. "하지만 여기도 곧 달라질 겁니다. 이 집은 임대차계약이 끝났어요. 저랑 제 친구는…… 돈을 제때에 꼬박꼬박 내는 거 잘 못하거든요. 제 말이 방해가 되나요?"

유리는 턱으로 고지서 더미를 가리켰다. 경제적 어려움으로 돈을 제때에 지급할 능력이 안 된다는 뜻으로 한 말이 아니었다.

"아뇨, 아뇨. 그럴 리가요." 나는 정신없이 대답했다. 그가 체스를 어마어마하게 빨리 두었기 때문이다. 체스 전문가는 도대체 몇 수 앞을 볼까? 그저 궁금할 따름이다. 나는 머지않아 세 수만에 지겠다는 사실을 알 뿐이다.

유리는 담배를 한 대 말았다. "저희 투어버스에 아기가 있어요. 이제 6개월 됐어요. 그러니 버스에서는 담배를 못 피우죠. 우리는 3주 동안 프랑스를 돌고서 어제저녁에야 돌아왔어요. 우리는 열여섯 명으로 구성된 밴드예요. 모두 버스에서 같이 자요. 매일 밤 다른 곳에 가서 재즈 공연을 하죠."

"그럼 꽤 잘나가시나봐요." 나는 조심스럽게 말했다.

"네, 저는 원래 재즈 음악가예요. 그런데 이 쓰레기 같은 펑크

밴드에 들어오고부터는…… 우리는 정말 별난 걸 하죠. 베를린에서도 연주해요."

고양이가 내 다리를 핥더니 유리의 무릎에 올라앉는다. 시선은 나를 향한 채 유리에게 쓰다듬어달라는 듯 서슴없이 몸을 기댄다. 이 여우 같은 것!

"저는 열다섯에 처음으로 피아노를 쳤어요." 유리가 이야기를 계속했다. "사실 너무 늦었죠. 대신 하루에 열 시간씩 연습했고, 운 좋게 1년 후에 데뷔했습니다. 어떤 슈퍼스타가 저보고 재능이 있다고 생각했대요. 하지만 저는 음대에 가지 않았어요. 대학에 가면 늘 다른 사람과 비교당하죠. '누구보다 잘해.' 항상 이런 소리를 듣게 돼요. 친구들도 '그 어려운 곡을 치다니! 너 참 대단하다!' 이런 말을 할 테고요. 그러면 그 말을 곧이곧대로 믿고 스스로 만족하게 돼요. 더는 발전하지 않아요. 저는 주변에 비교할 사람이 아무도 없었어요. 오직 마일스 데이비스*만이 제 비교 대상이에요." 유리는 머리 위로 손을 뻗어 한계를 표시했다. "마일스 데이비스처럼 되려면 아직 한참 멀었죠. 현재에 안주할 수 없어요."

헤어지기 전에 내가 주소와 전화번호를 적어주자, 유리가 놀란다. "20번지에 사세요? 그럼 혹시 작곡가 시몬 아세요?"

"네, 알아요. 최근에 그 댁에서 커피 마셨어요. 좋은 분이시죠."

유리가 놀란다. 나도 놀란다. 음악가의 세계도 연극인의 세계만

* 미국의 재즈 음악가.

큼이나 좁다. "시몬을 아시면 제 남편도 아실지 모르겠네요." 나는 톰의 이름을 말했다.

"알다마다요! 함께 연주도 했는데요! 톰도 여기 살았어요."

"네?" 톰이 몇 년 전부터 이 거리에서 살았다는 사실은 알고 있었지만, 지금까지 같은 아파트 내에서 이리저리 옮겨다닌 줄로만 알고 있었다.

유리는 곧바로 한때 톰이 사용한 방을 보여주었다. 유리는 같이 사는 친구가 일본 투어중이라는 사실을 알면서도 방문을 열기 전에 노크했다. 문을 열었다. 콘트라베이스, 침대, 끝.

나는 톰이 이 방에 사는 모습이 떠올라 빙그레 웃었다. 널빤지 위에 깐 촌스러운 카펫은 톰이 깐 게 분명했다. 음향 때문이다.

"이 카펫은 톰이 깐 거예요." 유리가 내 짐작에 힘을 실어주는 듯한 어조로 말했다. "부엌과 욕실 바닥도 톰이 깔았어요."

유리는 그 집에서 톰의 흔적을 더 보여주었다. 욕실은 실제로 역사의 한 페이지를 보는 듯 모스크바 빈민가 한 구역을 옮겨놓은 것 같았다. 암녹색 벽지 일부가 떨어져, 그전에 바른 황색 유겐트슈틸 벽지가 드러나 보였다. 욕조는 바닥에 깐 것과 같은 체크무늬 리놀륨으로 전체를 덮어놓았다. 그러니까 무늬만 욕조였다. 욕조 덮개에 짙은 색 빨래판 무늬가 가로세로로 쳐져 있다. 구석에는 배가 불룩한 욕실 난로가 서 있다. 이런 장소를 보면 어쩔 수 없이 낭만적인 감정에 휩싸인다. 그 감정은 내게 위안과 희망을 준다. 갓 구운 빵에 버터를 바를 때 드는 것 같은 기분. 그렇게밖에 표현할 수가 없다. 체크무늬 리놀륨판에서 남편을 알아보는 일은 특별하다. 그 순간 내가 톰에게 반했던 순간의 감정이 가슴속에 물밀듯 밀려왔다. 흑백의 체크무늬를 보며 그때의 감정을 되새긴다. 그렇다고 '형편없는 아이디어' 일은 달라지지 않는다. 암!

저녁에 집에서 체스판을 꺼냈다. 예전에는 톰과 매일 밤 체스를 두었는데, 항상 톰이 이겼다. 그러던 어느 날 톰은 컴퓨터로 체스 두는 현장을 생각 없이 내게 보여주었다. 그날 저녁 우리 둘이 체스를 둘 때 톰이 처음으로 나한테 졌다. 나는 톰이 컴퓨터로 체스를 둘 때 어떤 식으로 두는지 잘 봐두었다. 그후로 톰은 더는 나와 체스를 두려 하지 않았다. 한 번 더 내게 도전하면 좋으련만! 그러면 톰도 내가 강해졌다는 사실을 알게 될 텐데. 톰보다 강하지 않을지 몰라도 예전보다는 분명 강해졌는데.

톰이 식탁 위에 놓인 체스판, 방금 우려낸 차, 기대에 찬 내 눈빛을 보고 미소 짓는다. 그러나 톰은 머리를 가로저었다. "나도 한판 할까 생각했지. 하지만 당신이 이웃집 방문을 하는 바람에…… 이제 더는 안 해."

"자신 없군!"

"체스 말고 다른 거 하자." 톰이 빙긋 웃으며 말했다.

톰은 창고에서 1000조각 퍼즐을 꺼내들고 온다.

"퍼즐 하자고?"

"해변 그림은 너무 유치하긴 해. 하지만 다행인 줄 알아! 스타워즈를 갖고 오려다 말았으니까."

우리는 말없이 바베이도스* 해변을 만드는 데 집중했다. 그러는 동안에도 유리와 마일스 데이비스가 머릿속 골방에서 떠나지 않았다. "친구들이 잘한다 하면 그 말을 곧이곧대로 믿게 돼요."

이 말이 뜻하는 바는 무엇일까? 퍼즐 100조각을 놓고 나서야 조금 이해할 수 있었다. 톰이 내게 자신감을 갖게 해주지 않았다는 이유로 톰을 비난할 수 없다는 뜻이었다. 내게 자신감을 줄 수 있는 사람은 나 자신뿐이다.

내가 깨달은 바를 톰에게 말하지 않았다. 다만 "우리가 여기 이렇게 앉아 같이 퍼즐을 하다니!"라고만 했다.

"재미있지?" 톰이 말했다.

가장 정돈이 안 된 집: 우리집

* 카리브해에 있는 섬나라.

앨리스 초코케이크

적대감

나는 초코빵을 넣어둔 함에 발을 올려놓은 채 창가에 앉아 해가 저무는 광경을 바라보고 있다. 가끔씩 발을 들고 초코빵을 꺼내 먹는다. 초코빵을 먹으면 언제라도 기분이 좋아진다. 11월에도. 매년 11월이 되면 나는 우수에 젖는다. 올 11월에는 특히 심하다. 왜 그럴까? 내 기분은 여러 가지 재료가 복잡하게 섞인 매우 독특한 칵테일처럼, 눈앞에 다가온 한 해의 끝자락에 마음이 조급해진다. 100번째 이웃집 방문을 마친 후부터, 그러니까 프로젝트의 절반을 해낸 후부터 앞으로 얼마나 남았는지 셌다. 여기저기서 시간이 참 빨리 흐른다는 말이 들린다. 삶도 함께 흐른다. 저 수평선 위로 벌써 과거의 삶이 다시 떠오르고 있다. 마리를 내게서 떼어놓을 생각을 하니 벌써 가슴이 찢어지는 듯하다. 이웃집 방문도 그리워질 것이다. 매일 인생의 거대한 시나리오가 문을 열고 내게 하는 말을 그리워할 것이다. "슈테파니, 이것 좀 봐! 내가 오늘 너를 위해 생각해본 거야. 이제 슬슬 아이디어가 다 떨어져간다고 생각하지? 천만에! 아이디어는 절대 고갈되지 않아. 앞으로도 매일 문을 열어줄 거야. 한평생. 그래도 매번 열린 문 뒤의 모습을 보면 깜짝 놀랄걸?"

이 말을 잊어버릴까봐 두렵다. 예전처럼 앞만 보고 달릴까봐 두렵다. 옆으로 눈길을 주면 빨리 나아가지 못할 테니까. 나는 과거의 삶에서 얼마만큼을 챙길 수 있을까?

안 그래도 우울한 마당에 한 노인이 돌아가셨다는 소식을 들었다. 눈 밑에 사마귀가 난 노인. 들리는 얘기로 노인은 찢어지게 가난했다. 전기와 가스는 끊어진 지 오래고, 집에는 달랑 매트리스밖에 없었다고 한다. 그래서 나를 집으로 들이지 않으려 했구나! 왜 그 사실을 눈치채지 못했을까? 왜 그냥 케이크를 주고 올 생각을 못 했나? 내 대단한 프로젝트에만 정신이 팔려서!

이 프로젝트로 무엇을 하려고 하는가? 사람들에 대해 좀 더 잘 알고자 하는가? 엄청난 착각이다. 사람들에게 다가가고자 하는가? 초심으로 돌아가자.

나는 돈키호테처럼 풍차*를 향해 달려들지도 못한다. 내 풍차 말고 다른 사람의 풍차 말이다. 그나마 다른 집에도 갔고, 사람들도 만나봤고, 선입견을 조금은 버리기도 했다. 11월은 사람들 머릿속에 풍차가 늘어나는 계절인 것 같다. 내 머릿속 풍차를 뜯어냈다. 한 조각, 한 조각, 무진 애를 쓰며. 그래서 이제 다른 사람들의 풍차가 나를 공격하는 것일까?

나는 어느 남자 집에서 커피를 마시며 그 윗집에 사는 여자 이야기를 했다. 여자는 수십 년 전부터 아랫집에서 파티를 하면 경찰에 신고해 22시 05분에 파티를 끝내게 한다. 여자는 동독 출신

◆　소설 『돈키호테』에서 돈키호테는 풍차를 거인으로 착각하여 공격한다. 여기서는 개개인이 세상을 보는 시각 또는 선입견을 말하는 듯하다.

이다. 서독 출신이 아니다.

140제곱미터의 오래된 아파트에 사는 어떤 여자는 예전의 임대차계약에 따라 월세로 난방비 포함 260유로밖에 내지 않는다. 그러면서 아파트 월세가 자꾸만 오른다고 불평이다. 대체 누구를 위한 불평인가? 타지에서 온 사람을 위한 불평은 분명 아니었다. 이곳에서 자란 아이 엄마는 윗집에 사는 시어머니가 아이를 돌봐주시는 덕에 직장에 나갈 수 있다고 매우 고마워한다. 그러면서 왜 길거리에 슈바벤 사람들이 넘쳐난다고 불평일까? 그 사람들도 아이 엄마의 엄마들이다. 손주를 돌봐주려고 슈바벤에서 온 사람들이다. 공동주택*에 사는 어떤 여자는 자신이 슈바벤 출신이라는 사실을 어떻게든 숨기려고 애썼다. 내가 꼬치꼬치 묻는 바람에 결국 실토하고 말았는데, 지금까지 공동주택 입주자 심사 때마다 슈바벤 출신이라 하면 그 즉시 탈락했다고 설명했다. 심지어 슈바르츠조차 타지에서 온 사람들을 욕했다. "슈바르츠, 저도 타지 출신이에요. 심지어 바이에른주 출신입니다!"

"아, 댁은 좀 다르죠!"

이런 선입견을 어떻게 극복한단 말인가? 모든 사람이 의무적으로 이웃집 방문을 해야 하나? 게다가 슈바벤 출신에 대한 선입견을 극복하고자 노력했으나 결국 배신을 당했다는 이야기도 들었

◆   가족이 아닌 몇 사람이 함께 살 수 있도록 설계된 숙소. 보통 욕실과 부엌을 공동으로 사용한다.

다. 그렇다고 사람들 머릿속에서 돌고 있는 풍차가 이해되지는 않는다.

어느 날 아침 일찍 정성껏 구운 멋진 초코케이크를 들고 집을 나와 어느 아파트 앞에 섰다. 63세대가 사는 아파트였고, 63가구에 모두 사람이 있었다. 63가구의 초인종을 각각 누를 때마다 빠짐없이 인터폰으로 응답을 들었으니까. 나는 용건을 63번 말했고, 응답자 63명 중 단 한 사람도 들어오라 하지 않았다. 단 한 사람도! 다른 집을 방문할 수 있도록 아파트 출입문만이라도 열어달라고 요청했으나 그것조차 거절당했다.

"여기는 들어오시면 안 돼요." 어떤 사람이 '여기'에 힘주어 말했다. 여기 들어올 수 있는 사람은 따로 있다는 듯이. 나보다 정상적인 사람만이 들어올 수 있다는 듯이. 내가 용건을 말하고 200가구 가운데 얼마나 많은 집을 방문했는지 이야기하자, 어떤 사람은 "그럼 얼마 안 남았네요"라고 냉소적으로 말하고는 인터폰을 내려놓았다. 또 내가 남의 집에 찾아가 티타임을 가지는 프로젝트를 진행중이라고 하자, 어떤 사람은 "다른 집에서 하세요"라고 비꼬듯 말했다. 그 사람도 인터폰을 내려놓았다. 그나마 이 사람들은 나와 말을 섞기는 했다.

다른 사람들은 말 한마디 없이 인터폰을 끊었다. 처음에는 수줍어서, 인터폰에 대고 말하기가 어색해서 그러는 줄 알고, 나는 작은 인터폰 구멍에 입을 바짝 대고 "여보세요? 여보세요?" 하고 벨을 다시 눌렀다. 심지어 여러 번 눌렀다. 다시 한번 문을 열어줄 기회를 주려고. 그러나 그 사람들은 인터폰 수화기를 들지도 않았다. 재미없는 영화를 '설마 끝까지 이렇게 재미없지는 않겠지'라고 생각하며 끝까지 볼 때처럼, 그 아파트의 집이란 집 초인종은 모두 눌렀다. 그러는 사이에 비가 오기 시작했다. 매우 차가운 비였다. 샤워를 하는 기분이었다.

그 아파트는 요새가 아니었다. 그 건너편 거리에 있는 아파트였다. 여기서 초인종을 누르며 뭔가 참신한 경험을 하리라 생각했다. 깔끔하게 재건축한, 지하 주차장을 갖추고 금과 대리석으로 번쩍번쩍 빛나는 아파트 앞에서 내 다리를 타고 스멀스멀 기어오르는 것은 축축한 냉기만이 아니었다. 내 오랜 선입견도 함께 기어올랐다. 여기 사는 사람들이 그렇지 뭐. 다 소용없어! 이웃집 방문이 다 뭐람. 집에 오자마자 뜨거운 그로그주*를 마시고서 족욕을 하고 침대에 누웠다. 다시는 이웃집 방문 안 해!

길에서 이반을 만났다. 이반은 기분을 좀 가라앉히라며 나를 카페로 이끌었다. "너무 진지하게 하지는 마세요." 이반이 말했다. "선입견이고 풍차고 수집하는 건 좋은데, 그냥 쿨하게 해요. 뭐 때문에 군이 장화까지 신고 진흙탕에 들어가려는 겁니까?"

"그러게요! 저도 모르겠네요. 그런데 어떻게 하면 장화를 벗을 수 있을까요?"

이반은 특유의 부드러운 어조로 말했다. "계속해야죠." 그리고

◆   럼주에 설탕물을 탄 음료.

윙크를 하며 팔꿈치로 내 옆구리를 살짝 밀쳤다. "이웃집 다니면서 저한테 어울릴 만한 여자 없던가요?"

"여자, 여자! 여자 찾아달라는 사람이 왜 이렇게 많죠? 댁이야말로 직접 찾아다니세요!"

"제가요?" 이반이 화난 듯이 말했다. "저는 햇볕 좀 쬐러 지금 히덴제*에 갈 거예요. 댁은 쉬엄쉬엄 계속하세요."

이제 안 해요! 나는 속으로 고집스럽게 말했다. 적어도 쉬엄쉬엄 하지는 않을 것이다.

집으로 돌아가는 길에 요새에 잠시 들렀다. 마음속에 눌러둔 적대감이 화려하게 부활했지만, 그것으로는 모자란다는 듯 마조히스트처럼 끝장을 볼 요량이었다. 한 집의 초인종을 눌렀다. 들어오라고 한다. 몸을 녹이라고 차를 내준다. 지난번에 스웨덴에 휴가 가서 사온 크리스마스케이크도 대접받고, 이야기도 들었다. 전쟁 이야기, 폴란드 포즈난에서 피난 온 이야기, 그때의 기억이 아직도 선명하다는 이야기, 길고 긴 피난길 끝에 두 팔 벌려 맞이해준 것은 오직 검역소의 위생 검사뿐이었다는 이야기. 적대감이 가라앉았다. 촛불 빛 아래 조용히 자연스럽게, 견딜 만한 크기로 줄어들었다. 예순세 사람이 나를 빗속에 세워둔 일이 진정 나에 대한 모욕이었을까?

그 집에서 다시 비가 내리는 거리로 나오자, 살찐 까마귀가 길

◆ 독일 발트해에 있는 섬.

에 떨어진 감자튀김을 쪼았다. 햄버거 가게에서 파는 감자튀김이었는데 포장이 뜯기지 않은 상태였다. 그 모습을 본 다른 여인이 내게 말을 걸었다. 아니면 내가 그 사람에게 말을 걸었나? 기억이 나지 않는다. 대형 고급차 한 대가 그곳에 주차하는 바람에 까마귀는 감자튀김을 포기하고 달아났다. 여인은 고급차를 보고 한숨을 내쉬었다.

"내가 어릴 때, 아직 학교에 다닐 때." 여인이 말문을 열고는 오른팔을 번쩍 들어 히틀러식 경례를 했다. 나는 깜짝 놀랐다. "항상 내가 선서를 했어요." 그녀가 이렇게 설명했지만, 나는 그녀가 왜 고급차를 보고 갑자기 히틀러 생각을 했는지 도통 알 수가 없었다. "내가 제일 컸거든. 아, 그 차렷 자세! 그게 너무 싫었어. 어머니와 이모들은 만날 내 등뼈를 쭉쭉 쓸어내렸어요. 내가 똑바로 서도록. 전에는 똑바로 서는 게 싫어서 등을 구부리고 다녔는데, 이제 나이를 먹어서 등이 굽었네요. 아무튼 그후에 러시아군이 들어왔죠. 그리고……" 그녀는 말을 끝맺지 않았는데 그 사실도 모르는 것 같았다. "서독에 사는 사촌과 전화할 때마다 딸깍거리는 소리가 났어. 나중에 동독 비밀경찰 문서 보관소에 가보니 나에 대한 문서가 이러했어요." 그녀는 엄지와 검지 사이가 15센티미터는 되도록 벌렸다. "그건 아무것도 아니었지." 그녀는 손사래를 쳤다. "우리 언니 거는 이러했다니까!" 그녀는 두 손을 사용해 두께를 표현했다.

"내 말은 그러니까." 그녀의 목소리가 부드러워졌다. "나는 그 모

254

든 체제를 겪었어요. 그런데 이제 저런 고급차가 다니네요. 어떤 체제에서든 이런 사람도 있고 저런 사람도 있죠. 사람 사는 데는 어디나 이런저런 사람이 있게 마련이에요. 명심하세요."

세상이란 항상 공평한 법이지! 나는 이슬비를 맞으며 집으로 갔다. 내 아기한테로. 마음속으로 아기를 꼭 껴안은 채. 마리는 장롱에 개어 넣은 빨래를 끄집어내느라 바빴다. 아가, 좋은 사람을 많이 만나야 해! 그리고 풍차에 맞서 싸울 필요 없는 행복한 삶을 살아야 해!

분명한 거절: 어떤 사람이 인터폰을 통해, 자기가 내려갈 테니 기다리라고 말했다. 나를 좀 봐야겠단다. 그 사람이 내려온다. 내 앞에 선다. 나를 위아래로 훑는다. 그러고는 "아니요. 안 되겠어요" 하고 되돌아갔다.

전국 이웃집
방문의 날

"어?" 톰이 깜짝 놀라 외친다. "눈가가 시퍼렇게 멍들었네!"

톰이 걱정스레 내 얼굴을 살피러 다가온다. "이런, 멍이 아니라 다크서클이잖아!"

톰이 나를 침대로 보낸다.

"나 아직 할일이 남았어……"

톰은 말없이 침대를 가리킨다.

나는 고마워하며 침대로 기어든다. 며칠 전부터 죽도록 피곤하다. 잠을 못 이룬 수많은 밤이 노동조합처럼 체불임금 지급을 요구한다. 그 목소리는 점점 더 커지기만 하고, 이대로 시간외근무를 계속하기는 점점 더 어려워진다. 하지만 50회나 밀린 이웃집 방문을 무슨 수로 6주 내에 만회한단 말인가! 요즘은 하루에 세 집을 방문할 때도 있다. 그러나 방문한 집이 세 배가 되면 글도 세 배의 분량을 써야 하므로, 톰이 모닝커피를 마시러 올 때까지 나는 추운 부엌에서 노트북 앞을 떠나지 못한다. 이러다가는 다음날 편두통에게 VIP 초대장을 보내게 되리라는 사실을 잘 알면서. 드디어 상류층 인사처럼 요란하게 편두통이 왔다! 머지않아 내 머릿속 대부분을 파티장으로 만들 것이다. 벌써 내 얇은 두피를 탐지하고 있다.

"프로젝트 때문에 왜 그렇게 스트레스를 받아요?" 이반이 묻는다. "그냥 편하게 하면 되잖아요. 천천히."

하, 그냥 편하게? 110가구를 방문하고 나서도 그냥 편하게 초인종을 누르지는 못하겠다고 하면 믿을 사람이 있을까? 하지만 사실이다. 어느 모로 보나 내기에 질 것 같다. 더 정확히 말하면 이미 진 거나 다름없다. 그러나 지금 그 말을 해버리면 결국 여기서 포기하고 말 것이다. 더는 이웃집 방문을 하러 나가지 않을 것이다. '아직 못 본 게 있어!' 희미한 예감이 작지만 뚜렷한 목소리로 악마의 속삭임에 대항한다. '나가서 기적을 좀더 찾아봐. 나가기만 하면 바로 찾을 수 있어.' 그래, 해보자! 해볼 거다!

"이제 더 못 하겠어." 나는 침대에 큰 대 자로 누운 채 톰에게 말했다. "이제 그만둘 거야. 애써봐야 아무 소용없어."

"잘 생각했어. 그러면 다른 일에 쏠 시간이 좀더 생길 거야."

아! 톰은 왜 항상 내 마음속 악마의 소리와 같은 말만 할까?

그러나 절망적인 기분으로 침대에 누워 포기할 생각을 하자마자 어느 구독자가 글을 올렸다. 그 구독자는 이웃집 방문이 그렇게 많이 밀려 있다면 도움을 요청하라고 썼다. 이를테면 내 글에서도 밝힌 것처럼 만날 세탁기에 비스듬히 기대고 있는 남자한테!

그렇지, 그 방법이 있었지!

"톰! 어떤 사람이 댓글을 올렸는데, 세탁기에 비스듬히 기대고 있는 남자가 나를 도와줘야 한대. 그 남자가 당신이야. 나 좀 도와줘!"

"엥?" 톰이 나를 빤히 쳐다본다.

마침 톰은 지금도 세탁기에 기대고 있다. 물론 비스듬히. 톰이 이상한 소리를 낸다. 그 소리의 의미는 분명했지만, 나는 그럼에도 두 눈에 불을 켰다. "그러면 내가…… 당신한테 시간을 좀더 쓸 수 있을 거야."

"싫어!" 톰이 말한다. "난 못 해! 그럴 용기 없어."

톰이 '용기'라는 말을 하면서 손가락으로 이마를 치는 품이 왠지 평소와는 좀 다른 뜻으로 하는 것 같다.

나는 계속 톰을 설득했다. "다른 구독자도 프로젝트 작전상 다른 사람의 도움을 받아도 괜찮다 했어." 머릿속에서 아름다운 세상이 새로이 만들어지고 있었다. "그리고 '원격 지원'이라는 말도 썼어. 자기가 도와주겠다는 말일까? 다른 사람도 자기가 모르는 사람 집을 방문할지 누가 알아? 오, 톰! 멋지지 않아? 그러면 다른 사람들도 내가 만날 하는 글쓰기가 결코 지루하지 않다는 걸 알게 될 거야! 게다가 밀린 프로젝트도 만회하고! 내일부터 해. 아니, 오늘부터 당장! 언젠가는 전국에서 동시에 이웃집 방문을 하는 날이 올지도 몰라! 그러면 딱 한 번 만나고……"

"그만해!" 톰이 내 말을 끊었다. "나한테는 너무 힘든 노동이야. 솔직히 피아노를 치는 게 더 편해."

말이 끝나기 무섭게 톰은 피아노 앞에 앉아 바흐 음악을 연주했다. 할말이 없었다. 음악도 아름다운 것이니까. 그러나 저 밖 어딘가에 이웃집 방문을 하고자 하는 사람이 있다는 생각을 하자, 얼어붙은 내 마음속에 작지만 부드러운 봄바람이 불기 시작했다.

한 사람이 한 집만 방문하더라도 사람들 머릿속 풍차는 금세 확연히 줄어들지 않을까? 곧바로 블로그에 글을 올렸다. 그러자 다시 용기가 생겼다. 길에서 아스트리트를 만났다. 아스트리트는 내 블로그 구독자이므로 이미 정황을 알고 있었다.

"저기…… 내가 도와줄게." 아스트리트가 말했다.

나는 놀라 아스트리트를 쳐다본다. "뭐? 네가 이웃집 방문 가겠다고? 나 대신 남의 집 초인종을 누르겠다고? 글도 쓸 거야?"

"그런다니까! 솔직히 말할게. 나 정말로 앞집 남자한테 관심 있어. 한번 만나달라고 부탁했는데 네가 거절했잖아."

"생각 잘했어! 바로 블로그에 올릴게. 너 나한테 낚인 거다!"

"알아." 아스트리트가 한숨을 쉬었다. "이게 나한테 얼마나 힘든 일인지 알지? 뭘 억지로 하는 게 너무 싫어."

"내가 억지로 시켰다는 말이야?"

"그런 뜻 아닌 줄 알잖아."

그럼, 그럼. 알고말고.

"그냥 하고 싶어서 하는 거야. 정말로 하고 싶어서."

나는 기분 좋게 다음 집으로 향했다.

집에 돌아오니 톰이 바흐 음악을 연주하고 있다. 건드려서는 안 될 그 곡의 멜로디를 내가 목청껏 따라 부르자, 톰이 의심스러운 눈초리로 쳐다본다. 짓궂게도 내게 다가와 킁킁 냄새를 맡더니 놀라며 이렇게 단정한다. "취했군!"

내가 키득거렸다. 크리스마스를 앞두고 얼마나 많은 사람이 몰래 브랜디를 마시는지 짐작이 갔다.

"나는 당신이 커피 마시러 간 줄 알았는데?"

"그랬지." 나는 기분이 매우 좋은 상태로 말했다. "케르너 아줌마 집에서. 너무 좋았어! 딱 한 잔만 마셨어. 종류별로."

"당신 브랜디 못 마시는 줄 알았는데?"

"맞아." 내가 말했다. "그래서 이렇게 기분이 좋은 거야. 후훗! 그 집 부엌에는 움막 같은 게 있어. 천장에 고드름 모양의 등롱이 줄줄이 달려 있고. 톰, 나도 언젠가는 움막에서 꺼낸 달걀로 아침식사를 하고 싶어. 부엌에 그런 거 지으면 안 될까? 그 집은 발코니랑 꽃이랑 창문이랑…… 다 멋있었어! 화분이 마트료시카* 처럼 쭉 늘어서 있고 온갖 기름병도 늘어서 있는데, 착실한 부엌 합창단 같았어. 고추기름, 레몬기름, 마늘기름, 라벤더기름. 다 직접 만든 거래. 나더러 맛보래서 다 맛보고 나니까 냉장고 문을 잡더니 진짜 좋은 거 맛보겠느냐고 묻잖아. 그래서 그러겠다고 대답했지. 냉장고 안에 브랜디가 있는 줄 누가 알았겠어? 직접 담근 브랜디야. 생강이랑 흰 얼음 사탕** 이랑 비타민나무 열매랑 약초랑 버찌 넣은 브랜디!"

"당신 좀 누워 있어야겠다."

◆　　러시아 전통 목각 인형.
◆◆　순도 높은 설탕의 커다란 결정. 외견이 얼음과 매우 닮았다.

"이미 누웠다 왔지! 브랜디 마시고서 케르너 아줌마가 커피를 내왔어. 터키식 커피. 그리고 어디에 앉는 게 가장 좋겠느냐고 묻기에 내가 어깨를 으쓱하고, 제일 아늑한 곳이라고 대답했지. 그랬더니 아줌마가 웃으면서 '그럼 당연히 침대죠' 하더라."

"모르는 여자 집에 가서 침대에 누웠다고?"

"속았지! 그럴 리가 있겠어? 나 별로 취하지도 않았어. 우리는 거실에서 앨범 사진을 봤어. 흑백사진이야. 비단잉어랑 고양이도 함께. 고양이는 내가 자기 의자에 앉아서 기분이 상했어."

"내가 보기에 당신 너무 흥분했어." 톰은 이렇게 결론 내리고 부엌에서 나갔다. 에이, 나는 더 얘기하고 싶은데!

"여러분, 시작하세요!" 나는 블로그에서 이렇게 외쳤다. "직접 경험하세요! 나가서 이웃집 초인종을 누르세요. 그리고 나중에 어땠는지 얘기해주세요."

그랬더니 정말로 이웃집 방문을 한 사람이 있었다! 아스트리트는 아니다. 그녀는 태도를 바꾸고, 중요한 업무가 있다는 핑계를 댔다. 그 사람은 내가 모르는 구독자였다. 그녀는 구릉 너머에 사는데, 굳은 결심을 하고 이웃집 방문길에 나섰다. 그리고 이전에 탐색하면서 눈여겨봐둔 사변농가*에서 티타임을 가졌다.

아, 이토록 감격스러울 수가 있다니! 그녀는 이웃집 방문을 마

◆ 가운데에 마당을 두고 집 네 채가 정사각형 모양으로 둘러싸고 있는 농가.

치고서 이런 댓글을 썼다. "세상에, 세상에, 세상에! 끝내줬어요! 진짜 좋았어요! 사람들이 너무 친절했어요! 저 또 이웃집 방문 할 거예요!" 이웃집 방문을 익스트림 스포츠로 인정해도 되지 않을까? 언젠가 전국 이웃집 방문의 날이 생길지 누가 알겠나? 그러면 프로젝트를 명분으로 내세울 필요도, 지원군으로 케이크를 들고 갈 필요도 없을 것이다.

"그래, 그래. 나도 읽었어!" 아스트리트가 전화로 말했다. "곧 이웃집 방문을 할 거야. 노력하고 있어. 네가 조금만 더 해줘. 나는 워밍업이 좀더 필요해!"

그후 수자네도 전화를 했다. 지난여름 수자네 집에서 들은 아코디언 연주는 정말로 아름다웠다. 수자네는 그때 벌써 내가 힘들어지면 대신 케이크를 구워주겠다고 제안했는데, 지금 전화로 내가 아무리 힘들어도 케이크를 구워달라 하지 않을 것 같으니 그냥 구웠다고, 30분 후에 오븐에서 꺼내기만 하면 된다고 말한다. 병력을 보강할 생강차도 있다면서.

오후에 무스타파가 내 뺨에 향기로운 뽀뽀 인사를 하고, 엄마가 보낸 소포를 건네주었다. 세상에서 제일 멋진 초코케이크를 만드는 데 쓰라고 빵틀을 보내셨다. "막바지다. 힘내! 사랑한다!"

저녁에 톰은 공연을 하러 나갔고, 나 혼자 부엌에 앉아 있었다. 이 모든 응원에도 외로움이 슬그머니 찾아들 무렵 현관문 벨이 울린다. 문을 여니 도리스가 와 있다. 도리스는 두 집 건너에 산다. 나는 그 집을 지난여름에 방문했다.

"글 읽었어요. 피곤하시다고……" 도리스가 말했다. "그래서 어떠신지 좀 보러 왔어요." 도리스는 레드 와인 한 병을 내게 내밀었다. "오늘 애 안 봐도 되는 날이거든요."

눈물날 것 같았다. 고마워서, 감동적이어서. 나는 피곤해서 정말 행복하다.

나에 대해 익히 들어 알고 있는 사람: 10명
그중 집에 들어오라고 한 사람: 10명

집에 사람이 가장 많았을 때: 21명
나와 마리를 포함해 집에 사람이 가장 많았을 때: 23명
원룸 아파트에 사는 어떤 아이의 생일이었다. 우리를 반갑게 맞이해주었고, 대단히 즐거웠다. 정말 좋은 사람들이었다.

이웃집 방문을 가서 브랜디를 마신 횟수: 8회
그중 직접 담근 브랜디: 6가지
가장 좋은 브랜디: D와 함께 마신 브랜디. D는 좀전까지 이불을 뒤집어쓴 채 울고 있었는데, 갑자기 나와 함께 탁자 앞에 앉아 있는 상황이 너무 신기하다고 했다.
"왜 울었어요?" 내가 물었다.
"왜냐하면…… 잠깐만요. 저는 댁을 전혀 모르는데…… 일단 슬

리보비츠◆부터 한잔할까요?” D는 개수대 밑 수도관 세정제와 염소 살균제 사이에 있던 슬리보비츠를 꺼냈다. 슬리보비츠를 두기에 안성맞춤인 장소였다. D는 나와 함께 잔을 부딪쳤다. “예기치 못한 즐거움을 위하여!” 그러고서 D는 왜 울었는지 이야기했다.

가장 멋진 환영: 여자아이가 꺅 소리를 질렀다. “나한테 언니가 생겼어! 나한테 언니가 생겼어!” 아이의 어머니가 나를 보며 환하게 웃었다. “방금 오신다고 얘기했어요.” 이 집에서는 슬리보비츠가 아니라 나무딸기 주스로 축배를 들었다.

◆ 자두를 발효시켜 만든 브랜디.

슈톨렌

가슴속에서
터지는 폭죽

겨울에 사람들은 어쩌면 그토록 마음이 따듯해질까? 어떻게 그토록 아낌없이 온정을 나눌까? 크리스마스가 다가오기 때문일까? 그런 것 같다. 요새에서조차 나를 가엾게 여기는 사람이 있었다. 건물 계단에 서 있었을 때인데, 누군가 등뒤에서 나를 불렀다. "저희 집에 오세요. 마리아와 요셉도 이즈음에 갈 곳을 찾지 못했는데, 댁과 댁의 아기도 그런 모양이죠?" 아마도 내가 어떤 집에서 문전박대를 당하는 모습을 본 모양이다. 사실은 그 집에 홍역에 걸린 사람이 있었다. 그 집에서는 나한테 2주 후에 꼭 다시 와달라 했다. 그렇다! 크리스마스가 다가오고 있다. 요새 같던 고급 재건축 아파트에서도 문을 열어주었다. 솔직히 인정하고 싶지 않지만, 요새에서도 나를 집안으로 들인 사람이 다른 아파트 사람들만큼이나 많았다. 가슴속에 마지막으로 남아 있던 흉측한 적대감이 떨어져나갔다.

아, 크리스마스가 다가온다…… 어머, 정말 크리스마스가 얼마 안 남았네! 사실 24일에도 이웃집 방문을 하려고 굳게 마음먹고 있었다. 정신없는 날에 나를 집안으로 들일 사람들을 생각하며 인생의 모험을 꿈꾸고 있었다. 지금 나는 아이처럼 크리스마스트리를 장식하고 싶다. 아직 오후 다섯시도 안 된 시각에. 더 늦으면 크리스마스 가판대가 철수한다. 우리집에도 크리스마스트리가 있어야지! 금구슬, 은구슬, 빨강구슬 그리고 폭죽도. 폭죽은 꼭 있어야 한다. 그런데 베를린에 있는 폭죽은 다 팔린 모양이다. 폭죽을 어디서 구해야 하나?

그나마 크리스마스 연휴 첫날에 이웃집 방문 길에 나섰다. 연휴 첫날도 무모한 모험을 감행하기에 충분한 날이다. 문에 알베르트 슈바이처의 말이 적힌 스티커가 붙어 있다. "내 집에 온 사람은 누구라도 들어올 때보다 돌아갈 때 더 좋은 기분으로 가게 하라."

'그렇군. 대담한 캐치프레이즈야'라고 생각했다. 어떤 남자가 문을 열어주었다. 귀에 핸드폰을 댄 채 외국어로 통화를 하는 중이다. 남자는 나를 보지도 않고, 내가 인사를 할 새도 없이 들어오라고 손짓했다. 내가 들어가자, 남자는 통화하면서 문을 닫고 몸을 돌려 다른 방으로 사라졌다.

오케이, 기다리자. 보아하니 남자가 사라진 이유는 자신이 나를 상대하고 있다고 누군가에게 알리려는 목적이 아니라, 조용히 통화를 계속하려고 그런 것 같았다. 나는 어찌할 바를 모른 채 복도에 서 있다. 두꺼운 재킷이 많이 걸려 있는 옷걸이가 눈에 띄었다. 차라리 문간으로 돌아가 그곳에 서 있는 편이 낫겠다고 생각했다. 그 순간 다른 방에서 한 여인이 나와 나를 발견했다.

"아, 저…… 안녕하세요. 저는……" 나는 죄지은 사람처럼 말했다. 어쨌든 도둑처럼 남의 집에 들어와 있는 상황이었다. "저는 슈테파니에요. 제가 여기 음…… 슈톨렌 좀 가져왔어요."

나는 무척이나 당황했다. 더는 아무 말도 하지 못했다.

"슈톨렌 먹기에는 적당한 시간이 아니죠." 여자가 나무라는 듯한 눈빛으로 손목시계를 들여다봤다. 나는 멍하니 고개를 끄덕이고 그 이상한 집에서 나가려 했다. 이 이상한 사람들로부터 도망치려 했다.

그러나 여자의 말은 끝나지 않았다. "우리는 지금…… 에우제니오, 당신 뭐했죠?" 그녀는 이렇게 외치며 남자가 여전히 통화를 하고 있는 방에 가서 머리를 들이밀었다. "밥을 했어요. 밥과 닭고기가 있으니 함께 드세요." 그녀가 내게 긴말할 것 없다는 듯이 말했다.

그녀는 내 대답도 듣지 않고 곧바로 부엌으로 가더니 이미 차려진 식탁에 접시를 하나 더 놓았다. 그러고는 "식사합시다!" 외치고, 내게 "앉으세요"라고 했다. 나는 얼른 재킷을 벗었다. 세 딸이 각기 다른 곳에서 나와 부엌으로 들어왔다. 첫째 딸은 열여덟 살인데, 내가 누구인지, 무슨 일로 왔는지 묻지도 않고 팔을 뻗어 악수를 청하고는 "안녕하세요. 저는 에마예요"라고 했다. 두 동생은 식탁에 앉아 무덤덤하게 "안녕하세요"라고 했다. 저 망할 여자가 또 왔다는 듯이.

에우제니오가 와서 각자의 접시에 밥과 닭고기를 떠주었다. 내게도 밥과 닭고기를 주었지만 내 존재는 여전히 무시했다. 에우제니오는 통화한 내용을 말했다. 그 외에도 식탁에서는, T한테 전화해달라는 내용의 메모를 발견했는지, 오늘 에마가 누구와 어떤 클럽에 가는지, 되르테의 파란 스웨터를 말없이 가져간 사람 이야기며, 이제는 스웨터를 돌려받아야겠다는 이야기가 오갔다. 내게는 전혀 눈길을 주지 않았다! 나는 한 가정의 식탁에 너무도 자연스럽게 끼어 앉아 있었다. 혹시 지난주에 할머니한테서 20유로를 받았을 때 고맙다는 말을 했냐고, 마치 그 집 식구에게 묻듯이 내게 묻지나 않을지 불안했다.

모두가 접시 위로 고개를 숙일 때도 나는 먹기를 망설였다. 이토록 손님에게 스스럼없이 대하는 사람들이라면 식사 전에 분명 기도를 하겠지. 가장이 기도를 할 때까지 기다리는 편이 낫겠어! 그러나 가장은 기도를 하지 않았다. 그 대신 에마가 포크를 든 채 "많이 드세요"라고 하며 음식을 권하는 눈빛으로 나를 바라보았다. 음식은 정말 맛있었다.

누구도 나에 대해 알려고 하지 않았다. 이제 그들은 런던 여행 계획에 대해 이야기한다. 숙소, 비행기값, 실습, 하고 싶은 공부…… 그때 막내가 뭔가 생각났다는 듯이, 개 키우는 문제에 대해 이제 결정을 내렸는지 엄마 아빠에게 묻는다.

나는 혹시 이 사람들이 나를 다른 사람으로 착각하지는 않았을까 생각했다. 낯선 사람과 이토록 자연스럽게, 이토록 아무렇지도 않게 함께 저녁식사를 할 수는 없지 않나! 곧바로 현관문에서 벨이 울렸다. 찾아온 사람은 바로 나 대신 이 자리에 앉아 있어야 할 사람이겠지. 그럼 그렇지. 지금과 똑같은 상황을 다룬 영화도 있잖아! 내가 지금 영화에 나온 건가? 고골의 〈검찰관〉*에 등장하는 인물처럼 이 사람들이 나를 매우 특별한 사람인 줄로 잘못 알고 있는 거겠지? 그렇기에 이 사람들은 마치 내가 여기 없는 듯이 행동하고, 나는 이들이 계속 오해하기를 바라며 어떻게든 발각되지 않으려 온갖 속임수를 쓰게 될까?

"자, 이제 설명해보세요. 댁은 누구시고, 뭐하시는 분이죠?" 드디어 이 질문을 받는다. 나는 당연히 검찰관이 아니므로 내가 누군지 말하고, 이 집에 왜 왔는지도 설명한다. 이 집에 들어온 지 한 시간 반이 지나서야 비로소.

지난 반년 동안 낯선 사람에게 너무도 친절하게 대하는 사람들을 만나보고 입안이 바싹 마르도록 긴장하는 경험을 여러 번 했다. 어떤 집에서는 순간적으로 정말로 그 집 식구가 된 느낌을 받기도 했다. 그러나 낯선 사람을 이 집 식구들처럼 자연스럽게 대하는 사람은 만나보지 못했다. 이제 살면서 곤경에 처했을 때 찾아가 문을 두드릴 집 하나를 알게 되었다.

나는 되르테에게 에우제니오를 어떻게 만났는지 물었다. "에우제니오는 1981년에 모잠비크에서 계약직 노동자로 동독에 왔어요. 원래 계약 기간은 4년이었는데, 에우제니오는 계약을 연장했죠. 우리는 1989년에 알게 되었어요. 외국인 노동자는 모두 기숙사에 살았는데, 제 친구가 거기 아는 사람이 있어 자주 찾아갔어요. 어느 날 저한테 같이 가지 않겠냐고 묻더군요. 아무래도 여자

❖ 러시아 작가 니콜라이 고골이 쓴 희곡. 마을에 검찰관이 파견되었다는 소식을 들은 군수가 여관에서 묵던 빈털터리 한량을 검찰관으로 오인하고, 군수를 비롯한 마을 유지들이 한량에게 뇌물을 바치며 비위를 맞춘다.

혼자서는 남자들을 상대하기가 힘들다고요. 거기서 에우제니오를 만났어요." 되르테는 남편에게 눈길을 주었다. "제 친구는 제가 에우제니오와 사귀는 걸 싫어했어요. 좋게 생각하지 않았어요." 되르테가 웃었다. "그래도 우리는 사귀었죠."

"엄마 친구는 왜 엄마랑 아빠랑 사귀는 걸 싫어했어?" 막내딸이 물었다.

"그때는…… 내국인이 외국인 노동자와 접촉하는 걸 막으려 했어. 그래서 기숙사에 찾아갈 때도 입구에서 신분증을 보여야 하고, 저녁 열시에는 그곳을 나와야 됐어. 안 그러면 감시인이 쫓아냈지. 우리는 모두 성인이었는데도 말이야. 하하!" 되르테는 다시 나를 보며 말을 이었다. "아무튼 1990년에 통일이 되자, 외국인 노동자를 모두 귀국시키려 했어요. 그런데 그때 모잠비크에서 전쟁이 일어났어요. 에우제니오는 위험한 곳으로 내몰리게 될 상황이었죠. 그때 어떤 단체를 통해, 장기 체류자는 강제 추방에 이의를 제기할 수 있다는 사실을 알게 되었어요. 그래서 그렇게 했죠." 그뒤로 두 사람은 자녀 넷을 두었다.

가슴속에서 폭죽이 터졌다. "지금이라도 디저트로 슈톨렌 좀 드시겠어요?"

에우제니오는 눈에 띄지 않게 시계를 봤다. 그제야 나는 이 부부가 친구들과 약속이 있다는 사실을 알았다. 정확히 그 시각에.

"아, 저는 지금 일어날 거예요." 내가 말했다.

"아닙니다. 아니에요." 에우제니오가 말렸다. "이왕 이렇게 오셨는데, 슈톨렌 한 조각 먹을 시간은 있어요. 뒤에 있는 서랍에서 칼 좀 꺼내주시겠어요? 위에서 두번째요."

"과일 케이크는 아주 얇게 썰어야 해요." 에마가 명랑하게 말했다. "그러면 모든 과일을 고르게 먹을 수 있어요. 그래야 맛있죠."

"그럼 직접 썰어볼래?" 내가 말했다. "나는 깍둑썰기밖에 못 해서……"

에마는 종잇장처럼 얇게 세 조각을 썰고서 다시 반으로 잘랐다. 우리는 여섯 사람이었다.

"몇 조각 더 잘라야겠다." 내가 말했다.

"이거면 됐어요." 되르테가 에마 대신 말했다. "저희는 크리스마스 선물로 케이크를 정말 많이 받았어요. 저 뒤를 한번 보세요." 실제로 케이크 상자가 여러 개 쌓여 있었다. "지금은 이 정도로 충분해요."

나는 슈톨렌이 아니라 선입견을 크게 한 조각 잘라냈다. 그리고 이 집 문에 써붙인 글귀에 품질 인증 마크를 붙이고 싶었다.

이것이 내 마지막 이웃집 방문이었다. 그 집을 나서는 순간 이 것으로서 이웃집 방문은 끝이라는 생각이 들었다. 더는 할 수 없었다. 아니, 더는 해서는 안 되었다. 그랬다가는 쓰러질 것 같았다. 그 정도가 내가 견딜 수 있는 최대한의 행복과 포만감이었다. 나는 사막 여행을 앞둔 낙타가 물을 마시듯이 사람들의 친절과 이야 기를 잔뜩 먹었다. 정말 멋진 한 해였다! 친구와 이웃이 생기고 오래오래 살고 싶은 동네가 생겼다. 무엇보다도 사람들을 알게 되었다. 너무도 특별하고, 따뜻하고, 인상 깊은 이웃집 방문도 여러 번 체험했다. 그리고 사람들 앞에서 겸손을 배웠다.

사람들은 내 예상을 뒤엎고 뛰어넘었다. 열린 마음과 온정으로 나를 감동시켰다. 이런 이유로 되르테의 가정을 끝으로 이웃집 방문을 마치려고 결정했을지도 모른다. 사람들이 불쑥 찾아온 낯선 사람을 대하는 태도는 가히 전례가 없을 정도였다. 전설적이라 할 만했다. 그 전설의 여운은 오래 남을 것이다.

이제 내가 시도할 다음 프로젝트는 낯선 사람을 우리집 안으로 들이는 연습이 될 것이다. 그전에 우선 친구들부터 집으로 불렀고, 섣달그믐날에는 오랜 친구, 새 친구 들과 함께 프로젝트 종료 파티를 했다. 이반은 맥주 한 박스를 가져왔고, 티나는 모두가 먹기에 충분한 양의 타르트를 가져왔다. 마티아스는 월남쌈을 한아름 가져왔고, 얀은 말린 칠리고추 한 다발을 가져왔다. 그리고 다니엘은 새로 생긴 여자친구를 데려왔다. 그런데 가장 좋은 선물을 가져온 사람은 아스트리트였다. "나 이웃집 방문 했어!"

"설마! 블로그도 닫았는데?"

"그래서 했어."

"그래서 어떻게 됐어?"

"그이는 끝내주는 남자야! 언제 소개해줄게." 아스트리트가 빙긋 웃었다.

나도 웃었다.

이제 내가 사랑하는, 대도시에서 사귄 친구들이 퐁뒤 냄비를 앞에 두고 둘러앉아 마침내 서로 인사를 나눈다. 마리는 파니와 함께 신나게 주변을 뛰어다니고, 즐겁게 이 사람 무릎에 앉기도 하고 저 사람 팔에 안기기도 한다. 톰도 신나게 떠든다. 톰이 이토록 신나게 이야기할 때는 재즈 음악가들과 이야기할 때밖에 없었다. 토르스텐과 아스트리트는 내가 방문한 집의 모든 사람이 모이는 여름 축제를 열심히 계획했다. 아파트 뒷마당에서 하면 공간은 충분할 것이다. 그 와중에 이반은 소냐에게 적극적으로 관심을 보인다. "그러니까 제 말은, 우리는 서로 비슷한 점이 많잖아요. 나이도 마흔 안팎이고……" 나는 소냐의 포커페이스에서 이반을 좋아하는 마음을 눈치챈다. 소냐는 예순 중반이다. 두 사람은 새벽 네시까지 남아 있다 함께 돌아갔다.

어느 순간 페터가 "세계의 평화를 위하여!" 축배를 들었다. 페터는 언제나 그렇듯, 그 말이 농인지 진담인지 모르게 말했다. 나는 그의 그런 어투가 마음에 든다. 솔직히 '세계의 평화'는 비꼬는 느낌 없이 말하기 쉬운 단어가 아니다. 교황이나 새로 선발된 미스 유니버스라면 모를까. 그런데 '세계'와 '평화'는 그 의미가 너무도 광범위하다. 세계의 평화를 위한 일은 항상 있는데다 점점 더 많아져 끝이 없다. 그럼에도 세계의 평화는 결코 잊어서는 안 될 개념이다. 나의 세계는 매우 작다. 그러나 이 작은 세계에서 평화를 향해 내디딘 발걸음은 결코 작지만은 않으리라.

이제 내게 깃든 평화가 미소 짓는다. 섣달그믐에 폭죽을 터뜨릴 생각을 하니 너무도 행복하고 고맙다. 폭죽은 높이 솟아올라 녹색 별이 되어 쏟아져내릴 것이다. 하지만 그전에 할일이 있으니, 흥분을 가라앉히고 지난 1년을 정리하고자 한다. 케이크 재료를 사느라 돈도 많이 썼고, 1년 동안 열심히 초인종을 누르고 다녔으며, 그러는 가운데 험담도 많이 들었다. 그러나 이런 소재도 잘만 섞으면 아름다운 노래가 되어 흐른다. 삶의 즐거움이라는 노래가……

최종 통계 보고

초인종 누른 횟수: 2893번
들어가본 집: 130가구
이웃집 방문을 하러 나간 날: 120일

알게 된 이웃: 200명
- 동독 출신: 86명
- 서독 출신: 85명
- 이민자: 29명
- 원주민: 이 말은 무슨 뜻일까? 30년 전에 서독에서 온 사람도 여기에 속하는 건가? 아니면 여기서 태어난 사람만 가리키는 말인가? 그렇다면 13년 전에 이곳에서 태어난 사람도 오래전부터 이곳에 살고 있는 사람으로 쳐야 하나?

- 이주민: 동독에서 온 사람도 엄격히 말하면 타지에서 온 사람 아닌가? 아니면 통일 후 이곳으로 온 서독 사람에게만 해당되는 말인가? 서베를린에서 태어나 동베를린으로 온 사람은 어떻게 되는 건가? 수치로 나타내자면, 악어 등짝에 사는 사람이 5명, 요새에 사는 사람이 5명 있다.

프로젝트를 시작하면서 구운 케이크 수: 200개
그중 타거나 딱딱해지거나 기타 이유로 못 쓰게 된 것: 57개
평생 다시는 먹고 싶지 않은 케이크: 마블케이크, 치즈케이크, 애플파이(웩!). 아쉽지만 초코빵도 더는 먹을 일이 없을 것 같다.

그후 많은 시간이 흘렀다. 한 가지 일이 끝나기 무섭게 다른 일을 하고, 그 일이 끝나면 또다른 일을 하느라 정신없다. 극장 일이 나를 완전히 삼켜버렸다. 한때 그 많은 집을 무턱대고 찾아가 부엌에서 커피를 마셨다는 사실이 믿기지 않을 정도다. 그 집 사람들이 지금은 내 친구가 되었는데도. 어느 날 나는 놀이터에서 마리와 파니가 손잡고 노는 모습을 오카와 함께 바라보고 있었다. 그때 오카가 내게 속삭였다. "쟤들 처음부터 서로 좋아했어요. 그렇죠?" 어느 집에 초대받아 갔을 때 누군가 내게 집주인을 어떻게 아느냐고 물으면, 집주인은 내 어깨를 팔로 감싸고 웃으며 이렇게 말한다. "이분이 저희 집 문 앞에 서 계셨어요." 그러면 질문을 한 사람은 알겠다는 표정을 짓는다. 마치 이 말이 의심쩍은 비밀 코드라도 되는 양 예의상 더는 묻지 않겠다는 듯이. 톰이 아이와 콘트라

베이스를 생각해서 좀더 큰 집으로 이사가면 어떻겠냐고 물었다. 필요하다면 다른 동네로라도. 그러면 이제는 내가 이마를 탁 치며 말한다. "나더러 또 딴 동네에 가서 집집마다 초인종을 누르라고?"

여전히 뭐랄까, 인간의 나약함 같은 것을 느낀다. 그리고 그 원인이 무엇인지를 자문한다. 그걸 알고 싶어서가 아니라, 인간은 원래 나약한 존재임을 상기하기 위해. 그런 날은 머릿속에서 다 뜯어낸 줄 알았던 풍차가 다시 돌아가기 시작한다. 나는 자살 특공대처럼 풍차를 향해 돌진할 용기는 없다. 모르는 사람 집에 찾아가 초인종을 누른다고? 그런 일은 두 번 다시 하지 못할 것이다. 다시는 안 한다. 적어도 내기 없이는 절대 할 수 없다.

어느 일요일에 마리가 낮잠에서 깨어날 즈음 이웃에서 또 음악을 연주하는 소리가 울렸다. 연주자는 몇 주 전에 이리로 이사온 듯했다. 음악은 너무도 아름다웠다. 바로크 선율, 떨림음. 그는 전문 연주자임이 분명했다. 마리가 무슨 악기 소리냐고 물었다. 나도 알 수 없었다. 독일 플루트인가? 아무튼 금관악기 같았다. 하지만 그 소리에는 어딘가 재즈풍이 섞여 있었다. 색소폰인가? 색소폰치고는 톤이 너무 높지 않나? 소프라노 색소폰? 그런 게 있기는 한가? 음악소리는 이제 다시 목관악기처럼 들린다. 클라리넷일까? 벽이 가로막고 있으니 알 수 없는 노릇이었다.

마리는 기분이 좋았고, 그래서 내 기분도 좋았다. 아니면 내 기분이 좋아서, 마리도 기분이 좋았거나. "마리, 창문에서 큰 소리로 물어볼까? '그거 무슨 악기예요?' 하고." 마리가 귀를 기울였다. 재미있을 것 같다고 생각하는 모양이다.

"아니면…… 방해하면 안 되니까, 낚싯대에 쪽지를 매달아 건네볼까? 쪽지에 '그거 무슨 악기예요?'라고 써서."

그 순간 마리의 눈이 반짝였다.

"지금?"

"글쎄, 좀 어렵겠다. 우리는 낚싯대가 없잖아."

마리가 고개를 떨군다.

아니야, 아가. 고개 들어! 고개를 들어야지!

"이러면 어떨까?" 내가 운을 떼자, 마리가 고개를 들어 나를 쳐다봤다. 그다음 말은 얼레에 감긴 실이 풀리듯 술술 나왔다. "파이를 구워서 그 집으로 가보는 거야. 초인종을 누르고 '우리와 함께 파이 먹지 않을래요?' 하고 물어보자."

오케이! 우리는 정말로 그렇게 했다. 우리는 바나나파이를 구웠다. 마리는 자기 팔꿈치까지 들어가는 믹싱볼에 두 손을 넣었고, 내 목에는 핏대가 섰다. 나는 파이가 완성될 때쯤에는 그걸 왜 만들었는지 마리가 다 잊어버렸기를 은근히 바랐다.

마리는 잊지 않았다.

"이제 가는 거야?" 마리는 끊임없이 이렇게 물었다.

"음…… 파이가 아직 식지 않았어."

"음…… 설거지부터 해야 해."

"음…… 빨래 널어놓고."

아이가 칭얼대기 시작했다. 예상한 일이었다. 약속은 약속이니 지켜야 한다.

"됐어. 이제 가자!"

마리를 포대기로 싸매고, 파이는 보자기에 싸 들고, 우리집이 있는 정면 벽 줄에서 네 층을 내려와 측벽 줄에서 다시 네 층을 올라갔다. 마리는 다리를 흔들며 큰 소리로 외쳤다. "신난다! 신난다!"

"쉿! 마리, 조용히! 건물 계단에서는 조용히 해야 해." 나는 예전 기억이 떠올라 이렇게 말했다.

어디서 마귀할멈이 튀어나올지도 모르지 않는가! 오늘 나는 예전에 비해 훨씬 더 힘찬 발걸음을 내딛고 있지만 식은땀은 여전했다. 마리만 아니었으면 그냥 되돌아갔을 것이다. 하지만 마리에게 보여줘야 했다. 초인종을 누르며 미소 띤 얼굴로 마리를 바라봤다. 내 얼굴은 이렇게 말하고 있었다. "아무것도 아니야. 그냥 이 단추를 누르기만 하면 딩동 하고 울려. 하하, 참 쉽지?"

내게는 그 일이 쉽지 않다. 어쩌면 아무도 쉽다고 말해주지 않아 그런지도 모르겠다. 문은 두드려도 된다고. 그러면 열릴 수도 있다고. 마리는 그 사실을 배워야 한다. 지금 배워야 한다. 남의 집 문을 두드리는 일이 아직은 설레는 일일 뿐 용기가 필요한 일이 아닐 때.

문을 열어준 사람은 우리가 항의하러 온 줄 아는 모양이었다. 너무 시끄럽다고. 하루종일 울려대는 악기 소리가 방해된다고. 그 사람은 좋은 말로 달래는 듯한 어조로 "얘기해놓을게요" 하고는 빼꼼 연 문을 다시 닫으려 했다.

"아뇨, 아뇨." 나는 황급히 말했다. 오늘은 무모한 프로젝트 때문이 아니라 순전히 아이의 기분을 맞춰주려는 마음에서 여기까지 왔다는 사실이 기뻤다. 그렇게 보면 프로젝트가 맞다. 그런데 이번 프로젝트는 중요한 믿음을 전파하는 일과 결부되어 있다. 우리가 세상을 만들 수 있다는 믿음. 누구나 이웃에게 다가가고, 누구나 이웃에게 문을 열어주고, 그리하여 이웃이 이웃사촌이 되는 세상을 우리가 만들 수 있다는 믿음을 전하려 한다.

나는 "음악소리는 괜찮아요. 단지 무슨 악기 소리인지 물어보러 왔어요. 함께 파이도 먹으려고요"라고 했다. 나는 파이를 들어 보이며 문을 열어주기를 간절히 바랐다. 그래야만 내 믿음이 이 집에도 깃들 수 있다. 그렇지 않으면 딸 앞에서 거짓말을 한 사람이 되고 만다. 나는 마리에게 무슨 일이든 시작하기만 하면 다 할 수 있다고 말했다. 상대방은 내 말 뜻을 바로 이해하고 문을 활짝 열어주었다. 마침내 나와 마리는 집안에 발을 들여놓았다. 그러나 또 스트레스로 인한 식은땀 공격을 받았다. 문턱을 넘어설 때마다 떨리는 마음을 극복해야 했다. 지금까지는 사람들이 나를 이상한 사람으로 생각할까봐 두려웠지만, 이번에는 내 믿음을 믿어주지 않을까봐 두려웠다. 차를 마시고 나중에 와인을 마실 때까지도 식은땀은 그치지 않았다. 내 땀냄새를 맡으며, 다른 사람들은 그 냄새를 못 맡기를 바랐다. 그사이 마리는 오보에를 발견했다. 그날 이

후 마리는 나와 함께 이웃집 방문을 하며 2층 침대도 구경했고, 또래 친구도 만났으며, 발코니에서 화분과 물뿌리개도 봤다. 엄마가 식은땀과 사투를 벌이는 마당에!

이제 마리는 다른 베이비시터도 봤고, 새로운 얼굴들도 봤으며, 다음주에는 저녁 먹으러 이웃집에 간다는 사실도 알고 있다. 초대를 받았으니까. 이제 이웃에서 울리는 오보에 소리는 단순히 프레스티시모로 흐르는 바로크 선율이 아니라, 선한 눈빛과 부드러운 말씨를 지닌 에두아르트가 2회에 걸친 투어를 마치고 방금 돌아와 우리에게 보내는 반가운 인사다. 그러면 나는 단짝이 된 마리에게 "음악소리 들리지? 에두아르트가 또 오보에를 연주하네"라고 속삭인다. 그 순간 마리의 얼굴에는 웃음꽃이 피고, 머릿속에는 이런 믿음이 뿌리를 내린다. 아, 인생은 얼마나 아름다운가! 담 너머에도 사람들이 살고 있다. 단지 그 사실을 알게 되었을 뿐인데, 내 삶은 감동으로 가득하다. 이 담 너머에도 기쁜 날과 슬픈 날, 활기찬 날과 우울한 날을 보내며 실망과 희망과 그리움을 안고 살아가는 사람들이 있다.

옮긴이 김해생

부산에서 태어났다. 숙명여자대학교 독어독문학과를 졸업하고 한국외국어대학교 통역대학원과 일반대학원에서 석사 과정을 수료한 후 오스트리아 빈대학에서 독어학으로 박사학위를 취득했다. 숙명여대와 한국외대를 비롯한 여러 대학에서 강의를 했고, 현재는 번역 활동에 전념하고 있다. 2007년에 시몬느번역상을 수상했으며, 옮긴 책으로 『파우스트 박사』『젊은 베르터의 슬픔』『밤의 여왕』『가수 요제피네 혹은 쥐의 족속』『낭만적인 고고학 산책』등이 있다.

이웃집 방문 프로젝트

동네 사람에게 건넨
수제 케이크 200개의 기적

초판 인쇄 2023년 3월 6일
초판 발행 2023년 3월 14일

지은이 슈테파니 크비터러 **| 옮긴이** 김해생

책임편집 유지연 **| 편집** 황수진
디자인 이현정 **| 저작권** 박지영 형소진 이영은
마케팅 정민호 이숙재 한민아 이민경 안남영 김수현 왕지경 황승현 김혜원
브랜딩 함유지 함근아 박민재 김희숙 고보미 정승민
제작 강신은 김동욱 임현식 **| 제작처** 천광인쇄사

펴낸곳 (주)문학동네 **| 펴낸이** 김소영
출판등록 1993년 10월 22일 제2003-000045호
주소 10881 경기도 파주시 회동길 210
전자우편 editor@munhak.com **| 대표전화** 031) 955-8888 **| 팩스** 031) 955-8855
문의전화 031) 955-2696(마케팅) 031) 955-2690(편집부)
문학동네카페 http://cafe.naver.com/mhdn
인스타그램 @munhakdongne **| 트위터** @munhakdongne
북클럽문학동네 http://bookclubmunhak.com

ISBN 978-89-546-9078-2 03850

www.munhak.com